[鹿 小 姐 书 系]

情话终有主

尚方宝剑 著

百花洲文艺出版社
BAIHUAZHOU LITERATURE AND ART PRESS

图书在版编目（CIP）数据

情话终有主 / 尚方宝剑著. 一南昌：百花洲文艺出版社，2017.8
ISBN 978-7-5500-2329-1

Ⅰ.①情… Ⅱ.①尚… Ⅲ.①言情小说—中国—当代 Ⅳ.①I247.5

中国版本图书馆CIP数据核字（2017）第168886号

出 版 者 百花洲文艺出版社
社　　址 江西省南昌市红谷滩世贸路898号博能中心Ⅰ期A座20楼 邮编：330038
电　　话 0791-86895108（发行热线） 0791-86894790（编辑热线）
网　　址 http://www.bhzwy.com
E-mail bhzwy0791@163.com

书　　名 情话终有主
作　　者 尚方宝剑
出 版 人 姚雪雪
特约监制 杨翔森 曾筱佳
责任编辑 黎紫薇 陶 戈
特约策划 调 调 缪 丹
特约编辑 姜虹羽
封面设计 小 乔
版式设计 李映龙
封面绘制 糖 猫
经　　销 全国新华书店
印　　刷 湖南凌宇纸品有限公司
开　　本 880mm×1230mm 1/32
印　　张 10
字　　数 288千字
版　　次 2017年8月第1版
印　　次 2017年8月第1次印刷
书　　号 ISBN 978-7-5500-2329-1
定　　价 32.80元

赣版权登字：05-2017-278

目录

QING HUA
ZHONG YOU ZHU

目录

QING HUA
ZHONG YOU ZHU

第一章

爱你有多深，坑就挖多深

星期五，下午五点。

我顺利抵达Voodoo地下停车场，转了一圈，很快找到了大魔王裴俨的车。天助我也，今天大魔王刚好把车停放在石柱旁，恰恰给了我最好的掩护。

我埋伏在柱子后，耐心等候目标人物出现。

大多数车主都有一个坏习惯，进入停车场后不等自己走近车子，便急于给车子开锁。也便是认准这一点，我才有机可乘。

果不其然，无论是上学还是上班都那么一丝不苟的大魔王，也有疏于防范的时候。

我紧贴在石柱后耳听八方，远处的脚步尚未走近，身旁的车子便亮起了前灯，我知道，那是车子开锁特有的信号。

事不宜迟，我立刻开门闪进了后座，紧贴着驾驶座蹲下，纹丝不动。俄顷，驾驶座的门开了又关，驾驶座忽而一沉，裴俨大魔王已经上车了。

我悬着一颗心，沉着地坚守在驾驶座后。车子缓缓驶离停车场，我谨慎地扶住车门，以免自己不慎撞上驾驶座打草惊蛇。

好不容易熬到车子停下，我小心翼翼扬起头朝车窗外瞟一眼，果然，车子已进入另一个停车场。此处应该就是大魔王公寓楼下，我止不住一阵狂喜。

裴俨大魔王拔下车钥匙推门下车，我暗松一口气，终于可以解放四肢了，便紧跟着推开车门。

许是一路上一直保持同一个蹲姿，我在迈腿时双脚发麻，猝不及防摔出了车外。

裴俨毫无防备，听见异样的声响后蓦然回头，便目睹我像个雪球似的从车后座翻滚而出，转瞬便要撞上他的膝盖。

裴俨大魔王临危不乱，淡定地屈膝抬腿，在我扑倒他之前一脚抵住我脑门，造型很酷。

在遇到阻力后，我前冲的势头瞬间止住，接着便向后倒去。我猝不及防跌坐到地上，以四十五度明媚忧伤的角度仰望大魔王，登时被他阴冷的气势震慑住。

大魔王是上帝的宠儿，外貌不输明星，身材不输模特，气质不输贵族。两道剑眉斜飞入鬓，凤眼熠熠生辉，高耸的鼻梁使他那一副本就棱角分明的面孔更具立体感。此刻他笔直地驻足在我咫尺之外，眉宇间透着逼人的英气，那身剪裁独到的西装越发烘托出他完美的身材线条。

“很好。”裴俨大魔王皮笑肉不笑，硬朗的侧脸线条开始紧绷，“学妹果然胆色过人，花样也不少，年年有新招。”

“……”

我一骨碌爬起，拍拍后臀沾染的灰尘，蹬直两腿挺直了腰，壮着胆子招呼：“学长，又见面了。”

“是的，又见面了。”我家法西斯学长眸底一沉，深如幽潭的眼瞳闪过一丝冷意，他欺身上前，气场越发的冷冽逼人。

我不禁咽了咽唾沫，畏而却步，下意识地向身后的石柱靠去，心里莫名有些兴奋——他最好是“壁咚”我。

然而大魔王骤然止步，沉着托腮上下审视我一番，面部表情严酷冷峻，俨然末日的判官，慢条斯理开口道：“犯罪人贾橙，稍微交代一下作案细节吧。说说看，你是从什么时候开始爬上我的车练前滚翻的？我哪个环节出错了？我改。”

大魔王态度强势，不怒自威，我扛不住如山的压力，没有过多的内心挣扎便把作案经过一五一十如实招了。

大魔王耐心倾听，并没有出言打断我，不时点点头，一副恍然大悟的模样。

“有点厉害。”他轻描淡写点评一句，突然一个箭步上前，一把扣住我手腕，不容分辩将我硬生生塞进了副驾驶座，而他自己从另一侧上了车。

我云里雾里，茫然地看着他，他眼观鼻，鼻观心，已重新发动车子。

“学长，你是不是打算送我回学校？”

“不是，学妹抬举了，我是这样以德报怨的人吗？”

“明显不是。”我低头看看时间，“那个……学长，都这时候了，咱们是不是该吃晚饭了？”

“我已经气饱了。”

“学长，我们究竟要去哪儿？”

“警察局。”某人看都不看我，语气虽轻，却掷地有声，“除了警方，我实在想不出还有谁可以治你，要不你给我提个建议？先系好安全带。”

我不禁吓得双目死死盯着方向盘。大魔王双手如玉笋，指尖在方向盘上轻轻敲打着，仿佛正为心里谋划的事做一番掂量。

“怕了？”大魔王邪魅一笑，偏头睨我一眼，“学妹，我认为你是个隐藏的犯罪小能手，得及时将你上交给国家，而身为学长，我应该送你这一程。坐好了。”

我抬手拍拍脸，提醒自己振作起来，大脑开始飞速运转，不一会儿，我便想到了脱身之策。

我扭头向车窗外张望，彼时，车子正缓速驶过小区正门。

呵呵，原来大魔王住荔枝湾。由此可见传闻是真的，大魔王年薪至少有好几百万。荔枝湾可是整个红棉市售价最高的公寓楼。

“学长当心！前面有人！”我扯着嗓子喊道。

尽管大魔王一直专注于前方路况，但冷不丁被我一吆喝，出于本能还是踩了急刹。

我抓准时机，趁着车子急停的瞬间，将变挡杆挂向P档，车子完完全全停下来了。

我迅速飞奔下车，顺势带上了门，将那张煞白如鬼魅的冰冷面孔关在了车里。这一连串动作我一气呵成，有如神助，转瞬便虎口脱险。

我笑眯眯地朝车里的人挥挥手，生怕他没完没了下车追捕我。我不再耽搁，拔腿就跑。

我不知道自己跑了多久，直到我双腿发酸再也跑不动了，才气喘吁吁地回头。确认大魔王没有追来，我顿时松口气。

我走进麦当劳休整片刻，吃饱喝足后，又是一条好汉。

已是晚上九点，回校的末班车早发车了，当下我面临着两个选择，我要么住廉价旅馆打发这一夜，要么……

实现我酝酿已久的B计划。

我打起十二分精神，原路返回荔枝湾停车场，很快便找到了法西斯学长的车。我从背包里翻出事先准备好的涂改液，轻轻在车身上描绘一笔，若不仔细查看的话，第三方很容易将其误判为事故痕迹。

一切准备就绪，就差好运气了，今晚我拼一拼人品。

我壮着胆子向收费亭走去，堆起满脸歉意对值班的保安小哥道：

"大哥晚上好，打扰了啊。我新手上路，昨天才拿的驾照，刚才倒车时不小心把一位业主的车子刮花了，车牌号码是棉A·3636。是这样的，我想联系这位车主，协商一下具体的赔偿方案，能麻烦您告诉我他的住房号码吗？"

但凡入住荔枝湾的都不是普通人，保安小哥获悉有住户的车子被刮花了，神色风云暗涌，整个人都不好了。

许是我真挚的目光打动了他，他竖起大拇指由衷赞叹："小姑娘，好样的，你真是个诚实而又敢于担当的人啊！"

我敢于担当地点点头，热心招呼保安小哥随我一同前去查看车子的伤势，岂料他摆了摆手，显然十分信任我，相当配合地从办公桌上拿起《住户车辆登记》。查阅一番后，保安小哥带我乘坐电梯，来到了C座7楼702门口。

C座7楼702，这便是大魔王的巢穴！

我小心翼翼地躲在保安小哥身后，他略显紧张，搓了搓双手后，终于下定决心按响门铃。

门开了，大魔王那张俊脸从门缝里露出来。他已换下那身黑色西装，此刻穿着随意的T恤、篮球裤，比平常更添几分居家男人的温暖味道。我心里的小鹿又开始盲目乱撞。

保安小哥谦逊开口："裴先生，这么晚打扰了，您的车……"

"我的车怎么了？"大魔王推开铁门从家里走出来。

机会来了！时不我待！

我从保安小哥身后一跃而出，笑着朝大魔王挥挥手："学长，晚上好，今晚请多多指教！"

大魔王白皙的脸"唰"地一下黑了，我敢保证，即便日后他撞见女鬼，脸色也不会比今晚更难看了。

一旁的保安小哥察觉出我和大魔王原是老相识，本就不想惹事的他立刻借机离开。

我一刻也不敢耽搁，胜利的大门有可能随时关上，趁着大魔王对我咬牙切齿的节骨眼上，我一溜烟儿蹿进了屋。

这一路走来我提心吊胆，为了成功打入敌人内部，别提损耗多少脑细胞了，好不容易得偿所望，眼下事情正朝我期待的方向发展，我不免有了松懈，一看见沙发便装不了矜持，飞扑过去，以“大”字形仰卧着。

而那个引狼入室的人仍然守在玄关处，不甘心地朝我这边看过来。

我抬头向我家法西斯学长投去一个充满关爱的眼神：“学长，你怎么还不进来？我身上没几个钱，今晚你暂且收留我住一晚好不好？我睡沙发就行。”

我早做好了思想准备，想必今晚会有一场恶战。大魔王学长一定会揍我、骂我、踹我，然后恶狠狠地将我逐出家门，可我千算万算，算漏了我家学长的爱狗。

最先沉不住气，恨不得当场将我咬死在沙发的并不是裴俨本尊。这家里还有别的生物。

说时迟那时快，一条毛茸茸、白花花的萨摩耶从一个房间里飞扑而来，那四只胖嘟嘟的小爪子跑起步来犹如小马奔腾。大概是嗅到了领土危机，萨摩耶非常急切地跳上沙发，迎面朝我发动凶猛攻击。

我惶恐至极，一个闪身从沙发滚落，沉沉摔到地上。生怕萨摩耶乘胜追击，会跳下来咬我大腿，眼下我已顾不得美少女的优雅形象，狼狈不堪地忍痛爬起。情急之下，我慌不择路，竟朝它冲出来的房间急促跑去，顺手带上门。

我很不喜欢狗，从小就特别抗拒。

门外，声声犬吠充满了强烈的抗议意味，而大魔王雄浑而低沉的男声也随之响起，他懊恼道：“小浑蛋，刚才真应该把你送进局子，那是我的卧室，你给我出来！”

这是他的卧室，他还指望我出去？

啢，想得美。

外面有条大胖狗分分钟威胁到我的大腿，打死我我也不会出去，更何况我误打误撞闯进男神卧室，免不了要参观一番。

而此时房门外，萨摩耶突然安静了，大概是它的主人给予了它想要的安抚，所以它才甘愿息事宁人。

而大魔王也分外安静，他似乎料定我不会轻易妥协，并没有浪费唇舌说服我开门。我低头朝门缝瞥一眼，不难察觉出门外有人。此时此刻，大魔王大概也抵着门，贴耳倾听我的一举一动。

许是因为半天也探听不见我有所举动，大魔王终于按捺不住，厉声威胁道："贾橙，你在里头悄悄地做什么？要是你敢碰我卧室里的任何东西，你就死定了！"

我耸耸肩，好言好语安慰对方："学长，你放心，我不是那种毛手毛脚的女人，对待你房间的一切，我只会近观，不会亵玩，正如对你一样。"

"……"

我倚着门，饶有兴味地环顾四周。这是一个四四方方的房间，空间虽宽敞，但除了必备的家具和日常用品之外，再无多余装饰，当然，也没有留下与女人同居的蛛丝马迹。

他还是一个人，还是放不下她。

这些年大魔王心里一直藏着一个人，那个人在他心里筑起一道心墙，让他不惜把所有接近他的人拒之千里。

那个人太难忘，所以他宁肯一直孤独，也不愿去追寻另一段幸福。

我止不住一声叹息，抬手叩了叩门。

果然，那个男人还在门外。听见声响后，他也默契地敲敲门与我相呼应："说说看吧惹祸精，我的卧室你参观得怎么样了？"

"还行。"我说。

外头的人沉默了一下，似乎在极力克制愤怒，沉声道："所以你今晚还打算出来吗？”

“不打算。”我不禁打了个哈欠，“学长，既然不能睡你，睡睡你的床总是好的。”我开始脱衣服，漫不经心地点评道，“学长，这个卧室充斥着一种……浓郁的禁欲主义色彩，就像你本尊一样，我很中意。晚安。”

门外的人又是一阵沉默，没有咆哮也没有踹门，更没有苦口婆心地劝说我放过他的床。他竟这般顺从，这倒很出乎我意料。

大概是无计可施吧，我锁着门，他总不能破门而入吧？最好的办法便是等我自己走出去。

我本没有裸睡的习惯，但在外头奔波了一天，我怕衣服脏了大魔王的床，所以躲进被窝时，只穿了一件单薄的小背心。

倒追男神是个技术活，躺下时我早已累得不成样子。脑袋刚抵上柔软的枕头，我便失去了意识。

睡眼蒙眬间，我听见门外有了动静，想睁眼看一看，奈何眼皮太重、睡意太沉，我如何都撑不开眼皮。

大魔王好像在客厅里翻箱倒柜的样子？我转了个身，又没心没肺地昏睡过去。尚未进入梦乡，我便隐隐约约听见钥匙串晃动的清脆声，紧接着门似乎轻轻开了，房间的灯骤然亮起，刺眼的光线迫使我不得不勉强睁开双眼……

这不是梦！

大魔王那副紧绷的面孔赫然出现，我半睡半醒，头脑昏沉，但依稀可以感觉到一股熟悉的气场正朝我逼近。

“惹祸精，我认床，你到另一个房间去睡。”

我尚未来得及开口阻止，空调被便已被大魔王冲动地掀开了。

他掀开了……

掀开了……

可被窝底下的我衣衫单薄，只穿了一件白色吊带背心！

我顿时惊醒了，下意识扑过去扯回空调被盖在身上，然后把自己裹成一条老北京肉卷。

大魔王惊诧的目光仅在我身上逗留一秒，便迅速扭动僵硬的颈脖，急匆匆移开了眼，让我们得以短暂地逃离慌张不已的彼此。

我紧缩在被窝里，发现某人从耳根一路通红到颈脖，浑身似动弹不得，似乎也受惊不浅。

“学长……你是不是吓坏啦？”

“……”

“学长，你不要怕。”我极力安抚道，“我只是单纯地想要睡觉而已，并不打算对你发动不轨攻击。”

“……”

“学长，你放心，我不会因为你一不小心看到了我的性感小背心，就趁火打劫，威迫你娶了我，我不是这样的人。”

大魔王猛地扭头，深邃的眸子迸射出让我不寒而栗的精芒，他的视线不经意间落向我的锁骨，原本铁青的脸竟又“唰”地一下红了，他迅速转头，仿佛多看我一眼能让他长眼挑针。

“贾橙，谁允许你爬上我的床？”话一出口，法西斯学长似乎意识到自己犯了一个不得了的口误，紧急纠正道，“我的意思是，我并没有同意你穿着小背心跑到我床上睡觉。”

“那我到隔壁房间去睡？”

他刚刚好像说过，他认床。

我不再犹豫，裹着空调被慢慢挪至床沿，然后小心翼翼从被窝里伸出两条白嫩白嫩的腿。冰凉的地板刺激得我猛打了个激灵。我在地上站稳了，然后轻手轻脚绕过某人，弯腰从床尾处捡起甩落一地的衣服。

一件、两件……

身后，大魔王被灯光拉长的身影斜斜投到地板上，那阴影在我眼前渐渐放大，我忽而腰身一紧，尚未回过神，便已被他拦腰抱起。

我大骇，惊慌失措间手抖了抖，刚捡起的衣服便又从我掌心滑落。

裴俨似乎有意躲避我的目光，双眸看向一旁，剑眉微蹙，神色略显紧张，仿佛他并不适应与女性这般亲近，仿佛这是他生来第一次如此抱着一个女人。

“学长，我只是想把衣服也带到隔壁房间。”

“我看还是算了。”他没好气地瞥我一眼，又急促地别过头，“你现在这副样子走出去，我怕会吓坏我家狗。”

我不屑反驳，索性低下头，将错就错贴上他的胸膛，这大概是我离他心脏最近的一次。“扑通扑通”的声音就在我耳边回响，随着每一声跳动，我的心跳也越发剧烈。

我厚着脸皮，鼓足勇气道：“学长，咳咳，请问……用户体验怎么样？我的手感是不是挺好？你有没有心动？”

大魔王眼观鼻，鼻观心，抱着我一脸正直地向床头踱去：“心动是必须的，如果哪天我的心不动了，我就完蛋了。”

我不是这意思！

“学长，我所说的心动……是……是动心！动容！动摇！会突然渴望恋爱，渴望接……”

“吻”字还没出口，大魔王便一把将我扔到床上，我猝不及防，随着惯性在床上翻滚一圈，险些从另一端摔落。

“啪”的一声，卧室的灯被关上了，黑暗笼罩下来，蒙住了我的双眼，也蒙住了裴俨的脸，让我一时无法看清那个近在咫尺的人，让那个本就难以捉摸的人更显得高深莫测。

“好好睡觉，整天胡思乱想，脑袋迟早要坏掉。”

“已经坏掉了。”我随声附和。

我的鼻子可能坏掉了，走到哪都能闻到你的味道，而我的脑袋每天都要想你八百遍，怎么可能不坏掉？

裴俨再没有回应我，他在黑暗中转了个身，步履轻慢地走出了卧室，顺手给我带上了门。

在陌生的环境以及陌生的床上度过一宿，翌日睁眼的第一瞬间，我竟想不起来自己身在何处。是汪星人从房门外传来的叫声彻底唤醒我，我下意识看看手机，6点57分。

那条大胖狗大清早爬起来是为什么？还为我昨晚强行入室而耿耿于怀？

我估摸着大魔王还没醒来，否则他不会允许萨摩耶如此鼓噪。我咬咬牙下床，迅速穿戴整齐，硬着头皮走到了客厅。

因为童年有过不快的经历，所以这些年我一直避免再与汪星人接触。我只是排斥，但并不畏惧。

我一开房门，萨摩耶犹如面对宿敌，后爪子有力地蹬起，像人类那般两脚站立，那双乌溜溜的眼睛直勾勾地盯着我，仿佛要与我来一场势均力敌的决斗，怒号声更肆意蛮横了。

要是我妄想夺门而出，必定跑不过小胖墩萨摩耶，说不定它分分钟一个飞扑就抱住我大腿，到时候它要啃我多少口可轮不到我说了算。

我得设法稳住它。可我又不愿惊动沉睡中的大魔王。他平时工作强度大，难得是周末，我希望他可以睡个安稳的懒觉。

注意到厨房的门一直半敞着，我回忆起曾经在微博上看过的一个视频，便灵机一动，一闪身冲进去。果然，小胖墩萨摩耶紧紧尾随，我刚在门后躲起来，便看见它肥硕的身影飞奔而来。

万万想不到，一只小胖墩竟有如此敏捷的身手。

我背部紧贴墙壁，手紧拉住门把，尽可能地让门和墙无间契合。说起来好笑，小胖墩在厨房里急溜一圈，偏偏没发现躲在门后的我。

我玩心大起，壮着胆子叫嚣："小胖墩，来咬我呀，反正有大把时光！"

萨摩耶似乎从我一连串的话语里感受到我对它的挑衅，"嗖"地一下冲出去，转一圈没找到我，便原地转了一圈，朝四周怒“汪”几声。

突然，它异想天开地贴向地面，朝沙发底下认真探视，仿佛我真能变成一张薄纸潜伏在里头似的。一无所获后，小胖墩扭头跑到电视机一旁，朝电视机后探了探头。屡受挫折后，它灰溜溜地走开，在客厅里上蹿下跳，左顾右盼，就差拉出抽屉看看我有没有在里头躺尸了。

我觉得好笑，再次提高音量给它提示：“你知道朝电视机后张望，怎么就不懂看看厨房门后？”

话音未落，萨摩耶又条件反射地冲进厨房，再一次开展了大搜查，又一次成功地错过了我。

我都开始替它着急了，怎么会有这么傻的汪星人啊！

我又虚张声势地吆喝一句，小胖墩似乎对这招很受用，又不辞劳苦地跑回客厅，大概是体力不支，这一回它没有坚持太久，便懒洋洋地趴到地上，放弃了，投降了。

我猜想，它大概需要吃点早餐补充能量，便索性关上门，想找找厨房里有没有它能吃的。

外头正在重振士气的小胖墩猛然意识到自己上当，便怒气腾腾地扑到厨房门前，奈何门已经被我反锁了，它进不来，便只好扯着嗓门，万分懊悔地吼叫着。

我逐个橱柜查看，终于找到了汪星人的粮食。我分别将狗粮和牛奶盛在碗里，才再次打开厨房的门。

小胖墩战斗力十足，来势汹汹扑腾到我面前，一嗅到牛奶的香气便蔫了，顿时安静下来，不住地摇摆尾巴，似乎想要讨好我。

我忍不住“扑哧”笑出声，把早餐轻放到小胖墩面前，恨不得摸摸它柔软的狗头。手伸到一半我便立刻打住了，马上收回手。

我曾承诺过自己，再也不碰狗了。小胖墩是大魔王的爱犬，我更碰不得。

我摇摇头，企图甩掉脑海中那段挥之不去的痛苦回忆，转身走出了客厅。

这个清晨，我没有吵醒裴俨，静悄悄地离开了。

进入大四的最后阶段，我好不容易应付完了论文答辩，眼下又有另一道难题等着我解决。

我的大学生涯即将告终，目前我还没有找到合适的工作，身上的积蓄也不多，要在市区里租住一套独立公寓简直是在做梦，况且我寝室那几只刚好都有对象，人家要双宿双栖缠绵游戏，不肯接纳我这个巨型灯泡。如果我执意要留在红棉市发展，唯一的活路是摊手向父母借钱。

但我不能。

我和我爸关系一直不好。他只会趁机奚落我，然后告诫我过不下去就回家，别仗着自己有点愚蠢的坚持便理所当然地挥霍父母的钱。

啧，我才不要给他教训我的机会。我也不要在他眼皮底下过活，他只会让我活得透不过气。

于是我又想起了大魔王。

我家法西斯学长身份尊贵，又身居要职，身边怎么能少了忠诚伺候的贴身小跟班呢？我义不容辞！

我火速收拾行李，如法炮制再次跑到大魔王公司堵人。

我把行李堆在大魔王车前，坐在拉杆箱上耐心等候他下班。

有脚步声在停车场回荡，我缓缓抬头，便触上那不带温度的目光。

大魔王眸子微眯，飞快瞥了一眼我身下的行李，立刻敲响了心里的警钟："学妹，这回……又想出什么新招对付我？"

我坐在拉杆箱上，吊儿郎当地甩动着两条腿，道："学长，你怎么能说我对付你呢？你这么说也太见外了。我是来投奔你的。我毕业了，同时，嗯，我失业了，无家可归，也无处可去。"

只要我坚守在车前，大魔王总不能狠心开车撞飞我吧？

然而我话音未落，他老人家便无情地耸耸肩，俨然一副事不关己的模样，走到我身旁，二话不说推动了拉杆箱。我坐在行李上，随着拉杆箱的移动被带出了好些距离。

“学长！”我忙用双腿撑住地面，双手紧紧抵住他的肩膀，企图阻止大魔王将我从车前挪开，哭丧着脸哀求道，“学长，眼看着我就要生活在饥寒交迫的贫困线上，而你呢！”我指着他那身挺括的西装，动之以情，晓之以理，“你穿着最昂贵的名牌，在全球顶尖的品牌公司上班，难道不应该对认识四年的学妹挺身而出吗？”

大魔王冷笑一声，嘴角勾勒出一抹诡谲的弧度：“这位学妹，你认识我四年，难道还不清楚我是什么人吗？我能走到今天靠的是才华和美貌，从来不靠善良和奉献精神。”

大魔王不管不顾，硬着心肠将我推出好几米远，然后快步上车。

我把心一横，飞奔过去，一蹬脚爬上了车头，隔着挡风玻璃对车里的大魔王比画一番，意思是——

学长，如果今天你不让我上车，我就和你抗争到底！

我家学长笃定地坐在驾驶座上，耐心看完我演完一出哑剧后，竟又从车里钻出来。

他掏出手机，如葱根的手指飞快地在屏幕上敲了一串数字。不一会儿后，电话接通了，大魔王从容不迫道：“是保安部吗？我是裴俨。我在停车场遭到女流氓袭击。没有，对方没携带利器。对，目前我还没有人身危险，可是再过两分钟就说不准了，对方战斗力很强。好的，麻烦你们了。”

大魔王挂断电话不久，便有四名保安人员从消防通道冲出来，他们转瞬将我包围，其中一个保安满目鄙夷地朝我瞪眼：“你就是裴总监指控的女流氓？”

“当然不是！”我满脸通红，试图冲出包围圈找大魔王理论。奈何我一迈腿，那些个保安便抓住我胳膊，押着我往电梯间走去。

大魔王扬扬得意地朝我挥挥手，脸上露出胜利的微笑。

他报以我一个不怀好意的微笑，继而上车走了。我试图从保安手上挣脱开溜，可我越不配合，他们便越不手软，分明是一副以暴制暴的架势。

“你们放开我，你们都误会了！”

电梯门开了，保安正想把我四脚朝天抬进去，一位年轻的先生从里头走出来。那人面容清秀，颇有几番姿色，就是身形太单薄，有点撑不起他身上那套名贵蓝西装。

看见那些保安与我拉拉扯扯、推推搡搡，他不由得怔了怔，面沉似水，问：“出什么事了？”

一名保安立刻松开我，对那位先生的态度犹如对大魔王那般尊敬：“元总，这位女士公然骚扰裴总监，所以我们打算把她交给警察处置。”

那位元先生听了，忍不住多看我两眼，双眸闪烁着诡异的精芒，仿佛我骚扰大魔王是一件喜闻乐见的事。

那些保安称呼他元总，那这位先生应该职务不低，他说的话必定也颇有分量。我把他视作最后一棵救命稻草，趁机挣脱溜到他身后，据理力争道：“都说你们误会了，你们仔细看看我，一个黄花大闺女，到地下停车场见一见自己未来的男朋友有什么错？你们也不想想，裴俨比我高出整整一个头，我是想扑倒他，但可能吗？”

那位元先生忍俊不禁，朝我眨了眨眼，回头向那些保安使了个眼色，然后又朝我招招手，示意我随他离开。我立刻跟上去，那些保安没有再追上来，我顿时松了口气。

平安回到停车场后，我眼泪都要掉下来了，真心实意向那位元先生道谢：“谢谢您相信我不是女流氓。”

“不客气，我……应该的。”元先生浅笑一声。

我朝着大魔王之前停车的位置走去，我的行李还被扔在那里无人认领。那位元先生倒是个热心的人，竟也走过来帮我扶起行李。

“谢谢。”

“不客气。”元先生定睛看了看我，饶有兴味道，“小黄花，看来你和裴俨那个禁欲狂关系不简单啊！整个Voodoo除了我，可没人敢连名带姓地喊他。”

禁欲狂？

我一听这措辞，顿然有种相逢恨晚的感觉，这位元先生对大魔王的看法和我英雄所见略同！

我贼兮兮地眨巴眼：“元先生，看来……你和我学长关系不错？”

他模仿着我的模样，也贼兮兮地眨巴眼，若有所思道：“我猜猜看，你跑来找裴俨叙旧，随身又带着这么多行李，于是他被吓跑了？”

一提起刚才的事，我登时气不打一处来，咬牙切齿道：“我学长就是个胆小鬼，连喜欢自己的学妹都不敢，日后还能指望他干点啥？我要是贵司领导，就立马把他开除了。”

话一出口，我才意识到自己似乎对这个陌生人诉说太多，立刻闭上嘴，再次感激他的帮忙，然后急匆匆地离开。

那位元先生追上来，表示愿意载我一程，可我连目的地都不知道，哪里好意思麻烦他？再说了，我不随便上陌生人的车，虽然他和大魔王是同事，可我并不完全认识他。

我婉拒了他的好意，灰溜溜地拖着行李走出了地下停车场。

Voodoo是国际一线奢侈品牌公司，它的总部设在红棉市最繁华的地段，四周全是贼贵贼贵的馆子。我兜里余额不足，便只好多走几步路，拐进一条窄巷，里头有一家环境脏乱差但味道很不错的私人小面馆。

面馆旁边，恰好有一家装潢简陋的小旅馆。旅馆门口立着一个灯箱，忽明忽暗地闪着“旅馆”二字。

现在由不得我挑三拣四，我颓然推开旅馆的门，另一只脚尚未踏进旅馆，我突然被人猛拽一把，然后便被强行拖离了旅馆。

我惊魂未定，一番挣扎后，借着窄巷昏黄的路灯勉强看清了大魔王凶神恶煞的面孔。他目光幽怨地盯着我，好像我住小旅馆花的是他的钱一样。

“你怎么在这里？”我惊诧、惊喜兼而有之。看来，大魔王并没有自己想象中那么无情，他最终还是忍不下心撇下我一走了之，如果他的脸色能和善一点就更好了。

他尾随我一路？

大魔王牢牢扼住我手腕，一把将我扯到眼皮底下，眸子里闪过一丝愠色：“胆子真不小，这种鬼地方你也敢住？”

说着，他松开了我，弯腰从地上捡起一张闪卡。闪卡上印着一个丰满性感的女郎，右下角有一串联系电话，那张闪卡在灯箱照射下闪个不停。

大魔王睥睨我一眼，把闪卡夹在指缝中送到我面前，不阴不阳道：“学妹，我知道你目前急缺一份工作，但闪卡女郎的职业应该不太适合你吧？在这种地方住，你也不怕明天上失踪头条？”

闪卡女郎……

我气结。

旅馆门前的灯箱仍在忽明忽暗地闪着，越发映照得大魔王帅气的脸庞邪魅幽森。他猛地一扭头，一只手从我手上夺过拉杆箱，一只手扣住我手腕，一言不发地将我带出窄巷。

我急了：“学长，我身上钱不多，实在住不起星级酒店啊！”

“学长，你可千万别想着借给我钱，我还不起的，只会以身相许。”

“学长，谁不想住那种有气质有格调的公寓楼？可我去过一回就差点被狗咬死了。”

大魔王的车停放在路边，他压根听不进我的话，快步走去打开车门，冷不丁回头道：“闭嘴，上车，去我家。”

去他家？

我受宠若惊，瞳孔都放大了。他之前那么决绝，为了拦住我甚至呼叫公司保安，现在怎么突然改变心意了呢？

“怎么，怕我家狗？”大魔王见我默不作声，忍不住定睛细看我，“你放心，萌点应该不会攻击你了，毕竟你是给它投喂过早餐的人，它很念旧情。再说了，你的大腿也没那么好吃。”

不容我再有片刻的迟疑，大魔王霸道地将我塞到副驾驶座。从另一侧上车时，他顺手从挡风玻璃上取下罚单。

市中心禁止违章停车，为了走进窄巷找我，大魔王的车估计在这儿停放了有些时候了。

我对此感到愧疚，却又压抑不住一阵窃喜涌上心头：“学长，冒昧问个问题，你不是已经回家了吗，怎么又回来了呢？是不是离开之后一直惦记着我，担心外头风大雨大，我涉世不深，容易上当受骗？”

大魔王神色一凛，把罚单揉成纸球，按下车窗投进了分类垃圾箱，然后缓缓回头，慢悠悠地开口道：“听说米竹快回国了？我寻思着，假如你住我家里，说不定能为我争取到更多见她的机会。”

我心下一沉，一阵强烈的失落感油然而生。刚才我有多快乐，现在便有多失落，所谓一时天堂一时地狱，大概就是这感受。

原来，他再次打破原则收留我，是为了米竹。

我又自作多情了，以为他放心不下我。

喜欢裴俨，是我大学时代里最冲动、最大胆、最难忘又最执着的决定。

我甚至没来得及思量清楚，我过分沉迷的是对方身上哪些特质，便已深陷其中了。

学长啊学长，将近四年了，我的室友也即将荣升人妻，连我的情敌米竹都变成了我最要好的朋友，为什么只有你不为所动？

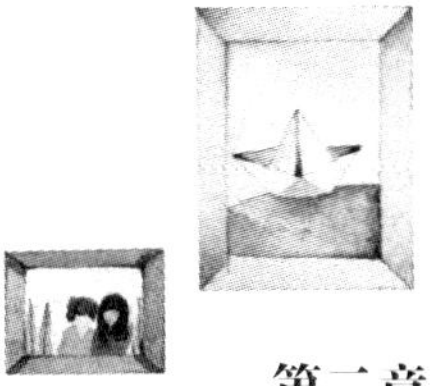

第二章

“橙”蒙厚爱

犹记得四年前，我和大魔王相识的情景。

那年我刚上大一，课余时间都爱泡在图书馆里读各种各样的小说，晚上也常常熬夜看电子书，直到熬不住了，才昏昏沉沉睡过去。

一天午后，我刚下课便直奔图书馆。彼时自习室已经满座，我便索性靠着书架坐在地板上，默默看小说。因为前夜睡眠不足，我不知不觉打起了瞌睡。突然有人从我手上夺走小说，顿时把我惊醒了。

我睁开眼，一张帅气的脸庞在我睡眼蒙胧的视线里渐渐清晰。那男生身材颀长，目如朗星，驻足在我触手可及的位置。

他剑眉微蹙，仔细盯着我翻开的那一页反复检查，许久后才松口气，抬头淡淡地瞥我一眼，漫不经心地指指我嘴角：“同学，我无意冒犯，但你嘴角的口水……确实有损你少女的形象。”

我立刻抬手擦了擦，然后把脸凑过去，笑眯眯道：“多谢提醒。口水我抹干净了，麻烦你再帮我检查一下，现在我有没有挽回一点美少女形象。”

“……”

他默然点点头，转身走开了。

我像一块被牢牢吸住的磁铁，紧随他身后走进了楼梯间。听见我的脚步声，那男生蓦然回头，困惑道：“同学，有事吗？”

我指指他怀里的小说：“你是图书馆管理员吧？把小说还给我。”

刚才这小帅哥生怕我嘴角的唾沫会破坏图书的整洁，情急之下便抱走了书，却忘了再归还给我。

他尽心尽责维护图书，我应当予以理解，转念一想，我刚才的语气似乎太重，显得太不客气了。

我立刻堆起笑脸打哈哈，放缓了语气道：“那本小说，我好不容易才熬到男女主角冰释前嫌热烈拥吻的情节，刚才又一不小心睡过去了，我很想知道他们在感情升华后有没有实现灵肉结合，所以……能不能让我把这精彩的一幕看完整，再收走小说呢？”

那男生如梦初醒，下意识低头看了看书封，马上把小说递给我。我心满意足地接过，挥手道别后转身下楼。

身后，那男生出其不意地喊住我：“同学，书中的男女主角只有过激烈的灵魂碰撞，并没有来得及实现灵肉结合。这本小说我也看过，它算得上是一部难得的喜剧小说，值得你正直地细读下去，就是不要再抱着那种出格的幻想了。”

什么叫出格的幻想？

他的意思是我很不正直吗？

我咬咬牙，忍不住回头对上他鄙夷的眼神，态度不由得强硬起来，不甘示弱地质问道：“这位图书管理员，你的意思是我看爱情小说的心态略显猥琐？”

“这可是你自己说的。”他耸耸肩，很不委婉地瞥我一眼，然后越过我径自下楼了。

我连忙迈腿追上去，急切地拉住他，较真地辩驳道：“这位图书管理员，讲道理，我哪里猥琐了？灵肉结合是一件很美好的事情。对我来说，把全身心都交给对方才是爱情，只交心的是朋友，闹暧昧、牵小手、亲嘴巴的叫谈恋爱。”

他板着脸，冷冷审视认真的我，耐心听完我一番浅薄的爱情理论后，不由得浅笑一声，无奈地摇摇头：“好了，这位女同学，我郑重宣布，你一点也不猥琐。你满意了吗？可以放开我了吗？你想这样抓着我到什么时候？”

我这才察觉到自己竟然牢牢扣住他的手，他的掌心就像某个触火的燃点，温度迅速蔓延到我全身。我不由得脸颊一热，慌张地松开了他的手：“喀喀喀喀喀……不好意思，吃你豆腐不是我的本意。”

此地不宜久留，我不等他开口，便急速转身跑下楼梯，败走冲出了图书馆。

之后三天，我一闲下来便捧着小说缩在被窝里忘我地读。随着小说情节的跌宕起伏，我每翻过书的一页，某张冷漠的面孔便不时在我脑海里涌现。

他明明说过这是一部难得的喜剧小说，而故事里，男女主角最后分道扬镳，两个曾经深爱的人再也不爱了，说好的喜剧呢！

因为结局与期待的不同，前半夜看完小说后，我躲在被窝里唏嘘到后半夜，才在无尽的惋惜中迷迷糊糊睡过去。

翌日午后，我到图书馆还书。不巧，在我爬上台阶进入图书馆正门的路上，那个曾与我有过一面之缘的图书管理员竟迎面朝我走来。

那个尽心尽责维护图书，却给我谎报剧透的图书管理员！

一个女生屁颠屁颠地紧跟在他身后：“裴俨，你今天的兼职这么快结束了？攻读完硕士学位后你打算留在本市发展吗？”

我总算听明白了，原来他是本校的研究生，他不过是利用闲暇时间到学校图书馆赚点儿零花钱。

面对那女生锲而不舍的凶猛攻势，裴俨若无其事，仿佛他早已习惯了身边花团簇拥。他淡淡回头道："同学，我没有和别人探讨未来的习惯，毕业后我何去何从是我自己的事，谢谢你的关心。"

那女生却犹如铜墙铁壁，丝毫不受他的冷漠所影响，依然热烈，依然紧追着不放："裴俨，我们认识这么久了，加个微信好不好？"

我快步走上去，二话不说挽住裴俨的胳膊，拉着他往前走。出乎意料的是，他并没有抵触我突如其来的亲密接触，反而分外配合，任由我挽着。

走进图书馆后，我们发现那个女生已经离开，他顿时松了口气。而我也松开了他，然后从背包里拿出小说，恨不得卷成一个圆筒在他头上敲出一个包来。

"裴俨同学。"我直呼其名，埋怨道，"你曾不负责任地说过这是一部喜剧小说，嗯？请问这是哪门子的喜剧？男女主角最后不再爱了，可他们曾经相互扶持走过辛酸十年啊！"

他皱皱眉，仿佛我的纠结纯粹是无理取闹，而对于我能精准记住他名字这一点，他立刻充满警惕："真奇怪，女人总能轻易记住我的名字。希望你不要成为她们当中难缠的其中一位。"

我又怎会料到，他竟一语成谶？但那是后话。

当时，我纠结的只是小说结局，直到后来我才醒悟过来，当初我之所以这般计较，不过是为了给自己提供一个与他接触的理由。

对于我对小说结局的执着，裴俨嗤之以鼻，反问道："这怎么就不是喜剧小说了？两个不合适的人没有勉强自己和对方厮守下去，各自成全彼此的自由与和平，简直皆大欢喜。不爱了就放手，何必因为过去蹉跎一生？"

我听得出神，一时竟无言以对，待好不容易回过神来，那人早已离去。

之后，裴俨的身影便久久在我脑海中徘徊，无论如何也挥之不去。我想，必定是我的花痴病发作，多看几部韩剧便能将他忘记。

可同时我又很不甘心，凭什么我一下便记住了他的名字、他的笑容、他说话的声音、他翻书的动作，和他打量别人时那副“我回应你是礼貌，但我随时可以不理你，而你拿我一点办法也没有”的自信的模样！

这个让我记住他每个细节的人，却连我是谁都不知道。

所以，当我再次走进图书馆时，我特意在包里放了个香橙。

我逐层逐层爬着阶梯，终于在三楼自习室里找到了正在整理工具书的裴俨。

自习室里格外安静，人人都在埋头看书、写作业，我没有过多犹豫便径直走过去了。裴俨不经意间抬头，目光便不偏不倚地投向我。

我一言不发，从包里拿出一个香橙递到他面前，他摇摇头想拒绝，我置之不理，默默将香橙放到书架上便转身走人。

第二天，我做了同样的事。

第三天，我做了同样的事。

第四五六七天，我如法炮制。

我如此坚持了四周。我不知道在我每次离开后，裴俨都怎么处理那些香橙，但他总不能随手将它们扔进垃圾篓吧？

也许，正是这种相持不下的较量激发了我的好胜心，也给我带来了不该有的期许，让我越发执着，越发沉迷，最后沦陷。

转眼一个月过去，到图书馆带上一个香橙已然成了我的习惯，而默默看着某个忙碌的身影也成了我的寄托。

我再次捧着香橙在图书馆里遇见裴俨时，他依旧在忙，依然假装看不见我。我如法炮制，将香橙放到载满了书的手推车上，然后扭头走人。

身后突然有人扯了扯我背包的肩带，我下意识回头，裴俨正拿着香橙，二话不说打开我的背包，把香橙塞了回去。

我怄气般地将背包背到胸前，从里头重新拿出香橙，再次轻放到手推车上。生怕裴俨再度拒绝，这回放下香橙后我拔腿就跑。

岂料裴俨这厮铁了心不肯接受我，他一个箭步追上来，硬将香橙塞到我手心，然后扭头推着手推车，加快了脚步离开。

我不肯认输，转身又追上去。我和裴俨就这样互相瞪眼，各不相让，而那个香橙在我和他之间来回易手。

一个女生忽而走过来，她似乎一直躲在暗处目击了整个案发过程。

我一眼认出了她。她便是那个在图书馆门口对裴俨穷追不舍还要互加微信的女生。

她无视我，走到裴俨身边，笑眯眯道："又有女生给你送橙子了？这到底是个什么梗？为什么最近大家都给你送橙子呢？"

我心里嘀咕，哪有大家呢，明明只有我。

裴俨没好气地瞪我一眼，然后别开头不肯开口说话。

他的沉默、他的冷漠、他的爱搭不理对那女生来说似乎再熟悉不过，她并没有流露出尴尬或局促的表情，反而顺手从他手上接过香橙，笑道："学长，既然你不想要这些橙子，以后就转送给我好了，我每天过来回收。"

我登时气不打一处来。什么叫她每天过来回收？我送的香橙是垃圾吗？还是她把自己当垃圾回收站？

所以……我这番坚持，最后却是为他人作嫁衣裳，为别人提供了一个接近裴俨的充分理由？

许是想我断了念想，好让我以后再不给他送橙子，他狡黠地笑了笑，爽快地答应那女生："可以。"

我被晾在一旁，静静地看着那两人如此三两句话便草率地决定了我橙子的命运，我心里的怒气"噌噌"往上冒。我断不能就这么认㞞，也不能输了姿态，更不能失了风度，便厚着脸皮对那女生微微一笑，若无其事道："这位同学，祝贺你成为校草的香橙寄托人，幸会幸会。我是爱收集的橙皮达人，我自小便有收集橙皮的特殊癖好，不知道你愿不愿意把橙皮让给我呢？”

那女生愣怔半天，才顶着满头问号，一脸无辜道：“橙皮达人是什么鬼？”

“机灵鬼。”我诡谲笑道，眸底已风云暗涌。我一言不发地夺回香橙，不容她分辩便动手剥起了橙皮，心血来潮吟唱道：“如果你愿意一层一层一层地剥开我的心……”

图书馆本就格外安静，所以尽管我的歌声并不特别嘹亮，却也起到了一根针掉到地上的作用，四周的人齐刷刷朝我看过来。

我身旁的女生浑身不自在，生怕被我的歌声牵连，索性低头灰溜溜而去。

我身边的某人也浑身不自在，他嘴角抽搐，脸上闪过一丝悔意，大概是意识到借助那个女生打击我委实是个馊主意。他忍不住探头凑到我耳边：“橙子我要了，图书馆人多，你少唱两句。”

歌声戛然而止，我睨某人一眼，一边淡定地给香橙扒皮，一边漫不经心地问：“你不是决定把橙子送人了吗，怎么突然回心转意？要回橙子干什么？”

“吃。”某人摊摊双手，无奈做投降状，然后从我手中接过被扒得干干净净的橙肉，没好气道，“这个橙子我要了。”

尽管他话里的意思非常简单明了，我却偏往不该的方向加以臆测，不慎心漏跳了两拍。

而他尚未知道我的名字，也从不曾问起。如此一想，我心中便颇有几分挫败感。

我把刚剥下的橙皮在手推车上拼接完整，利用几本图书将之固住，让这个空心橙能够顺利立起，然后从背包里拿出一支黑色记号笔，小心翼翼地在空心橙上写下一个“贾”字，那是我的姓氏。

我回头瞥了瞥裴俨，他正饶有兴味地观察空心橙，大概是在思忖“贾”字和香橙之间的关联吧。

那天之后，我再没带香橙走进图书馆，我改送橙皮了。因为裴俨，我练就一身扒皮神功，现在我剥下的香橙皮就像一朵四瓣橙色花，轻易就能拼接回去。

大学时代，我身边的女生总爱畅想未来。她们幻想着某天会到欧洲或北美进修，与一个金发碧眼的洋男友邂逅，展开一场轰轰烈烈的爱恋；或会前往西藏勇攀珠穆朗玛峰，然后喝着酥油茶欣赏一场盛世大雪；或会循着古人的轨迹踏上丝绸之路，看遍青山绿水、枯藤老树。无论是欧洲、北美还是西藏或是丝绸之路，遇见裴俨之后，我再无远志，心似乎过早地安定下来了。我能看见的未来短浅而具体，在裴俨硕士毕业离开学校之前，我心之所向不过是大学图书馆而已。

我寝室距离图书馆不过八百米远，我步行只需十分钟，其他人也是。我能轻易抵达的彼岸，别人也触手可及。裴俨这男妖精在兼职期间状况百出，委实给我惹来不少情敌，譬如这天。

我毫无防备地走进阅览室，目击了似曾相识的一幕，若不是当时裴俨正背对着我，我必定会认为这一出戏是他故意演给我看的，目的自然是让我死心。

一个与我素未谋面的女生竟如我当初那般，执意要给裴俨送橙子。我叫贾橙，她也叫贾橙吗？她给裴俨送什么橙子！

我下意识看看裴俨身旁的手推车，上面堆满图书之余，还摆放了不少香橙，足够裴俨吃一周了。

这是什么情况？他怎么会收到那么多橙子？

我驻足在不远处，按捺住暴脾气看戏。那女生像一只蝴蝶在裴俨身边左右徘徊，对他说话时略显紧张又极度兴奋，我仿佛看见了另一个自己。裴俨无奈地接过香橙，随手摆放到手推车上，出于礼貌，他向那女生点点头表示谢意，却不曾开口说话。

我犹豫着要不要走过去捣毁那惹我不快的画面，裴俨忽而掉转头，推着手推车打算向阅览室门口走去。看见我后，他毫不犹豫放开了手推车，径直朝我走过来。那女生被他突然撇下，不禁目光幽怨地瞪向我，一跺脚气呼呼地走了。

“学长。”我勉强笑着招呼。

裴俨不悦地指指堆放在手推车上的香橙，朝我没好气道：“那些全拜你所赐。”

我不解，懵懂地看着他。

裴俨撇撇嘴，略显无奈道：“你天天给我送香橙，那些女生以为我有多爱吃呢，见我天天手推车上放个香橙，她们就天天给我带一个。贾橙，我觉得你很有必要为此负责。”

贾橙，他叫我贾橙！这是认识以来他第一次叫出我的名字！

我欣喜若狂，便不矜持地猛点头：“我愿意负责！学长，你就放心地把你和你的女人还有那些橙子交给我，我照单全收！”

裴俨被我一秒破功，不禁笑了，推着我走到手推车前，示意我把那些香橙领走。

我兑现诺言负责到底，将裴俨的香橙全部装进背包，身旁，某人的声音冷不丁响起：“今天这些也足够还债了。”

还债？

我错愕抬头，撞上那双深邃的眸子。裴俨沉着道：“贾橙，比起这些橙子，我更容易接受你送的空心橙，因为里头没有心。”

我当然听得出他的弦外之音，他在拒绝我，可我拒绝他的拒绝。

我背上沉重的背包，神色坚定地迎上裴俨的目光：“空心橙有心，只是被你吃掉了。另外，学长，请你做好心理准备，我会比别的女生难缠。她们只是犯花痴，但我是认真的。”

不知哪来的自信和希望，我深信不疑通过努力就能够获得爱情。

裴俨也是美术学院的学生，他成绩优异，保研留在了本校，我上大一那年正是他攻读研究生的第一年。

裴俨是个难得的人才，主修建筑设计，辅修时装设计。在攻读硕士双学位时，他竟还抽得出时间写生，偶尔画画风景油画赚取外快。正因为一门心思扑在艺术上，他平日鲜少出席校园五花八门的联谊活动，几乎不与人来往。兼职图书管理员，不过是他放空自我的一种方式。

他的作品在一次展览中被Voodoo董事长看中，董事长先生亲自来到美院找他，从此，他便辞去了图书管理员的兼职工作，利用闲暇时间参与Voodoo的创意设计。

裴俨才华横溢，Voodoo董事会对他青睐有加，拿到硕士双学位后，他直接入职Voodoo，成为这个奢侈品牌公司有史以来最年轻的创意总监。那是去年，我刚上大四。当时我便下定决心，毕业后就算挤破了头也要加入Voodoo。我要和喜欢的人并肩作战。

大学四年，我攻读的是时装设计专业，许是心有所系，我总希望自己的设计有天会穿在喜欢的人身上，久而久之，我的每一款设计便都和裴俨有关。

裴俨毕业当天，我抱着一套深蓝色西装在校园的露天停车场里傻傻地等。好不容易等到他出现，我既紧张又忐忑地把西装交出去。那是我花了一整个学期反复修改，亲手剪裁缝纫而成的。但我怕他拒绝，便撒了个无伤大雅的谎，说那是我用压岁钱在商场买的。

许是曾有过接收橙子的惨痛经历，这回裴俨没有拒绝我，爽快地收下了西装，然后从钱夹里拿出三千块现金递给我："西装我要了，但不能白要。"

我没有犹豫，也痛痛快快收下现金。我知道他想和我撇清关系，那我就如他所愿，和他明算账好了。

我在银行另开了一个账户，将裴俨给我的那一小笔钱存了进去，至今不曾动用过里头一分钱。潜意识告诉我，未来我总有机会把这笔钱还回去。

裴俨正式到Voodoo上班后，我几乎每个周五都会跑到Voodoo停车场踩点，一是为了见他，二是为了碰运气，说不定我会恰巧撞见他穿着我送的西装下班呢？奈何我每次都败兴而归。

我从不曾鼓足勇气问他，西装他喜欢吗，试穿过吗，合身吗。

我害怕得知心中已有的答案。

我怕他告诉我，他从未穿过，因为不喜欢，因为那是我送的。

第三章 //

男神面试官

我瞒着大魔王向Voodoo公司投递了一份简历和我的作品扫描件，不到三天，我便得到了通过初试的答复，Voodoo让我带上作品原件到本部参加第二轮面试。

我似乎朝梦想更进一步了，要是我顺利应聘上初级设计师，便有机会和大魔王共事。

面试地点在Voodoo总部四楼，而大魔王的办公室在20层，如无意外，我和他应该不会撞见。

今天面试我的是人力资源总监，要先过了这一关，才能进入终极面试，届时面试官会是大魔王本尊。

我到过Voodoo无数回，这次终于可以堂堂正正进入Voodoo，想想心里还有些小激动呢。

Voodoo不愧是享有盛誉的国际一线奢侈品牌，前来应聘的大多是名校毕业生。我是今天第一个接受复试的候选人，九点半刚过，我便被领进面谈室。面谈室空间不大，中间只摆放了一张长形桌和两把椅子。

曾听说Voodoo董事会喜欢任用年轻人，看来这说法不假，譬如裴俨，譬如人力资源总监，他们都有着一副年轻而鲜活的面孔，而身上背负的却是Voodoo的未来。也正是因为这点，Voodoo成了无数有野心、肯上进的年轻人最理想的归属地。

面试官清瘦的脸上戴着一副无边框透明眼镜，看起来温文尔雅，他身上的灰色西装正是当下Voodoo推出的最新款式，价格自是不菲，只可惜对任何一套西装而言，他都太瘦了。

我不太怯场，落落大方地走过去，在面试官对面镇定地坐下，然后缓缓抬头，直视对方的双眼，登时僵住了。

竟然是他？那位愿意相信我不是女流氓的元先生！

他曾在停车场救过我一回。刚才走进面谈室时，我一直没敢直接瞧面试官，现在与他面对面而坐，彼此间不过一米之隔，我想看不清他的脸都难。

“元先生，您是Voodoo的人力资源总监？”我杏眸圆睁，又惊又喜又觉尴尬，惊的是世界好小，面个试都能遇着认识的人；喜的是又遇好心人，既然他是好心人，那面试的提问应该不会太刁钻；尴尬的是我是凭自己的真才实学通过初试的吗？或者是这位元先生特地为我亮了绿灯？

应该不至于，我和他又没有交情。我转瞬恢复了镇定。

元先生笑眯眯地向我伸出手：“小黄花，很高兴你还记得我。”

小黄花……是因为那天我对那些保安声称自己是黄花大闺女，所以他才这么……调侃我？

我轻轻握住了他的手：“元先生，啊不，元总监？您好。”

他点点头，和颜悦色道：“我叫元思，我的确是Voodoo的人力资源总监不错，这很奇怪吗？难道这世上只有你那个禁欲狂学长才配称为年轻有为？”

“不不不，您也配！”我尴尬地挠挠头，心里却因为他的玩笑变轻松了。

元思认真看完我提交的每个作品，再次抬头定睛看我，半是玩笑半是认真道：“坦白说，从我下属交上来的无数简历中看到你的证件照，我的内心是震惊的，而你的作品又给了我意想不到的惊喜。”

说着，元思微微前倾上半身，稍稍向我凑近，放低声音接着道：“我觉得你的作品散发着一种似曾相识的禁欲味道，怎么说呢，这画风让我想起了某个人。”

我不由得脸颊一热，整颗心悬在了半空。

竟然被他看穿了！

既然已被识破，我也没必要再遮遮掩掩，索性坦然承认：“元总监，您没有说错，也没有看错。在创作过程中，我像着了魔似的，脑海里常常浮现出某个禁欲狂的面孔，所以我的作品也自然而然地走向禁欲偏锋。”

元思狡黠一笑，目光却透着一丝嘉许：“也许正是因为你的创作动机和别人不一样，反而让人眼前一亮。呈交上来的作品大多哗众取宠，那些年轻的设计师过分追求新颖和个性，而你恰恰相反，你在意的只是穿上这身时装的人舒不舒服，合不合适。”

元思句句说到我心坎里了！

我沉住气，微微向前试探：“所以，元总监，咱们什么时候正式进入面试环节？”

元思干脆地答复：“所谓复试环节，在我看来已经没必要了。我今天之所以要见你，是因为有个重要的消息要透露给你。”

我立刻竖起耳朵。

元思敛了笑容，一改平日的和善态度，突然板起脸的他和大魔王一样具有威慑力，他严肃沉着道：“贾橙，我认为你的作品是众多候选人当中最优秀的，所以我直接推荐给创意总监了……”

我心下一沉，刚放松下来的神经又死死紧绷。

元思直接将我的作品推荐给创意总监了？

创意总监……不正是大魔王吗？这样看来，裴俨已经看过我的作品了？

我感到局促不安，用眼神催促元思往下说，他默然片刻，才摊摊手，一脸无奈道："很出乎意料，禁欲狂对禁欲风创作不感兴趣。"

禁欲狂对禁欲风创作不感兴趣……

禁欲狂对禁欲风创作不感兴趣……

禁欲狂对禁欲风创作不感兴趣……

这句话在我脑海里疯狂刷屏，我感觉脑袋都要炸掉了。

裴俨不喜欢我，也不喜欢我的设计。前者和后者，我比较不出哪一个更让我难过。

难怪刚才元思说所谓的复试环节已经没必要了，如果裴俨不想用我，任元思对我认可度再高、再强烈都于事无补。

我极力掩饰住失落的情绪，尽量不让自己在外人面前失态，勉强挤出一丝微笑："谢谢元总监，我都明白了，那我不打扰您了。"

我打算起身告辞，岂料元思抓住我肩头，瘦胳膊瘦腿儿的他竟如此有力，一下便将我摁回到座位上："先别急着走，听我把话说完。"

于是，英明神武的元总监推了推眼镜，用心良苦道："毕竟人力资源总监这个职务不是装饰品，我推荐的人裴总监自然也得予以一定程度的重视，所以复试你通过了，但这些作品断不能用作第三轮的面试资料，你听明白了吗？目前，你缺的是真正能够打动裴俨的作品，所以这次回去好好准备。小黄花，我认为你很有潜力，功底也过硬，前途不可限量。"

我的小心脏随着总监大大抑扬顿挫的话语大起大落，实在太刺激了。我又感动又激动，像一条刚寻获美味早餐的萨摩耶，拼命朝元思点头卖乖："一定一定，元大大说什么都是对的，我一定照办！"

走出面谈室时，我四肢发软，竟有种劫后余生的感觉。好险，差点被大魔王终结在二审路上了。

而眼下，我面临着一个至关重要的问题，这个问题关乎我职业生涯的去向——什么样的作品才能打动大魔王？

我找到一家咖啡馆，静坐着思索半天，依然毫无头绪。我回到荔枝湾时，大魔王还没下班。

我刚入住的这些天，裴俨每天都回来得很早，一脱下鞋就到厨房做饭，而早上出门之前，他一定会为我准备好一份温热的早餐。尽管这些天他与我有过的交流不多，他甚至极力避免在家里与我碰面，每晚一吃过晚饭就躲进卧室，几乎不在客厅里走动，但他确实把我照顾得很好。

我拿定主意，等我有了稳定的经济来源后，会尽快从这里搬出去。我不想自己成为他生活的负担。我确实喜欢黏着他，可我舍不得他为我劳累，也不想他在自己家里这般不自在。我真的打扰到他了。

我进屋时，萨摩耶正趴在玄关处，发现推门的是我，它似乎略感意外，立刻进入戒备状态，抻长脖子朝我吼叫两句。它还没适应这个家里突然多一位住客，还不习惯和我共享一个空间。对它来说，我并不是这里的成员，所以它排斥我，我完全理解。

我本就抗拒与汪星人接触，所以并不打算安抚它，只要我走进房间把门一关，它就会彻底安静下来。只是……如果我要走进大魔王的卧室，它的反应恐怕会比现在激烈……

我必须要在大魔王回来之前，打开他的衣橱看一看。想要精确而具体地知道大魔王的穿衣偏好，没有比观察他的衣橱更直观的方法了。说不定我能从中得到一些启发，设计出令他满意的作品。

我视线落向萌点，它和大魔王共用一个卧室，倘若我采取强攻手段，它势必会以河东吼反击，到时候我有没有定力静下心来继续大魔王衣橱之旅就不得而知了。

我把心一横，走过去一把抱起萌点。十五年前我也曾这般抱过另一只小狗，我还以为自己再不会和汪星人这样亲近了。

萌点在我怀里稍微挣扎了几下便彻底安静下来了，大概是因为我给它顺毛的动作让它感到亲切。

我抱着萌点走进厨房，将它放到橱柜台面上，然后从橱柜里拿出两根香肠，它的眼珠子立刻滴溜溜转起来。它在一旁看着我在砧板上不太熟练地切碎香肠，也许是馋了，竟开口朝我“汪”了两声，催促我动作麻利点。

我咬咬牙，忍不住伸手摸一摸它的狗头，示意它少安毋躁。

我把切好的香肠放进微波炉加热三十秒，才端到萌点面前，它舔着唇，迫不及待地吃起来。我拿出手机，在它旁边单曲循环一首儿歌。

“阿门阿前一棵葡萄树……”

熟悉的旋律响起，掩护我双脚落在地板上时发出的声音。我悄悄转身出了厨房，蹑手蹑脚走进大魔王卧室，然后轻轻带上门。

我长吁一口气，快步走向大魔王的衣橱，正式踏上神秘衣橱之旅。

许是为了应付各种场合，大魔王每种颜色的西装都各备一套，我从里头拿出一套深蓝色西装看了看，不是我送的那套。

一个四方礼盒被搁置在衣橱底部，我伸手拿出，饶有兴味地掀开礼盒，里头摆放的正是一年前我亲手为大魔王缝制的深蓝色西装。因为被长时间储放于礼盒内，西装有了很深的折痕。

看来，它不受钟爱，而我是罪魁祸首，我必须要让它重见天日。

我拿出西装轻轻甩开，恨不得用双手抚平它的皱褶。

房门突然开了，裴俨阴沉着脸走进来，看见我手里抱着西装，不由得神色一滞，但转瞬又恢复镇定，不悦地质问道：“你在我房间里做什么？”

我胸口一紧，纠结着应当怎么圆场，垂头看看那套无人问津的西装，突然释怀了。我抬头迎上裴俨阴冷的目光，道：“学长，我……在你房间里偷东西。”

我苦涩一笑，接着道：“西装你从没穿过吧？”

“是。”裴俨面无表情。

我早知如此，对他的答复并不感到意外，我只是无可救药的难过。好在我早已适应这种伤害，也习惯失落。裴俨是住在我心里的魔，慢慢吃掉我。

“学长，西装不合身吗？”我抱着西装，执着又愚蠢地追问。

裴俨毫不回避我的目光，态度淡然道：“我说了，我从没穿过，自然也不知道它合不合身。”

他似乎对这个话题不感兴趣，打开房门用眼神催促我离开。我点点头，抱起西装向门外走去。

裴俨冷不防伸手拦住我，我脚下一顿，抬眸看向他。他紧绷着脸，视线不经意间扫过西装，道：“贾橙，任何时候，我都不希望你跑进我的卧室随意乱翻。我希望你给我应有的尊重，不要一再打破我的原则。我收留你是出于好意，我不希望自己为此感到后悔。”

他说的每一个字都在情在理，我却不讲道理，非要用情感冲撞他的理智，终于，我败下阵来，背负一个不可理喻的罪名。如果真心可以换情深，我送出的西装就不该被封存，那上面的一道道折痕，是我心里结疤的一道道伤痕。

我紧紧抱住西装，一股无名火在我心底陡然升起，我委屈，我不甘，但这一切都是我咎由自取，我活该。

我不禁自嘲冷笑一声，继而直视裴俨，态度不由得硬了几分：“你会不会后悔我不知道，反正我后悔了，西装我领回去了。”

总有人愿意珍视它，总有人愿意穿上它，总有人适合它。

我推开裴俨，径直走向隔壁房间。他竟三步并作两步跟过来，伸手扼住我手肘，霸道地将我往回拽：“你有什么可后悔的？我早就警告过你，也拒绝过你，该做的我都做了，不该做的我也做了。”

是的，他早就拒绝过我，也警告过我，他喜欢的是米竹，天下无双的米竹，谁都取代不了。

执意付出是我自作自受，渴望回报是我心存贪念，我揪心，我困惑，我耿耿于怀或寸心如割，都是我自己的事。

我反手甩开裴俨："学长，谢谢你宅心仁厚收留我。你放心，等我找到工作存够一定积蓄之后，我会马上离开这里，毕竟寄人篱下可不是好玩的事情。"

我再无余力扛住他一句又一句冷漠无情的话，转身关上门。

我怕了。

我怕无辜大爱一场之后，还要笑着祝福他和米竹。

我对通过面试已经不存幻想了，我送出的西装就是最好的例子。存放整整一年，裴俨都不曾穿过，我甚至都怀疑他有没有仔细看过一眼。对于不喜欢的事物，裴俨的立场异常坚决，而我没有把握在匆忙之中设计出一款作品比送给裴俨的更优秀。那套西装是我最好的代表作，他连它都看不上。

我想过放弃Voodoo的终极面试，但我想起元思，他那么极力推荐我，那样用心鼓舞我，我不能让信任我的人失望。

至少，我不能临阵脱逃。

Voodoo的第三轮面试，不管结果如何，我会漂亮地结束。

我再次走进Voodoo总部，这栋银黑色高楼被空调吹得像个巨型冰柜，让刚走进来的人都忍不住战栗。

毕竟是面试的最后一道关卡，所以今日参加面试的候选人不多，算上我不过寥寥九人。那些人满怀期待地守在会议室门前，她们手上挎着的皮包能抵上我一年零花钱，身上穿着的正装我全在时尚杂志上见过，我的白色休闲鞋混在她们的高跟鞋阵营里显得格格不入。

从两点半到五点半，我等了整整三个小时，终于等到我前面的候选人带着一脸被阉割的痛苦走出来。

"太可怕了。"

经过我时，她不禁嘀咕一句，我不免紧张起来。

传唤声冷冷传来，里头报出的是我的名字，我挺起胸，壮着胆子走进去。

三位面试官并排而坐，黄昏的余晖透过他们身后的落地玻璃洒了进来，映出一圈圈刺眼的光晕。坐在中间的一位面试官朝我龇牙笑了笑，正是元思。他的笑容似乎有种魔力，我顿时放松了不少。

我不疾不徐地走到正中央的座椅落座，余光瞥见独坐一隅的大魔王，从他的角度刚好可以观察到会议室里的每一个人。

他面沉似湖，清幽的眸底涌动着谁也无法解读的情绪，落霞触不到他刀削的侧脸。他手边摆放着一杯黑咖啡，大概已经凉了。

助理将我提交的作品一式三份，复印分发给各个面试官，原稿在裴俨手里。我仔细观察他们每个人的表情，在看过我的每个作品后，那些面试官面面相觑，视线不约而同朝裴俨投过去。不必扭头，我就知道此时的大魔王脸色不会太好看。

会议室的气氛似乎更压抑、诡异了，在围观过大魔王的臭脸之后，面试官又齐刷刷回过头，心情复杂地看向我。

元思禁不住浅笑出声，朝我眨巴两下眼，率先打破沉默："贾小姐，你呈交上来的……算不上设计图吧？"

我神态自若，淡定地回应："相信英明神武的元总监不难看出，这是人体结构图。"

元思笑声更甚，忍不住又扭头看看裴俨。

大魔王坐在一侧，分明一脸恨不得扑过来掐死我的表情。

元思回头对我道："不管怎样，遇到这种事还真挺新鲜的。看了一下午设计图，我都快审美疲劳了，没想到你提交的面试资料内容这么劲爆，我瞬间清醒过来了。只是……"

元思握拳凑到嘴边，刻意干咳两声，饶有兴味道："贾小姐，我们招聘的是设计师，不是解剖尸体的法医，针对你本人提交的面试资料，我希望你能够给出一个合理的解释。另外，我相信在座各位都已经看出来，这些人体结构图……嗯，贾小姐画的都是咱们裴大总监的脸。”

不错，我在那些人体结构图上精心刻画了裴俨的脸。他开心时淡淡一笑的样子，他恼怒时紧锁眉头的样子，他沉思时眸子低垂的样子，他看着米竹时怔怔出神的样子，他拒绝我时冷酷无情的样子，他推着手推车在图书馆里认真整理图书的样子，我记忆中他最美好的样子。

美好，却永不属于我。

这大概是最后一次，我将自己的心整颗掏出来放到裴俨面前，让他一览无余，然后嗤之以鼻。

今天的面试会也是我献给过去四年一场隆重的告别礼。这是我唯一也是最后的机会，让我心心念念的人，看到他自己在我脑海里每一个让我心心念念的样子。

对于这场轰轰烈烈的单恋，我没有遗憾了。

我自信满满地对上元思略显疑惑的目光，朝他微微一笑，然后缓缓回头直面裴俨，淡淡笑道：“裴总监，相信您可以为我做证，我从未有幸看过您的肉身。那些人体结构图都是在我目测之后，根据对你身材比例的判断画出来的。”

裴俨按捺住怒火，好不容易从人体结构图上转移视线，皮笑肉不笑道：“所以……这位贾小姐，你意思是你只看过我穿的西装，就能推断出我的身材比例？”

我颔首，笃定地答道：“我想通过人体结构图展示自己的基本功，当然，我也体贴地隐去了某些部位，至于为什么非要画裴总监……我认为这么做，裴总监看着会更有代入感。”

“并没有。”某人嘴角抽搐，“因为贾小姐的体贴，我在人体结构图上就是一个不完整的男人。另外，这些结构图并不能展现你在创作方面的能力。”

我沉住气，不急不躁地辩驳：“我对人体结构越了解，所设计的时装自然更具立体感，也更能展现人体美。而关于我在结构图上有意隐去的部分，是出于对裴总监您的尊敬。实不相瞒，我本人是您的小迷妹，您对我而言神圣不可侵犯，所以我不敢造次，怕想多了伤神。”

听我一席话，那些个原本正气凛然的面试官不由得屏住了呼吸，想笑又不敢笑。他们面露忧色，似乎担心平日不近人情的大魔王会勃然大怒，都替我捏一把冷汗，连平日事事处之泰然的元思也不由自主地吞了吞口水。

某人死死盯着我，一针见血道：“贾小姐，单凭这些人体结构图，并不能证明你对人体比例掌控力强，相反，只能说明你做事不严谨。Voodoo的每一位设计师都必须为重要客户复核量身数据，不能只依赖目测。”

我就知道他会咬住这点不放，幸好我早有准备，从牛仔裤口袋里拿出一把卷尺，“唰”地一下拉直，笑眯眯地对大魔王道：“裴总监，不如我们来个现场量身，好验证一下结构图比例和您的真实情况存在多少偏差。”

如果差异不大，到时候下不了台的是大魔王；如果差异很大，我就是自个儿打脸。

元思八面玲珑，大抵早看透这一点，及时离座挺身而出，倏然绕到我面前，从我手里夺过卷尺，面不改色地笑道：“贾小姐是个鬼才，我果然没有看错人。今天的面试到这里结束，感谢你给我们画上一个完美的句号。”

我领会到他眼神传递的劝阻之意，便不再执着，鞠躬谢过每一位面试官，然后转身走到裴俨面前，索回我的个人资料，然后也向他毕恭毕敬地微微鞠躬：“谢谢裴总监指教，如果我曾对您造成困扰，我深感抱歉，不打扰了。”

我来到Voodoo负一层，守在电梯间旁等候。元思下班要取车，这是他必经之路。今天这场面试，我为了满足一己之私搞砸了，我得郑重向他道歉，同时也该感谢他。

我结束面试时已超过六点，六点半刚过，电梯门开了，大魔王和元思从里头有说有笑地走出来，撞见我后，大魔王神色一僵。

嗬，这次我等的不是他，他大可不必苦恼。

我有意无视大魔王的存在，径直走到元思面前，尚未开口，对方便主动向我招呼："小黄花，没想到你还在？"

"我在等你。"我鼓足勇气道，"元先生，能不能耽误您几分钟，借一步说话？"

大魔王看似不经意地瞥我一眼，默默撇下我和元思，独自走到停车场。

元思看看我，又看看大魔王高冷的背影，高深莫测地笑了，冷不防绕到我身后，推着我朝大魔王的车走去。

我猝不及防，慌张地回头道："元先生，您要带我去哪？我和大魔王不是一路的！哦不，我的意思是……"

他朝我眨巴眨巴眼，心领神会道："小黄花，你的意思是裴总监是大魔王？我同意。我们正好要去吃饭，你也一起？"

我猛摇头："不了，我想回家睡觉。"

奈何元思分外坚持："我好歹帮过你吧？尽管结果不理想，难道你忍心让我一个人面对大魔王那张禁欲的脸食不下咽？你瞧瞧我多瘦。"

"……"眼下也轮不到我推拒了，元思已硬生生将我塞进车里。

一路上，车里的气氛就像鬼片那样诡异，大魔王吝啬开口，甚至不愿多看我一眼，而我也没有给自己添堵的心情，便索性不理会他，自顾自和元思攀谈起来。

不得不说，元思和我特别投缘，到了饭桌上，他也特别照顾我。当我们顶着鼓鼓囊囊的肚皮走出饭店时，我感觉自己和元思像是认识多年的老朋友。

恰逢周五，饭店生意比平常要好，停车场早停满了车辆，大魔王只好把车停在紧挨着人行道的路边停车位。

一辆炫酷的黑色跑车停在大魔王车后，这没有问题。有问题的是，不知那位车主出于什么心态，跑车压过停车格白线，与大魔王的车尾仅隔不过一巴掌的距离。这就尴尬了，大魔王的车被夹在中间，因为剩余空间不足而无法驶出。

跑车就停在饭店门口，我们猜想那个车主说不定也是饭店的食客，元思身先士卒，扭头回了饭店，试着和饭店的部长协商，看看他们能否找到那个奇葩车主。

不一会儿后，饭店部长紧跟着元思一起出来了。元思满脸怒火，没想到平日那样和善的他竟有这般脾气火暴的时候。

我立刻冲上去："发生什么事了吗？"

元思稳住脾气，尽量平心静气道："那位奇葩车主在包厢里左拥右抱，忙着享齐人之福，表示实在抽不出宝贵时间来给我们倒车。"

彼时，饭店部长满脸歉意地迎上来："各位，实在抱歉，那位祁先生也是有头有脸有脾气的人，我们实在不敢得罪，更何况路边停车位又不归我们管……"

我算是听明白了，那个车主不负责任，而饭店部长也不愿掺和，所以我们只能哑巴吃黄连。

可大魔王不是那种闷声吃大亏的人，他脸色一沉，阴恻恻地对饭店部长道："让车主出来处理，或者我打电话让人拖车，你二选一，或者让车主二选一。"

饭店部长的脸"唰"地一下白了："裴总，您和祁先生都是我们的贵客，这点小事没必要采取拖车这么极端的手段。要不我带您去见见祁先生，你们再平心静气地聊聊？"

裴俨本就无意为难饭店部长，虽不乐意和陌生人浪费唇舌，但还是勉强点头了。

想想十分钟前，元思才和对方有过交涉，结果并不尽如人意，连好脾气的他都能暴走，大魔王进去分分钟爹毛。

我连忙上前拉住他，他蓦然回头，透着愤怒的眸光对上我略显关切的眼神。

“你不许去。”我干脆阻挠道，“你进去能干吗？你这张脸只对女人有说服力，对方是个男的。”

裴俨犀利的目光飞快扫过我拉着他的手，竟没有甩开，没好气道：“那我们要怎么办？站在这里向月亮祷告，盼着那位缺德车主良心发现？”

见他这副非暴力不妥协的样子，我态度不由得强硬起来，提高嗓门道：“学长，你老老实实在我身边待着，哪儿也不许去！”

许是被我凶猛的气势所慑，大魔王竟有了一瞬的迟疑。我一把将他拽到身后，回头问饭店部长：“贵司有员工宿舍吗？能不能借我两个枕头？”

饭店部长不明所以，但见我一脸坚决且又一副挺讲道理的样子，便予以了极高的配合。他用对讲机吩咐一句，不到十分钟，便有服务员捧着两个枕头出来。

我接过枕头，向大魔王要了车钥匙，然后凑到元思耳边，语重心长地叮嘱道：“麻烦你帮我看守住学长，待会儿不论我做什么，你势必要替我拦着他，别让他妨碍我除暴安良，拜托了。”

元思皱了皱眉，一脸好奇，却没有刨根问底，向我比画了一个“OK”的手势。

我不安地回头瞥了瞥某人的严肃脸，他同样在看我，一副忐忑的模样。生怕他坏我好事，我冷冷地警告他：“你好好在一旁看着，什么都不用管，出了事我负责。”

我信心十足地朝他们笑了笑，然后走到路旁，将枕头塞到两车之间的空隙里，刚好护住跑车的车头。

我转身上了大魔王的车，接下来的一幕，连围观的饭店部长都忍不住掏出手机拍摄下来。

利用枕头对跑车的保护，我挂倒挡轻踩油门，缓缓推动跑车后移。大魔王和元思站在人行道上目瞪口呆。

说时迟那时快，一个黑影在我眼前倏忽闪过，紧接着那人便猛敲车窗催促我下车。

那疯狂捶打车窗的动作惹得我心里一阵烦躁，我气势汹汹地下车。那人站在车侧，猝不及防被猛然推开的车门撞到膝盖，吃痛之下闷哼一声，抬头恶狠狠地瞪着我。

想必，这厮便是传说中的奇葩车主了。

他年纪与大魔王相仿，有着一张英俊非凡的脸，刘海覆过两道弯眉，鹰钩鼻在明亮的眸子间高高耸起，浑身散发着与生俱来的不羁气息，一看便是个桀骜难驯的人。

他对我上下扫视一番，然后拽着我走到跑车前，俨然一副豪门公子哥的臭脾气，盛气凌人道："这位穿着破洞牛仔裤的小姐，你知道我这辆跑车价值多少？你在胆大妄为的同时，有没有考虑过后果？"

我扯了扯嘴角，向奇葩车主投去一个轻蔑的笑容，继而转身抽出枕头，然后淡定地掏出手机，启用了手电筒功能，纠正道："我这不叫胆大妄为，叫艺高人胆大。劳烦你检验一下，这辆跑车是否有事故痕迹。"

奇葩车主咬牙切齿地从我手中夺过手机，紧张兮兮地趴到车前反复检查，最后难以置信地抬起头，面上流露出与大魔王和元思如出一辙的惊讶表情。

我伸手夺回手机，示意奇葩车主看向我怀里的枕头，从容不迫道："熊孩子，这神技能是我家独门秘方，向来传内不传外，今晚我破格教授于你，不收费，不用谢。以后停车请你多考虑考虑别人，就你这拙劣车技，我建议你还是买张公交卡吧。"

经我一顿奚落，奇葩车主的脸色青一阵白一阵，像善变的霓虹灯似的，可赏心悦目了。他霍然从车前站起，三步并作两步走到我面前，居高临下地打量着我，嘴角抽搐道："这位牛仔裤小姐，如果我没有听错，你刚刚……好像……居然……叫我熊孩子？"

"对。"我坦荡荡道，余光瞥见驻足在不远处观战的大魔王已按捺不住，生怕我吃亏，急切地迈步朝我走来。赶在他带走我之前，我抬起膝盖顶向奇葩车主，不偏不倚撞到了他男人的痛处。

奇葩车主弯腰扶着车，痛得眼睛都睁不开了，想要抬头咒骂几句，奈何心有余而力不足。

我把枕头塞给大魔王，示意他归还给饭店部长。他一只手接过枕头，一只手牢牢扼住我的手腕，略显责备道："枕头挨揍了枕头不会痛，但你挨揍了你会，你给我回来！"

不容我争辩，大魔王打开车门命令我上车。

我忍不住回头，多看一眼奇葩车主的帅脸。在一旁监护的大魔王神色阴沉，冷下脸甩给我一记眼刀，然后抬手掐住我下颌，硬生生将我的脸扳回来："别恋战，上车。"

我不敢再有拖延，立刻钻进了车，将奇葩车主那张饱受屈辱又输不起的倔强面孔抛到脑后。

元思的车还停在公司，所以大魔王回荔枝湾之前，要先送他回家。

回去的路上，大魔王比来时更沉默了，似乎仍在回味刚才那一场出人意料的较量。相比之下，元思就乐观多了，他总忍不住回头多看我几眼，一副心有余悸的模样，朝我拱拱手道："女侠，就你刚才那气势，我只能说之前失敬了。"

我："……"

然后他又佯装恼怒，控诉大魔王："裴总监，既然身边有这样好玩的学妹，为什么不早点介绍我认识？"

大魔王神情冷漠，握着方向盘漫不经心道："早点介绍给你认识做什么？做女朋友？"

“不敢高攀。”元思摆摆手，“我只是想和你学妹做朋友，相逢恨晚未免可惜。”

对方明显是开玩笑，然而大魔王依然板着脸格外严肃道：“现在并不算晚，而且我提醒你，我学妹不是普通人，和她接触多了会偏头疼，我奉劝你离她远点。”

岂有此理，我体内的洪荒之力怎么就用之不竭呢！

我正想反驳，车子却停了，元思到家了。

他笑着对我挥挥手：“小学妹，今晚你着实让我长见识了。不过……你叫别人学长，总不能叫我元先生吧？回去好好想想，下次见面可不能再这么叫我。晚安。”

“元先……元哥哥！你等等！”我立刻下车追出去。

听见脚步声后，元思缓缓停下，回眸对我微微一笑：“元哥哥这个称呼很动人，我欣然接受了。你怎么追出来了？舍不得我？”

我猛摇头，微喘着气道：“我还有想说的话没说，今晚一直没有找到机会。元先……元哥哥，喀喀喀喀喀……谢谢你的帮助和鼓励，很抱歉今天的面试我没有好好表现。”

元思了然颔首，俨然一副兄长模样，抬手亲昵地拍拍我脑袋：“你今天的表现确实有点出格，不过我就喜欢你这种不按套路出牌的。”说着，元思惋惜感叹道，“不久的将来，那个人一定会为今日做出的决定而后悔。”

那个人一定会为今日做出的决定而后悔？

潜台词是——面试结果已经出来了，我落选了？

我的心咯噔一下。好在我早已料定这结果，尽管失望，但因为有了足够的心理准备，所以面对这个打击，我并没有手足无措。

我和元思互道了晚安，然后各自朝着不同的方向走去。

车里少了元思充当调味剂，我和大魔王独处的气氛便一下子冷却下来，我索性缩到后视镜照不到的位置，低头玩手机。

前方绿灯变红灯，车子缓慢停下，裴俨冷不丁开口道：“把我的人体结构图还给我。”

还给他？

不对，人体结构图什么时候成他的了？

我头也不抬，语气冷淡道：“学长，讲道理，达·芬奇曾在《最后的晚餐》里画过耶稣，难道这幅惊世之作就属于耶稣了？”

裴俨沉默了一下，恰逢前方转灯，他踩下油门，沉着的声音也随之传来：“至少，它如今还在意大利某家修道院的墙上，归教会所有。另外，耶稣慈悲为怀，不会告达·芬奇侵犯其肖像权，可我就不一定了，我小气。”

“……”

我当然知道，大魔王向我索取人体结构图，是担心我继续用作面试资料投向别家公司。

我沉住气，向他郑重承诺：“学长，你放心，我并不打算把你的人体结构图分享给更多人欣赏，毕竟我也不希望自己的才华被你的容颜遮掩。今天面试一结束我就悔悟了，我怎么能在结构图上刻画出你的模样呢？我就应该在你脸上打马赛克，好让大家沉沦在我狂放的画风里无法自拔，而不是光看你的脸就满足想象了。所以今天落选，我心服口服。”

驾驶座上，某人紧握着方向盘久久未曾言语。静默半晌后，他抬手握着后视镜，调整到刚好可以看见我的角度：“今天的面试你错在耍小聪明，如果通过想象就能画出符合事实的人体结构图，艺术界还要人体模特做什么？米开朗基罗当年又何必趁着天黑溜到停尸间观察尸体？”

我竟无言以对。

见我闷不吭声，裴俨透过后视镜瞟我一眼，催促道：“你最好现在就把那些结构图交给我。不管你做出怎样的承诺，结构图我必须拿在自己手里才安心。你这人古灵精怪，诡计多端，就算那些结构图不被当作面试资料，谁知道你会不会利用它们实现其他猥琐的价值！”

猥琐的价值……

大魔王究竟在担心什么？

他担心我半夜翻出结构图舔他脸？

我登时气不打一处来，我要真这么……猥琐，何不趁着近水楼台之便摸黑潜进他卧室，有必要对着那些毫无手感可言的结构图想入非非吗！

由于市区车多，所以裴俨的车速并不算太快。我按下车窗，看着车子驶过一个又一个十字路口。在经过分类垃圾箱时，我探出上半身，拿起文件袋快而准地投了进去。

他再无后顾之忧，而我从此眼不见心不烦，一拍两散算了吧。

“贾橙！”裴俨猛踩急刹，来不及回头向我大发雷霆，飞快推门下车，火急火燎地往回奔去。

我皱着眉把脑袋探出车窗，发现他竟不顾形象，把手伸进臭烘烘的垃圾箱里摸出了我的面试资料。那是一个牛皮纸档案袋，里头放着我的简历，和让他耿耿于怀的人体结构图。

裴俨阴沉着脸回到车上。生怕我抢走档案袋，他谨慎地把它搁置在车门边上我如何也够不着的位置，然后回过头狠瞪我一眼：“贾橙，我并没有允许你扔掉！”

“怎么处理是我自己的事！”我不甘示弱，冷冷挖苦道，“怎么，怕被陌生人拾遗，将你的肉体尽收眼底？”

大魔王摩拳擦掌，指关节咯咯作响，我不由得紧靠着后座缩成一团，他这是要揍我的节奏？

果然，下一秒，某人便阴恻恻地抬头，传来的清冷的声音透着一股厚重的哀怨情绪：“是，我担心清洁阿姨好奇心害死猫，我害羞。”

“……”

“我会带回家火化灭迹，这种东西我得亲自处理。”

“……”

他赢了。

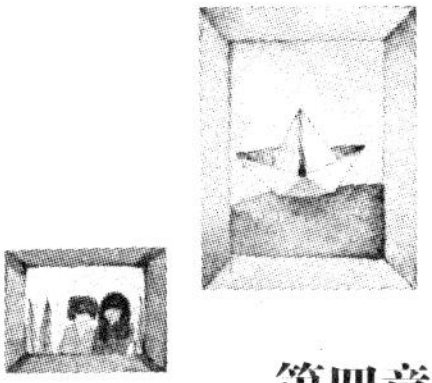

第四章

隐世老司机

萌葩星工作室是全球最受追捧的宠物时装公司。毋庸置疑，在宠物时尚界内，最顶尖的几位宠物时装设计师也都出自萌葩星工作室。时装和宠物时装不过是载体不同，核心工作还是大致相同的。重点是，萌葩星待遇优厚，薪酬颇具吸引力，工作环境也相当舒适。据说，萌葩星每天下午都会为员工提供美味可口的下午茶点。

我决定放手一搏，面试出乎意料地顺利，我成功入职。从现在起，我便是一名宠物时装助理设计师了。我要把每个月的工资节省下来，待有了足够的存款，便搬离荔枝湾。

我曾一心想成为一名成功的男装设计师，被大魔王否决后，要成为什么样的设计师对我来说已经不重要了，是为人类还是为宠物设计我也不执着了。

而选择萌葩星的真实原因，是我余情未了。我想离某个人近一点，更近一点——萌葩星刚好在Voodoo对面。

可我没想到，应聘上助理设计师的人还真不少。所谓助理设计师，顾名思义就是设计师助理，服务的对象不是客户而是上级领导。据我所知，入职萌葩星的这一批助理都直属公司最高领导管理，包括我。

上班第一天，人事经理将我带进了会议室，里头早已乌泱泱坐了十多人。我不禁生疑，大老板需要这么多助理吗？

后来我明白了，萌葩星采用残酷的淘汰制度竞争上岗，而且萌葩星每隔半年便要举办一次同等规模的助理招聘。会议室里全是我的竞争对手，在这样一个弱肉强食、严格考核的公司里，我是半分松懈不得。

萌葩星大老板抽出一上午的时间，与入职助理逐个面谈。第一眼瞧见大老板，我就断定她是个女王，做事说一不二，不容置疑且不许忤逆，凛然不可侵犯那种。

我们的女王从小在美国长大，是目前宠物时尚界的领军人物，本名Imogen，于是国内的媒体给她的译名十分特别，叫一抹金。

一抹金有一头干练的褐色短发，巴掌大的瓜子脸上很难看得见笑容，她的黑眼圈深得像烟熏妆。我怀疑她有很严重的睡眠问题，所以她脾气差也不是不能体谅。

一抹金背靠大班椅，好整以暇地等着我在她办公桌对面坐下。

我毕恭毕敬地问候：“领导，上午好。”

一抹金几不可察地点头，双眼透着明显的倦色，她把一份文件推到我面前。我不敢怠慢，顺从地打开文件快速浏览。这是关于一个男人的详尽资料，他在哪儿出生长大，有什么特殊癖好，以及他的性格分析等等内容。我的视线不经意间扫过一张无码高清照片，我顿时惊呆了。

这不是前些天晚上和我有过争执的奇葩车主吗？

一抹金女王为什么要让我查阅这熊孩子的个人资料？难道……我的应聘是一个彻头彻尾的阴谋，她是他派来的煞星，专治各种不服？

不对，这不可能！

我应聘萌葩星完全出于偶然，再者，一抹金并非男人可以驾驭的女人，她是女王啊！

我尚未琢磨出个结论，一抹金竟在下一秒给予我一万点暴击。

“祁箫檬是我前男友。”她不咸不淡道。我接不住梗，险些从座椅上震惊滑落。

太可怕了！他居然是我领导前任！一抹金不愧是女王，事事出人意料，连挑选男人的品位也令人匪夷所思。

我强自镇定，稳住呼吸，沉着地听候一抹金发落。

她静默思索片刻，前言不搭后语道：“贾橙，你知道神兽吗？”

我怔了怔：“草泥马？”

“是的。”女王一本正经道，“你回去熟悉一下我前任的个人资料。我们公司年底有个产品发布会，我需要向他借三只神兽做走秀模特。”

祁箫檬，那个奇葩车主，是红棉市除了动物园之外，唯一一个拥有三只以上草泥马的人。女王一抹金要想举办一场萌动全城的宠物时装秀，毋庸置疑，神兽草泥马是最明智的选择。

只是为什么这项工作会落到我肩上？

祁箫檬是那种睚眦必报的人。那晚我可是狠狠地嘲笑过他的车技，且还“尊称”他一声“熊孩子”，现在又打着一抹金的旗号向他讨要三只神兽，怕只怕到时完成不了任务，影响考核转不了正。

这个任务太冒险了，我不能接，可要推托，便需要一个站得住脚的理由。

犹豫半分钟后，我总算斟酌好措辞，不疾不徐地不露心声道：“领导，很感谢您对我的信任，可我……没有男朋友，精力过剩，所以想挑战更艰巨的任务。”

女王转动笔杆的动作一顿，缓慢抬头，犀利地瞥我一眼，吓得我猛地打了个激灵。

她嘴角微扬，摊摊手，高深莫测地笑道：“我很高兴新人喜欢挑战高难度，我很乐意告诉你，这就是。祁箫檬是个不好应付的人，在你之前，萌葩星有过好些人去拜访他，都吃了闭门羹，他根本不卖老情人面子。”

“……”

听大领导这么一说，我更不敢答应了，可刚才我又草率地给自己挖了个坑……

“领……领导，请问我有第二个选择吗？”

“没有。你不是热爱挑战、敢于拼搏吗？”

“……”

初入职场就摊上这等倒霉事，除了我也没谁了。回到荔枝湾后，我心情低到谷底，索性把自己锁在房间里，然后躺到床上，仔细查阅祁箫檬的个人资料。

事实证明，想要解读一个自己完全不感兴趣的人，和坐在图书馆背英语单词一样，都容易使人犯困。我不知不觉睡过去了，直到房门外小胖墩萨摩耶执着而尖锐的叫声传来。

我揉了揉眼，将覆盖在身上的文件抖落到床上，摸黑开了灯，然后懒洋洋地起身开门。

小胖墩萌点看见卧室里的我，好脾气地“汪”两声，然后试探性伸出小爪子，小心翼翼迈过门框。见我不曾动怒赶它出去，它便壮起胆子，走到我脚边，用爪子拍了拍我的膝盖，催促我随它走去客厅。

大魔王大概已经回来烧好了饭菜。

果然，我走到客厅，一阵饭香扑鼻而来，我却食欲不振。一想到明天将要求见祁箫檬那个奇葩车主，我就莫名烦躁。

大魔王正站在饭桌前，一脸认真地摆放餐具。他穿着一身简单的黑T恤与休闲裤，那副居家男人模样能让看见他的女人不顾矜持向他求婚。

但我是不敢了。更何况目前我面临着严峻的生存考验，恋爱包袱不得不暂时放一边。若不是有大魔王收留我，我在红棉市根本待不下去。

但米竹快回来了，到时候他会和她在一起，我总不能住在好朋友的男朋友家吧？

我吁了口气，抵挡不住双重失落，垂头丧气道："学长，我不吃了，你慢慢吃。"

我转身回房，萨摩耶的汪声又起，我捂着双耳极力投入到阅读当中，奈何门外那只胖子太不饶人了。我越沉默，它便叫嚣得越厉害。我装作没听见，它倒好，估计是蹬直了后爪子，整个身子趴到门上了，我分明听见了它拍门的声音。

大魔王家有个别致的露台。露台空间宽敞，所以才容得下秋千椅和摇摇椅，沿着护栏培植着一水粉嫩秋海棠。露台一侧有一张四方桌，早上我们便是在那里用早餐。露台贯通我和大魔王的卧室，我们房间都有一扇玻璃门可以直达露台。

许是见我不曾动容，小胖墩萨摩耶改变了作战策略。它跑到露台上，贴着玻璃门坚持不懈地朝我叫。透过卧室明亮的光线，我注意到它胖得找不着边的颈脖上挂着一个木牌，木牌上贴着一张字条，字条上大魔王的笔迹苍劲有力——让本王久等的下场，不堪设想。

"……"我肩膀一垮，隔着玻璃门对萌点不住地摆手，"你快走，我不饿。你胖你先吃，大魔王就交给你伺候了。"

然而它颇有使命感，一副非要和我死磕到底的架势，索性蹬起后腿，趴在玻璃门上对我做鬼脸，前爪子还不忘轻轻拍打玻璃门。

我拗不过它，开始动摇了，我到底要不要开门呢？

说时迟那时快，露台的灯忽而亮了，大魔王煞白的脸出现在玻璃门前，我不禁吓了一跳，连退两步。他抬手轻轻叩门，向我比画一个砍头的动作。我不敢违逆，立刻开了房门走出客厅。

大魔王已经回到饭桌前，而萌点忠心耿耿地趴在他脚边。在我拉出椅子在他对面坐下时，我分明注意到他朝萌点使了个眼色，然后萌点便一溜烟儿从我面前跑走了。

我的目光追逐着它的身影，我正想扭头往后看，大魔王忽而伸过手来，揪住我的耳朵，将我的视线移了回来。

“吃饭。”

我点点头。大魔王今晚做了黄焖鸡、香辣虾、蒜蓉炒菜心外加一锅鲫鱼汤，我莫名感到饿了，立刻捧起碗。仅在我低头喝一口汤的时间，小胖墩萨摩耶从我身后跑回来了，它嘴里叼着一张照片，我皱了皱眉，倾身向前探视一眼——这不是祁箫檬的照片吗！

这照片明明在我房间里，明明被我随意地扔在床头……等等，难道这小胖墩……

来不及细想，我得先要回照片，这毕竟是女王一抹金亲手交给我的资料，以后我得完璧归赵。

大魔王眼明手快，先我一步取下照片，饶有兴味地查看一番，然后阴恻恻地抬起头，朝我扬了扬手中的照片：“学妹，这就是你苦恼的原因？”

我不由得一怔，看看大魔王，又看看萌点，总算明白这究竟是怎么一回事了！

大魔王竟然派他的狗侦察我！

我面色一沉：“学长，人多欺负人少，这不太君子。”

“萌点是狗，你才是人，这是个原则问题。”某人百毒不侵，脸皮厚起来连我都甘拜下风。他将照片推到我面前，托腮看着我，一副等着我主动招供的架势。

我默默摇头，无可奉告。

大魔王挑挑眉，不急不躁道：“那要不……我们来玩一个‘猜中有奖’游戏？”

我登时竖起耳朵，双眼闪烁着精光，我一心在乎的只是：“奖品是什么？”

大魔王狡黠地笑笑，拿起筷子夹起一块鸡肉投进我碗里，煞有介事道："一口饭，谁赢了谁吃饱，谁输了谁洗碗。"

我撇撇嘴，一脸嫌弃："奖品不给力，我可以不玩吗？"

大魔王眸色一沉，嘴角带着若有若无的笑意："学妹，这时候你要想撒手不玩，那我会把萌点打包送到你床上，让它在你耳边汪汪哼唱一整夜摇篮曲，今晚执行。"

我意识到自己上当了，咬牙切齿恨为时晚矣。

大魔王敛了笑容，调整好了坐姿，牵头认真做起了游戏："我猜，你之所以盯着这张照片自寻烦恼，是因为你对照片里的男人……一见钟情？"

我板着脸："错，我没有移情别恋。你接着猜。"

某人沮丧地叹口气，敢情我没有变心让他失望了！

我捧碗扒了一口饭，顺手拿起一只虾放到大魔王碗里："第一轮你输了，我得对你略施小惩，把虾壳剥了。"

大魔王二话不说将菜盘子端到面前，霸气地承包了全部虾壳，再接再厉道："我猜，这张照片是你从网上下载，然后跑到照相馆打印的？"

我一个劲儿地摇头："这张照片是我领导一抹金给我的。你应该听说过她的名字吧？她是宠物时尚界的一姐。奇葩车主曾和她有过一腿，现在腿断了。"

大魔王成功打开了我的话匣子，不等他追问下去，我便滔滔不绝、一五一十将今天的遭遇向他诉说一遍。他静静聆听，未曾出言打断我，其间还剥光了一整盘香辣虾。

倾诉完后，我厚重的心事似乎变轻了，我沉闷的心情也逐渐转晴，看着眼前一桌美味饭菜，我食欲大增。碍于游戏还在继续，我只好向某人试探："学长，游戏可以结束了吗？我饿了。"

某人满不在乎地耸耸肩，我突然想起了什么，皱着眉接着问："学长，话说回来，你为什么要唆使萌点搜查我的房间？"

“游戏继续，你猜。”某人眨巴眨巴眼，托腮静候我自问自答。

我气结，咬咬牙道：“是不是今晚我面对美食态度反常，惹你担心了？”

“回答错误。”某人立即捧起碗筷，以不可阻挡之势猛朝自己嘴里塞米饭，转眼饭碗见底，他居然一口气吃光了……

大魔王起身拍拍肚皮，又拍拍我的肩膀：“学妹，我吃饱了，你洗碗。”

“……”

“喂，学长你别急着回房！究竟为什么要派萌点侦察我啊？”

翌日。

回到萌葩星，我到行政部申请借车，之后一刻都没有耽搁，便驶车前往匪匪庄园。

祁箫檬的父亲是红酒大亨，祁氏精心打造的红酒品牌Favorite分别在中国、欧洲和北美常年稳居销售榜前五，这为祁氏的红酒王国奠定了坚实基础。毋庸置疑，祁箫檬将会子承父业，接掌F集团。

据资料显示，祁箫檬这个富二代因为不喜欢待在枯燥无味的办公室里办公，所以常年住在匪匪庄园，闲也逍遥，忙也逍遥。

他和女王一抹金谈过一场为期不到半年的姐弟恋。两人何以从浓情蜜意到分道扬镳，网友的猜测是，祁箫檬自带渣男光环，一切豪门子弟惯出来的毛病他有过之而无不及，譬如多情、薄幸、放浪形骸、不务正业……但有一点我是服气的，祁箫檬生来会享受。

他在自家酒庄里建了个农场圈养奶牛和神兽，闲来无事遛一遛神兽、挤一挤牛奶，心烦气闷也遛一遛神兽、挤一挤牛奶。他爹是人生赢家，他是人生玩家。

虽然匪匪庄园远离市区，但那些个名媛、名模三天两头便往祁箫檬那跑，他身边从不缺女伴，而像我大老板一抹金这样的工作狂，连睡觉都腾不出时间，哪里得空天天看牢他？

一个小时过去后，我已隐约看见匪匪庄园的全貌。它如贵族的堡垒矗立在蓝天白云下，四周是苍翠树海绵延围绕，千枝万叶随风簌簌摇动。

我缓缓把车开到酒庄入口，负责看守的保安小哥从保安亭信步走来，敲了敲车窗，问我是谁。

我早想好了怎么介绍自己。若按寻常路数出牌，恐怕今天我连祁箫檬的鬼影都见不着，最易且最妙的招，是如实相告。

“早上好，我是祁箫檬祁先生其中一个前女友派来的……洽谈代表，我叫贾橙。”

保安小哥见惯风浪，撇撇嘴不屑道：“又是来讨钱的吧？我每天都要拦下不少人。你们家那位大小姐都有哪些收费项目？分手费？封口费？心理复原费？还是人为终止妊娠费？”

都没有……

我满脸黑线，看来这个保安小哥不好对付，我不使点手段，恐怕这就要打道回府了。

一个念头在我脑海里一闪而过，我灵机一动，向保安小哥卖了个关子：“恰恰相反，我这次登门拜访，主要是想给你们祁总一个机会，好让他扳回一局。上回见面我把他欺负惨了，还把他揍了，那晚月黑风高，他应该记得。不信你可以问问他。我想，他一定恨不得现在、马上、立刻见到我。”

果然，保安小哥意识到情况特殊，转身走进保安亭拨了通内线电话，而我坦然地对着摄像头和镜头后面的人招了招手，不一会儿，匪匪庄园的大门便开了。

保安告诉我，祁箫檬正在酒窖里试酒。我沿着指示牌一路找到酒窖入口，入口处停着一辆黑色跑车，就是那晚我隔着枕头移开的那一辆。

我惴惴不安地走进酒窖，一阵浓郁的酒香扑鼻而来，酒未入肠，却熏得我有了三分醉意。

酒窖第一层空间宽阔，看起来像个陈列美酒的博物馆。正中央有个巨型水晶球，里头注满了晶莹剔透的白葡萄酒。离水晶球不远，有一个音乐盒橡木桶，一个穿着华丽的美女塑像立在木桶顶部，她手捧酒壶，腰间别着一个精致的蝴蝶结。这是一个巧妙的机关，我轻轻拽动蝴蝶结，塑像美女便做出一个斟酒的动作，醇厚的红酒从她捧着的酒壶里溢出。

祁箫檬真会玩。

除了我，酒窖第一层再无他人，四周安静得诡异，仿佛是有心人为我的到来而特意肃静。

我悬着一颗心，不知不觉到了楼梯口。这是一道我只从电影里看到过的螺旋楼梯，顺着楼梯往深处走，便可抵达酒窖底层。

祁箫檬应该在楼下？

太可怕了，将来他要是实在缺钱，大可以把酒窖租给影视公司拍摄惊悚片。

地下层竟没有开灯，理所当然光线比一楼昏暗，这是阳光透不进的地方，温度也比地面温度低。许是心理作用，我总感觉背后有人，阴风阵阵。我掏出手机，打开了手电筒功能，每向前走三步，便忍不住回头看一眼。

我一个人影也看不见，如果不是听见了脚步声，我早就往回跑了。那一阵脚步声虽然遥远，但是真切。

我循着声响接近，彼时，我头顶的射灯忽然亮了，闪动两下，又熄灭。我再往前走，上方的灯又亮起另一盏，同样只闪动两下，便又黯淡下去，仿佛是某个躲在暗处的人在对我眨眼。

我心里已有定夺，肯定是祁箫檬那熊孩子在装神弄鬼。如果他不这么耍花招，我还真有点心慌，知道他在暗中窥视着我的一举一动，我反而冷静下来。

我壮着胆子往酒窖深处走，脚步声出其不意“咚咚”响起，真实而又贴近。我在原地驻足，仔细倾听，却再也察觉不到别的动静，酒窖突然又一片死寂。

我沉思半晌，试探似的抬脚跺跺地，隔空回应那阵莫名其妙的“咚咚”声。果然，听到我发出的声响，躲在暗处的人又跺了两下地。

祁箫檬这熊孩子究竟想干吗，想和我在黑暗中PK踢踏舞？

察觉到有人正朝我走近，我猛然回头，发现没有人。我继续往前走，灯突然全亮了，我一时适应不了刺眼的光线，下意识抬手遮眼。指缝间出现一个人，他顶着鸭舌帽，帽檐压得极低，几乎挡住了他的双眼。

祁箫檬逗留在原地一动不动，分明在等我靠近。

我偏不。

我在他两米外驻足，没有再试图接近。

“祁先生，幸会。”我不卑不亢，朝他点头笑笑。

祁箫檬扬起下颌，嘴角挂着一抹坏笑，轻蔑地与我对视一眼：“我是不是听错了，你叫我祁先生？贾小姐还有两副面孔呢？”

“……”

祁箫檬摘下鸭舌帽，将帽子在指尖旋转，缓缓朝我走近几步，双眼肆无忌惮地对我上下打量，浑身散发着危险的气息：“天大地大，贾小姐为什么偏偏要在一抹金手底下做事？真是喜闻乐见呀。”

他龇牙一笑，幸灾乐祸道：“要是贾小姐知道你们家领导一抹金还对我念念不忘，并且想方设法要和我旧情复燃，会不会为那晚对我的冲撞感到后悔？”

呵呵，吓唬谁呢！

我家女王就是黑眼圈重了点，论才华、相貌、身材、个性，碾压一票庸脂俗粉，追她的男人遍布，有必要对祁箫檬这个借着爹爹上位的富二代余情未了？

我不屑地冷笑一声："祁先生，胡思乱想对身体不好。至于我会不会感到后悔嘛……当然会，我确实后悔了，后悔死了，所以今天才登门拜访。要是祁先生能扳回一局，以后也可以在我领导面前少说两句，不过……"想起停在酒窖入口的黑色跑车，我淡淡一笑，胸有成竹，接着道，"能不能做到，就要看祁先生的本事了。祁先生喜欢赛车吗？"

"当然。"祁箫檬的眸子里闪着精芒，"听你的口气，好像你敢跟我比赛一样。"

"我太敢了。"我父亲是国内顶尖职业赛车手，尽管我没有继承衣钵，连个半吊子都算不上，但对付祁箫檬应该绰绰有余。

我笑眯眯道："还请祁先生不要有性别歧视，和我比一比。"

他呵呵笑了："当然不会，我最喜欢欺负女人，特别是你这种蛮横女人。"

我也呵呵笑了："谁欺负谁现在还说不准，所以，祁先生愿意应战？"

"My pleasure."祁箫檬俨然一副英国绅士模样，右手按左胸，微微向我鞠躬。他信心十足，只是得意太早。

我随同祁箫檬走出酒窖，萌葩星的企业专用车依旧安然无恙地停在祁箫檬的黑色跑车旁，可是……大魔王的车怎么也停在酒窖入口？大魔王来了？他来这干吗？

我急不可耐地冲出酒窖。

裴俨风度翩翩地下车，与他同行的还有一个与我素未谋面的年轻女士。她穿着职业正装，长发如瀑，眉眼弯弯，紧致的西装裙包裹着如白玉雕琢的长腿。她举止优雅大方，散发着都市金领特有的气质。

尽管是初次见面，但我当然认得付意，她是F集团董事长秘书，是祁箫檬父亲的左臂右膀，我不时会在财经新闻里看到她的身影。我没想到的是，大魔王竟然和付意认识，他俩似乎交情不浅。

付意幽幽瞟我一眼，挽着裴俨径直走到祁箫檬面前，落落大方地打招呼：“看来我们祁公子今天又有访客？这是我学长，他顺道过来探望我，我充当向导带他随处转转。”

学长……

难道付意也是美术学院的学生？可过去我不曾在校园里听说过她，像她这种校花级别的美女，不可能被忽略。

祁箫檬目光狡黠，视线飞快扫过裴俨，也许已认出了他。但祁箫檬不动声色，一只手搭上我的肩膀，不阴不阳地对付意道：“秘书长，你猜错了，贾橙不是我的访客，她是老天爷砸给我的馅饼。”

“……”我忍了，为了草泥马。

我稍稍一扭身，甩开了祁箫檬搭在我肩上的手，回头朝大魔王看一眼，犹豫着要不要和他打招呼，他却扭头看别处，分明一副与我不太相熟的样子。也许是因为有付意这样有身份、有品位、有学识、有影响力的女人在场，他才装作不认识我？

很好，那我也装不认识他。

我没料到付意会主动与我交谈，她笑着向我伸手：“看来这位小姐是特别的存在？祁箫檬对身边的女人总是又搂又抱，在你身边他老实多了。”

“过奖过奖。”我轻轻与她握握手，皮笑肉不笑道，“那是因为我和祁先生关系很纯洁。”

彼时，一辆蓝色跑车驶来，缓缓在我们面前停下。司机下车把车钥匙交到祁箫檬手上，然后转身走了。

祁箫檬又把车钥匙交给我：“这是你和我决斗的兵器，还满意吗？”

我点点头，接过车钥匙。

在一旁围观的付意目光如炬，似乎早已看穿这一切，笑着迎上前：“既然是比赛，我觉得你们需要一个公证人，我很乐意担任，毕竟我从来没有见过祁箫檬吃瘪。”

“那你恐怕要失望了。”祁箫檬回头瞪付意一眼，“我不会输，想凑热闹就上车。”说着，祁箫檬不屑地朝我笑了笑，转身走向他的黑色跑车，付意紧跟在他身后上了副驾驶座。

我瞅了瞅逗留在原地的大魔王，撇撇嘴道：“你怎么不过去？你学妹都上车了。”

某人指指我：“因为我学妹在这。”

我没好气地瞪他一眼，开门钻进了蓝色跑车。大魔王绕到另一侧，坐到了我身旁。

我调整好驾驶座到油门的距离，然后又调整后视镜的角度，余光瞥见某人的严肃脸，最终还是没沉住气，道：“我在美术学院读了四年书，从来没听说过付意的名字，她怎么就成你学妹了？”

大魔王系好安全带，扭头直勾勾地看向我，没好气道：“别吃这种飞醋，人家那么做只是为了帮我。”

“我才没有吃飞醋！我只是想关心你一下下！”

“呵呵，那谢谢你关心了，学妹。”

“……”我咬咬牙发动车子，尾随祁箫檬的黑色跑车驶出了匪匪庄园。

在匪匪庄园竣工以前，这一带本是一片荒芜之地，人烟罕见。祁箫檬的父亲出资修建了一条康庄大道，直通匪匪庄园入口，然后又雇佣一大批工人开垦务农、植树栽花，于是，这片光秃秃的土地才得以披上青衣蝶裙，在炎炎骄阳下显得生机勃勃。

匪匪庄园远离市区和各个生活区，是这里独立存在的唯一建筑物。除了匪匪庄园的职工和访客，鲜少有其他人在附近活动，要在这里举行二人的赛车赛事，倒也绰绰有余。

我和祁箫檬的车并列停在庄园入口，他按下车窗对我道：“上庄园大道后左转，沿着大道走，大概十五公里后有个水库，先到的算赢。为了我的车，我得提醒你，前面有好几个急转弯，你要是实在不行就慢点儿开，万一我的车出什么事，你不见得赔得起。”

我耸耸肩，向祁箫檬指了指坐在我身旁的大魔王：“你放心，万一你的车出什么事，坐在我旁边的这位先生会替我买单，只是……”我刻意停顿几秒，双眼流露出淡淡的忧伤，“祁先生，万一你输了比赛，你打算以哪种方式离开这个世界？”

祁箫檬恶狠狠地瞪我，恨不得下车揍我一顿，满脸不屑道：“这还是第一次有女人敢在我面前这么嚣张。贾橙，我要是输了，那辆跑车就送你。”

“我不要跑车。”我不假思索地拒绝，笑眯眯道，“我要是赢了，你就借我三只羊驼，怎么样？”

我不要跑车要羊驼，不知道是前者还是后者更让他惊讶，他听后不由得一怔，困惑不解地看着我。静默片刻后，他才缓缓点头：“没问题。那要是你输了，你又能给我什么？你有什么值得我讨要的？”

我严肃地沉思三秒，抬头迎上正午最烈的阳光，目光熠熠，握着拳真挚而坚定道：“我送你一点人性的光辉怎么样？”

祁箫檬满脸问号，嘴角抽搐。

我朝他眨巴眨巴眼，解释道：“要是我输了，我每个周末抽出一下午的时间，到匪匪庄园给你补习思想品德，一共十六个课时，课程为期两个月，包你上完我的补习课后人品大有长进。就这么愉快地决定了。比赛开始！”

我猛踩油门冲了出去。

生怕祁箫檬那个锱铢必较的富二代回头指控我偷步犯规，所以在开出两百米后，我故意放慢车速让他跟上。

坐在副驾驶座的大魔王皱了皱眉：“你没必要等他，他让你几百米也不算过分。”

“错了，是我应该让他几百米。”我握着方向盘，懒洋洋地打着哈欠道，“省得以后他说我欺负他。对了学长，你刚才好像说过，付意是为了帮你才谎称自己是你学妹？她帮你什么？”

裴俨默然。

我接着问：“你今天不上班吗？为什么会到匪匪庄园来？你好像不是那种有事没事就顺道探望学妹的人。”

“是的，我不是。”某人索性板起脸，“看你的路，开你的车，比你的赛。”

很好。

我就知道他不会对我说实话。没关系，他很快就会哭着央求我。

彼时，祁箫檬的车已越过我跑在前面，我将油门一踩到底，以最快的速度向他接近。前方不到一公里处有一个转盘，转盘连接着通往不同方向的四个分岔路口。

我邪魅一笑，此时不炫技，更待何时？

在离转盘不到五百米时，我的蓝色跑车已超过祁箫檬的黑色跑车。在快接近转盘时，我快速向右打四分之一方向，跑车便向右急剧变道，不等大魔王明白过来是怎么回事，我又猛然向左打方向，借着离心力和车辆拐弯的惯性，将车向左竖起！

我单边一侧行驶，利用左侧车轮围着转盘不停转圈。车子向左倾斜，大魔王也向左倾斜。

他猝不及防，立刻扶住车门，难以置信地看着我。此刻他的表情，比那晚他看到我隔着枕头推开祁箫檬的跑车更震惊。

“贾橙，你怎么可能会单边飞行？”

嗬，怎么不可能？

十六岁那年，我为了练习这项要命的特技意外翻车，在医院躺了好长时间，为此我妈哭着闹着要和我爸离婚。是我爸拼死纠缠着我妈不放，他们的婚姻才得以坚守下去。

单边飞行，是我爸最爱的特技。我以为只要我学会了，他就不会再念叨“可惜她不是个男孩”这件事。

我一言不发，全神贯注操控着方向盘。大魔王紧盯着我和我的手，仿佛他疏忽一秒，我和他便有翻车的危险。这是四年来他最认真凝视我的一刻，我感觉他那双深邃而犀利的眸子快要把我身上看出几个窟窿来。

“贾橙，别闹，快把我放平！”

“不对，快把车放平！”

“不放。”我霸道地拒绝，“除非你告诉我你今天到匪匪庄园的目的。”

“无可奉告。”某人分明不受威胁。我硬是围着转盘单侧行驶了足足五圈，他也硬撑着感受了特技全程，不开口、不求饶、不坦白。哼，好倔强的大魔王。

我向右打转方向盘，车辆右侧安然着地，继续朝前驶去。

祁箫檬竟没有远去，他不知何时将车子停在路旁，仿佛是为了确定眼前发生的是事实，他竟走下跑车围观我炫技的整个过程，与他同车的付意甚至拿出手机拍摄……

前方有个大转弯，我特地放慢车速，等着祁箫檬上车快要从后头赶上我了，才又踩下油门加速而去。在进入弯道时，我看准时机，沉着地拉动手刹，车轮在柏油路上急剧摩擦，跑车瞬即漂移过弯。

大魔王嘴角抽搐：“很好，你还会漂移。”

我苦涩笑了笑：“以前，我连做噩梦都在漂移，我挨过太多揍了。”

没料到我会这般回答，大魔王凝了凝眉：“挨谁的揍？”

“我爸。”我睨了大魔王一眼，笑着自嘲道，“所以，学长你每次威胁说，我再缠着你你就揍我，这对我来说根本不足为惧，没有人会比我爸揍我揍得更狠。也许是因为挨揍多了，我身子越来越硬朗，我越来越不像个女孩，也难怪学长你不喜欢我。”

漂移，是每个赛车手都必须掌握的技术，我好不容易才学会。我在赛车方面的天赋远远比不上我父亲。

漂移最重要的是拿捏好拉动手刹的时间，过早过迟都有可能发生意外。至于什么时候拉动手刹，不同的路况有不同的判断，完全取决于赛车手的经验。

当初在学习漂移时，因为我爸坐在一旁盯着，我便特别紧张焦躁，每当我过早地把手伸向手刹时，我爸便会狠狠抽我手背，而我还不能喊疼。

那段时间，我每次走下车，手背都是红肿的。

那段时间，我简直恨透了我爸。

那段时间，只要爸妈吵架，我就盼着他们能离婚，这样妈妈就能带着我摆脱赛车和我爸了。

距离比赛终点还有最后三公里，这段路程都是直路，我只要不减速就能轻松战胜祁箫檬。

我索性开了车窗，让风随着车子疾驰的速度猎猎吹进来。我许久不曾这般放飞自己，许久不曾想起对我爸的恨。

“你从来没告诉过我你会赛车。”裴俨冷不丁道。

我撇撇嘴：“除了昨天，学长你从没问过关于我的一切，又要我从何说起？”

裴俨默然。他没必要因为对我不感兴趣而内疚。

许是因为赛车的极速带给我久违的刺激感受，这一刻放松下来，我心情舒畅，豁然开朗，从前一直耿耿于怀的事，在这一刻竟释怀不少：“学长，这次米竹回来，你打算用哪种甜死人不偿命的招儿俘获她的芳心？我可以帮你约她。”

裴俨对此嗤之以鼻，冷嗤一声道：“帮忙就不敢指望了，你不从中使坏我就谢天谢地。”

“我绝对不会。”我竖起三根手指，信誓旦旦道，“学长，我保证，以后会支持你的恋爱事业，以后你喜欢谁我就喜欢谁，再也不搞破坏。”

裴俨不禁侧目：“你真是我学妹贾橙吗？”

“我是我是，我想通了！”我点头如捣蒜，“学长，以后我不会再对你有那些奇怪的想法。过去很抱歉，我的确给你造成了不少困扰，感谢学长一直包容我。尽管你无时无刻不在嫌弃我，但你真心待我，还让我寄住在你家，给我做好吃的，还带上你的狗一起欺负我。我认识那么多学长，数你最烦我，也对我最好。”

我终于把想说的都说出来了，以后裴俨再不必有精神压力，而我终于不再是他的感情负担。

我瞥了瞥大魔王，他侧脸线条紧绷，神色阴晴不定，眸子直视前方，情绪让人捉摸不透。大概是没料到我会这般通人情、明事理，所以他意外得说不出话？

“学长，难得我这么善解人意，你不高兴吗？”

“高兴。”他板着脸道。

赛车结果毫无悬念，我率先抵达终点，赢了比赛。只要祁箫檬信守承诺，草泥马的事我算是办妥了。

我站在通往水库的路口前，等待祁箫檬向终点驶来。

付意迫不及待地冲下车，那双明亮的大眼睛直勾勾地看着我，然后摇摇头，拍拍大魔王的肩：“裴俨，你这学妹一身绝活，你还担心她吃亏啊？她是块被人欺负的料吗？”

我回头看看大魔王，他紧绷着脸，被揭穿后面色更不好看了，语气硬邦邦道：“我承认，这一次我错误评估了双方实力，我也是上一刻钟才知道，我学妹原是老司机。”

敢情我学长大老远从市区赶到匪匪庄园，是因为我？

我学古人模样作揖鞠躬，戏谑道：“学长，祁箫檬家大业大，手底下为他锄弱扶强的人多，你怕我应付不来这种大场面？”

大魔王没好气地瞪我一眼，模仿我的语气，道：“敌众汝寡，势单力薄，我怕你被人吃了。”

彼时，那个印象中会把我吃掉的人略显消极地走下车，充满挫败感地与我相视一眼。输对他来说，也许是绝无仅有的事情。越是骄傲的人越输不起，而祁箫檬不仅骄傲，还自负。

我主动走过去，放缓语气安慰道：“祁先生，看得出来你很喜欢赛车。输给我并不丢人，希望你不要太往心里去。我爸爸曾是国内顶尖赛车手，我赢你只是因为基因。”

祁箫檬神色一滞，眉头紧锁，目光深沉地端详着我，表情由怀疑到沉思，最后略显兴奋：“贾橙，你刚刚说，你父亲是国内顶尖赛车手？”

“是。”怎么了，他觉得我在吹牛？

祁箫檬微眯着眼，似乎想通了什么，眉头渐渐舒展，朝我抿唇一笑：“国内顶尖赛车手，姓贾的我只知道一个，你父亲是贾霆霆？”

我杏眸圆睁，惊诧得说不出话来，祁箫檬竟能精确无误地说出我父亲的名字？

仔细一想，也不是不可能。所有热爱并关注赛车的年轻人，大抵都听说过我父亲的事迹，国内大大小小无数场比赛，我父亲拿下的冠军不胜枚举。

祁箫檬挑挑眉，嘴角带着诡谲的笑，突然话锋一转，道：“贾小姐，不如我们来谈谈约好的三只羊驼？”

我不由得心一沉，马上戒备起来，祁箫檬该不会不认账吧？

“祁先生，要愿赌服输。”

“我不太服。”祁箫檬一副被碰瓷的模样，“据我所知，贾先生一直把女儿当儿子养，从小就严苛训练他那个不争气的女儿，没想到他女儿还真被折磨出了一点本事来。而我，算不上是赛车选手，我只是一个从没接受过顶级赛车手亲自指导的跑车车主，在你眼里，我连老司机都不是，这场比赛……你有点胜之不武。”

我有点胜之不武，所以他想抵赖？我的暴脾气“噌”地一下冒上来，我伸手揪住祁箫檬的衣领，恼怒地抬头瞪着他：“姓祁的，你技不如我是事实，输了就是输了！”

祁箫檬不怒反笑，一副死猪不怕开水烫的模样，扣住我的手腕将我轻轻推开：“我不打算让你揍我第二回。贾小姐，我只是说你胜之不武，没说不兑现承诺，只是……我有一个附加条件——让我近距离见贾霆霆贾先生一面。”

什么？凭什么？

“祁箫檬，别人的爸爸是随随便便可以见的吗？”我义正词严道，“我带一个男人见我爸，这对我爸来说有不同寻常的意义，我不能答应你。”

我一讲道理，祁箫檬顿时来了脾气，拉下脸态度坚决道：“如果贾小姐不能满足我的附加条件，那我连羊驼身上的一根毛都不会借给你。过去，我只在比赛场地上远远见过贾先生几面，一直想要签名合影，可是贾先生性情孤僻高冷，很难靠近，他拒绝了所有粉丝。”

粉丝……

闹了半天，祁箫檬是我爸的脑残粉？

看样子还是骨灰级别的……

第五章

三个男人一台戏

周五下午，女王一抹金循例要开周例会。我正苦恼着该怎么汇报工作才不丢人现眼，没想到女王压根没有兴趣听我们枯燥无味的发言。

我们围着会议室的圆桌而坐，每人拿到一份设计图复印稿件，一抹金坐在中间，只给我们一分钟查看设计稿的时间。

一分钟……甚至不够我上一趟洗手间。

奈何一抹金是大老板，她说什么都是对的，我们也只能默默服从。

她盯着手机上的计时器，冷冷地抬头宣布：“时间到。实不相瞒，这些作品是我设计的，你们只需要用不超过三句话，直观表达看到这些设计稿的第一感受即可。左侧第一位先说。”

“领导，我觉得这几个设计很有创意，对我很有启发性。”

“领导，我觉得这几个设计很萌、很能抓住人心，相信制作成成品后收益会很不错。”

“领导，这几个设计是近来我看到的所有作品当中最让我深刻的，我真的很喜欢。看到这么可爱的宠物时装，我自己都想养猫养狗了。”

……

发言大多一边倒，在座各位都是会说话的捧场王。我拿定主意，轮到我发言时，我也耿直地把领导赞上春晚好了。

终于，我身旁的女生发言了，她结束之后就是我。

她没有急于开口，会议室因为她的沉默出现了几秒钟的空白。大家面面相觑，然后齐刷刷看向她。

她满脸困惑地盯着设计稿，略感失望地叹息一声："坦白讲，这些设计让我大跌眼镜，所谓创意暂且不提，这甚至算不上设计吧？蜘蛛侠、闪电侠、钢铁侠，全是源自电影人设。我个人对这几个作品不太看好，太俗了，与萌葩星一贯的奇葩萌动风格差距甚远。"

会议室里的气氛莫名沉重，在座的人宛如在纪念死去的爱情，个个都悲伤得抬不起头来。

该妹子一番实话太坦白，太过震撼灵魂了！待会儿她会不会被大老板单独请到办公室批评教育啊？

我偷瞄身旁的女生一眼，她似乎也后知后觉自己说了什么不得了的话，双眸中闪过一丝怯懦，颤巍巍地看了看四周，便迅速低下头去。

彼时，一抹金的声音冷冷响起："贾橙，发什么呆！到你了，继续。"

我咽了咽唾沫，咬了咬牙，仅用一句话便结束了我的发言："我认为……荡荡说得对。"

会议室迎来了这个上午的第二次高潮，在座每一位说过漂亮话的人，头颅垂得更低了。而我身旁的妹子荡荡，竟轻轻用手肘撞了撞我，仿佛在说——谢谢你，让我不至于孤立无援。

在我之后，竟又有两位义士不惧将来，直面女王的冷酷脸，坦言设计稿无新意、无个性、无卖点。

好不容易熬到全部的人发言完毕，一抹金扬起嘴角，残酷一笑，然后伸出手指头，指指我和荡荡，还有另外两位女生："你、你、你还有你，留下，其他人可以离开了。”

那些没有被点名的人立刻松了口气，起身时不约而同地向我投来幸灾乐祸的目光。

一抹金耸耸肩，冷不丁补充道：“等一下，我好像没有把话说清楚？我的意思是，其他没有被留下的人，可以离开萌葩星了。这些作品是我从网上随便找来的，它们根本不是我的创作。之所以只给你们一分钟看稿的时间，是因为它们显而易见是垃圾。很可惜，这房间里长眼的包括我在内只有五个人。”

就这样，一抹金完成了这个上午的第三次高潮，之前扬扬得意的那些人笑容顿然僵住，突如其来的打击使她们无法控制好自己的表情，她们似笑非笑，似哭非哭，哭丧着脸走出了会议室。

而我，激动得不能自已，在会议桌下偷偷伸手握住了荡荡的小手。她侧过脸来，向我微微一笑。

苍天……假如在这次会议中，我和荡荡位置互换，我先于她发言，这一劫我可就躲不过去了。刚才我硬着头皮说实话，并不在于真心，而是出于好心，我舍不得让荡荡独个挨骂。

好心果然有好报！

一抹金给我们幸存的四人布置了设计任务，为期三十天，之后将会根据作品优劣再淘汰三人。也就是说，乌泱泱招进来一批人，最后能成功通过试用期并被录用上岗的，只有一人。

我的压力越来越大。我不仅面临着激烈的就业竞争，还要为三只羊驼劳碌奔波，应付祁箫檬和我爸那样棘手的人。

这个周末，焕城将会有一场赛车联赛。虽然这只是市级比赛，但我爸一定会参加。要带祁箫檬见我爸，这是离我最近的机会，否则很有可能要等到下个月。焕城距离红棉市约四个小时车程，我和祁箫檬约好明日一早出发，大概会在正午时分抵达赛车场。

回到荔枝湾后，我向大魔王报备，说我明天要自费出差，隔日才回来，明晚不用为我准备晚饭了，然后才回房收拾行李。

我刚收拾好，不经意间抬头，便透过通往露台的玻璃门看见小胖墩萌点的脸。它眼神无辜地看着我，抬起爪子拍拍门。

我大步流星地走过去，开了玻璃门，萌点却安安分分地待在露台上，并没有越过雷池跑进房间。

我蹲下身子，伸手摸摸它的脑袋，它忽而掉转头，屁股对准我，挑逗似的摇摇尾巴，我看得眼睛都直了。

一卷人民币借着一根棉绳缠在了小胖墩的尾巴上，透过露台明亮的光线映入我眼帘，实在太耀眼了。我毫不迟疑地解开棉绳，取下了那卷被卷成肥牛卷的粉色钞票。

我扯掉橡皮筋，那数钱的指头沙沙摩挲，总共两千元。

“魔王的信徒，这钱……看样子是给我的，可是……为什么给我啊？”我皱皱眉，一边给萌点顺毛，一边轻声问它。

替代它回答的，是大魔王雄浑而威严的男声：“你只去一天吧？出差目的地告诉我，酒店和往返机票我来订。出门在外要备点钱，不然遭遇打劫，劫匪一看你是个穷光蛋就来气，打劫不成就打人，劫财不成就劫色，哦不对，后面那种情况应该不会在你身上发生。”

“……”我瞪了瞪眼，气愤、委屈兼而有之，“学长，无知的男人总迷恋吊带裙的性感，是因为他们不曾见过我赛车服的威风，很遗憾，你也没有机会一睹我的风采。”

我将钞票递回去，下意识挺直了腰，大义凛然道：“我明天要去焕城，油费祁箫檬承担，过路费也是祁箫檬承担，我有足够的钱吃饭，至于住宿问题……我爸应该不至于让我露宿街头。学长的粉红钞票很好看，只是我不能用，我们又不是那种关系。”

我缓缓拉上玻璃门，在门即将关死的瞬间，大魔王突然伸手进来，重新把门推开，目光和话锋都相当犀利：“祁箫檬和你也不是那种关系，凭什么油费他承担，过路费也让他承担，而你还要带他见你爸？”

话音未落，某人蓦然转身，头也不回地走出了露台。

嗬，他干吗生气？我又没要他的臭钱。

清晨六点，我几番挣扎才说服自己离开温软的床。穿戴整齐走出房门时，我毫无防备，被吓了一跳。

大魔王穿着一身运动套装，默然靠坐在沙发上，神志很清醒，表情很严肃，在他身旁放着一个被收拾得鼓鼓囊囊的黑色背包，俨然一副恭候多时的模样。

“学长……”我才开口，大魔王便大步流星走过来，二话不说推着我一起出了家门。

“学长，今天是周六，你怎么起这么早？难道你也要外出？”

某人板着脸点点头，紧接着便不由分说将我带进电梯间。

“学长，我今天还有事，你要带我去哪？”

“焕城。”

“学长，你也要去焕城？”

“是。”

我整个人都不好了：“学长，你去焕城是有重要的事要处理吗？”

某人频频点头。

“那萌点怎么办？谁照顾它？”

大魔王若无其事地耸耸肩：“只是一天一夜，萌点有足够的智慧照顾好自己，家里也不缺吃的。”

一天一夜……他要不要和我的行程这么对称！

像是怕我这只快要下锅的鸭子会随时飞走，大魔王牢牢攥着我手掌，怎么都不肯放手。

电梯门开了，他拉着我不可忤逆地走出去。我悄悄睨他一眼，斗胆抬头：“学长，我的手很痛。”

裴俨紧了紧掌心，就是要和我较劲，我的手被他握出一股温润的热汗。

“学长，你能不能放松点？我手都出汗了……”

“我不嫌弃。”

“可我嫌弃啊！”

“你嫌弃我？”他猛回头，眼神认真。

我立刻摇摇脑袋，诚惶诚恐：“我嫌弃我自己……而已。”

“我不嫌弃。”

“可我嫌弃啊！”

……

这样一个死局，我们却有一茬没一茬地循环了一路。

因为不想让祁箫檬知道我的真实住址，所以我要了个小心眼，特意让他在距离荔枝湾仅两个路口的樱花汇后门等我。

直到看到祁箫檬的车，大魔王总算愿意放开我，快步上前打开车门，径自钻进了后座。车门仍然开着，我自然而然爬了进去，坐到大魔王身旁。

祁箫檬坐在驾驶座上，握着方向盘回头朝我们张望一眼，扯扯嘴角道：“贾小姐，我记得你说过，带一个男人见令尊对令尊来说意义不同寻常，今天你同时带两个，不知令尊会有何感想。”

大魔王幽幽看着前方，清冷开口道：“会认为她男朋友候选人不少，待定，目前仍是单身。”

我咋舌。

大魔王若无其事地从买好的早餐里选出一份金枪鱼三明治和一杯咖啡递给我，分外贴心地叮嘱道：“三明治要凉了，赶紧吃；咖啡很热，慢点喝。”

“谢谢学长。”我受宠若惊，小心翼翼地接过咖啡，捧着微温的三明治津津有味地吃起来。

前头，祁箫檬透过后视镜不满地瞅瞅我，拍拍肚子道：“我还没吃早餐，我也饿了。饿着开车头脑容易发昏，头脑发昏容易酿成大祸，到时候一车三命……”

“得了，闭嘴。”我忍无可忍打断祁箫檬，将手上的热咖啡传给大魔王，腾出一只手从他那里抢过一份多出来的三明治放到副驾驶座上，然后接回咖啡。

前头的人得寸进尺：“我在开车，我吃不了。”

我气结：“你总不能要我喂你吧？”

“我就是要你喂我。”富二代理直气壮，“不然怎么办？车子已经驶上高速，现在要交换位置也来不及了。”

好像……的确是这样。

我大口大口咬下三明治，鼓着腮帮含混不清道：“知道了，我吃完就伺候你。”

身旁，大魔王已迅速解决掉自己的早餐，挪了挪身向我贴近，沉声嘱咐道：“咖啡拿稳了。”

我不明所以地点点头，突然腰身一紧，我猝不及防被大魔王抱起，转瞬便坐到他双膝上，我不禁脸颊一热。

他要干什么？我惊诧地抬头，大魔王没有丝毫躲闪，眸光直直地投来：“咖啡要洒了。”

我迅速低头，把咖啡端平。

大魔王将我抱到另一侧放下，转瞬之间，我便和他互换了位置。我坐在祁箫檬正后方，只能看见他的后脑勺，而大魔王坐在他斜后侧，能清楚看见他的侧脸。

大魔王探手到副驾驶座上拿起三明治，不慌不忙地拆开包装，嘴角带着高深莫测的笑意：“既然祁公子那么需要人伺候，那我义不容辞，定当尽心尽力。”

意思是……大魔王他老人家要亲自喂祁箫檬吃早餐？我不禁侧目。

大魔王无视我的震惊脸，不等我缓过神便将三明治送到祁箫檬嘴边，一副王婆卖瓜的口气自夸道：“比起贾橙，我更有投喂经验，毕竟我养胖了萌点。”

祁箫檬皱皱眉，下意识问：“萌点是谁？”

“是条狗。”

“……”

祁箫檬略有退避，嫌弃地推开三明治。奈何大魔王穷追不舍，执意将三明治送过去，俨然一副兄长模样，满脸宠溺，放缓语气道：“乖，赶紧吃饱我们好平安上路，高速路上最忌讳头脑发昏。”

“……”

祁箫檬拗不过他，硬着头皮勉强张嘴，不情不愿地咬下一口三明治。

大魔王狡黠地笑了笑，眼角闪烁着异样的精芒，又温声细语问：“祁少爷，我还给你买了橙汁，也需要我亲自喂你喝吗？”

“不用了！”祁箫檬急忙拒绝。

大魔王佯装恼怒：“我最不喜欢别人跟我客气。我投喂的三明治好吃吗？说不定我喂的橙汁也别有一番滋味。”

我分明看到祁箫檬打了一个激灵。万万想不到，大魔王治富二代，也是一套一套的。

高速直达焕城国际赛车场。

今天晴空万里，赛车场在阳光下沸腾，观众正在为出场的赛车手挥臂呐喊，格外鼓噪。尽管只是排位赛，前来观战的人依然不少。

熟悉的赛道使我莫名亢奋，那是我骨子里某种叫基因或是遗传的热血作祟。我毕竟是贾霆霆的女儿，如果我是个男孩，兴许能继承父亲在赛车方面的更多天赋。

赛车轰然跑过的声音刺激着我的神经，赛车手那身威风的赛车服让我不由得肃然起敬。

透过望远镜，我很快找到明媚日光下那一道修长的身影。年轻时有过的戾气和坚韧，随着岁月侵蚀在他脸庞上刻下不可磨灭的冷峻和沉稳。

我父亲贾霆霆对待赛车的态度犹如对待爱情，从一而终，疯狂炽热。也许，是因为他把所有的爱都给了母亲和赛车，所以他才无力爱我吧。

我父亲本就不是平和的人，对待陌生人更是疏离冷漠。过去祁箫檬几番接近都以失败告终，我要他配合与祁箫檬合影，只得略施小计。

距离赛事开始还有十分钟，我悄声对祁箫檬道："我让你准备的东西先拿出来，我们也得上场了。"

祁箫檬紧盯着赛道，漫不经心地将摄像机递给我："摄像机你扛，我要专心看比赛。"

我气结，幸好我还有学长可以欺负。我转头看向右侧的大魔王，尚未开口，他便主动要走摄像机："既然来了，我总得有点贡献。只是有一点我不太明白，为什么你要伪装成记者？你觉得你爸会认不出你？还是说……这样的相认方式让你更觉刺激？"

啭，我不屑辩驳。我前推着祁箫檬，后拉着裴俨，三人走到观众席前排。

赛事开始，跑车呼啸而过，各不相让。祁箫檬彻底安静了，目光紧盯着我爸的战驾，随着我爸跑过弯道加速漂移，他皱眉、握拳、低吼。

祁箫檬是真心实意敬仰我爸。我突然不那么讨厌他了，我甚至羡慕他，能这样心情舒坦、毫无芥蒂地面对我爸。

在我另一侧，大魔王完全置身赛事之外。他沉着地研究摄像机，大致熟悉了几个主要按钮，不经意抬头朝我浅浅一笑："好了，贾记者，一切准备就绪。"

我点点头，心里莫名有些感动。虽然大魔王对我所作所为不敢恭维，但他好歹全盘支持，毫无怨言，甚至陪我到了焕城。

"学长……"我忍不住问，"你今天特地跟过来，是因为放心不下我吗？”

“是。”大魔王万分笃定，俊逸的脸庞未现一丝波澜，“祁箫檬和你才见过几面？要说是朋友好像算不上，要是你有个万一，我会愧疚一辈子的。”

嗯，当然，除此之外还会有别的原因吗？不会有了。

我早对自己承诺过，不要再胡思乱想，然而藏于心底那一丝隐隐期待就像一块摸不着的顽石，总在不经意时跌落，在我心湖漾开一圈又一圈涟漪。

我稳了稳情绪，僵着脸笑了笑，顾左右而言他：“学长，我爸爸脾气很不好，也许你会因为配合我而挨骂，我先向你道歉。”

“没关系。”大魔王轻轻地拍了拍我头，“他欺负我，我就欺负你。”

“……”

比赛结束后，我率先冲进赛道，身后有两位美少年紧紧相随。

我是第一个走近我爸的人。我举着一支压根连电池都没有装上的麦克风，装模作样地询问我爸：“贾先生，今天的选手都发挥得相当出色，明天的冲刺赛，您认为他们会对您构成威胁吗？”

我一边伪装成记者，一边朝祁箫檬使眼色，他心领神会，“嗖”地一下跳到我爸身旁，一秒被驯服变成乖学生，温顺地站在镜头前。

大魔王伪装成摄像师，扛着摄像机伴在我身旁。他机智地启用连拍功能，数秒之间，祁箫檬和我爸的合影便被“唰唰”拍下十张。

仅半分钟时间，其他记者已如洪水猛兽般卷席过来，把我和我爸还有俩美少年围困住。

“贾先生，排位赛您又拔得头筹，明天的冲刺赛对您而言毫无压力吧？”

“贾先生的家人有来观赏比赛吗？”

“听说贾先生的女儿也是根赛车的好苗子，贾先生打算什么时候让她在赛车场上露露脸呢？”

……

我爸充耳不闻，阴沉着脸驻足在原地，眸子死死盯着我递给他的那支麦克风，它的存在似乎让他心情很复杂。他的视线有意无意扫过俩美少年，但他就是不肯看我。

我很识趣，不等我爸大发雷霆，便见机收起麦克风，一猫腰钻出媒体圈。

身后，我爸的声音乍然响起，冷冽而低沉：“虎崽子，你应该知道要上哪儿给我解释吧？”

我心里默念一句“知道”，哭丧着脸跑出赛道。

我爸每次到焕城参加比赛都会在同一家酒店下榻，所以我自然知道在哪里可以找到他。

考虑再三后，我决定还是带上俩美少年前去认罪。我爸绝不会因为有外人在场而克制脾气，说不定会迁怒他人，如此一来，大魔王和富二代免不了要和我一起挨训，这总比我一个人受罪划得来。

太好了，我一定要拖他们下水，一个都不能放过。

我和他们坐在酒店大堂等了将近四十分钟，我爸才从酒店的旋转门里威风凛凛地转进来。他刚从赛车场回来，身上仍穿着那袭我熟悉的战袍。看见我后，他径直朝我走来，脚步不由得加快，眸光十分犀利。

我不禁打起了退堂鼓，诚惶诚恐地喊了声“爸”。大魔王和富二代也不敢怠慢，一个喊“伯父”，一个喊“贾先生”，气氛一下子紧张起来。

我爸象征性地点点头，冷冷地盯着我，沉默几秒，酝酿好情绪后，一针见血道：“贾橙，你毕业后，去当记者了？请问是哪个报社？”他又指指大魔王和富二代，“这两位是你报社的同事？”

我一时语塞，连忙朝祁箫檬眨眨眼，示意他帮帮腔，最好赶紧承认他是我爸脑残粉，而我只是被他威迫利诱才不得已为之。祁箫檬非但不施以援手，还摆出一副事不关己且喜闻乐见的样子，仿佛看我被人教训是人生一大妙事，我登时气不打一处来。

此番风云暗涌落在我爸眼里，竟有不知矜持眉目传情的嫌疑，他皮笑肉不笑，抬手便拧住我耳朵："虎崽子，你人缘很好啊，跟谁炫耀呢？"

"爸！我没那个意思！爸……"

酒店三楼有个精致的茶馆，我爸似乎早有预谋，事前便订好了包厢，就等着我自投罗网。走进包厢后，我自觉走到煮茶的位置坐下，眼观鼻，鼻观心，熟练地清洗茶具。

我爸绕过茶桌在我正对面坐下，随后向服务员要来了菜谱，点了好些茶点，然后便开始了一段充满攻击性的沉默，冷着脸看我，严酷的目光宛如利刃，快要将我凌迟处死了。

许是因为有我爸在场，祁箫檬和裴俨都比平时老实，像两个乖宝宝守在我两侧，静静地看我沏茶，谁也不敢轻举妄动。

我给他们每人奉上一杯白牡丹茶，服务员适时端着各色茶点进来了，有惟妙惟肖的花瓣饼、晶莹剔透的水馒头、别有风味的荷花酥、甜蜜清香的玫瑰香芋。茶点这样精致动人，我看着舍不得吃，却情不自禁伸出了手。

"啪——"

我爸一掌挥过来，拍开了我的手："贾记者，你不采访我了吗？"

"爸……"

"爸什么爸！"我爸一声怒喝，紧接着又飞我一记眼刀，"我女儿正在红棉市给猫猫狗狗当设计师，连回家探亲的时间都没有，哪里会跑到焕城观看车赛？你到底是记者冒充的我女儿，还是我女儿冒充的记者？"

我咽了咽唾沫，有些难以启齿："爸，我有个朋友特别崇拜您，我今天之所以冒充记者……”

我爸摆摆手，打断道：“我只是希望，如果还有下一次，你好歹先弄个假工作证，也好让我半信半疑一番。当是小小的处罚，这顿下午茶你没得吃，你的两位朋友可以。”

什么？

我略感委屈，低头揉了揉手背。刚才领受过我爸一记铁砂掌后，我手背通红，仍火辣辣的疼。

我爸毫不理会，看了看祁箫檬和裴俨，不咸不淡地招呼：“你们请吃，不用管她。”说着，我爸伸手夹起一块摆放在我面前的玫瑰香芋，津津有味地品尝起来。

我自知理亏，怨怼地守着茶壶，一旦我爸的茶杯空了，便给他斟茶卖乖。

祁箫檬在左侧，看我受挫幸灾乐祸，而这一切又是因他而起，他就更得意了。在品味茶点时，他有意发出咀嚼的声音，刺激得我青筋突突地跳。

裴俨在右侧，迟迟未动筷，只静默喝茶，面对一桌丰盛的茶点竟不为所动。

很好，他成功引起了我爸的注意。

我爸瞥了他一眼，冷不丁道：“她不吃，你也不吃？”

裴俨矜持摇头：“我刚好不饿，伯父您慢用。”

我爸目光如炬：“你和贾橙什么关系？”

裴俨礼貌而谦逊道：“伯父，我也是美术学院的学生。贾橙刚上大一的时候，我正读研究生，勉强算是她的学长。”

我爸沉默了一下，不太能理顺这层关系，半信半疑地追问：“既然不同班又不同级，美院也没那么小，那你和我女儿具体是怎么认识的？”

“爸……”我试图劝阻，然而我爸只幽幽瞪我一眼，便吓得我立刻缩回去。

裴俨气定神闲，似是追忆起什么好笑的事，忍俊不禁道："上学时我有一份图书管理员的兼职工作，而贾橙也经常在图书馆出没，她没给我少惹麻烦，我想不认识她都难。"

我爸耐心听着，若有所思。生怕他对裴俨有所误会，我急切的补充："爸，裴俨和我真的只是普通朋友，充其量就是学长学妹，我和他是绝对不可能的，他是我好朋友的……"

"男朋友"三个字就要脱口而出，裴俨竟不顾我爸在场，冷不丁回头瞪我一眼，沉声打断道："你爸没有误会，你紧张什么？"

我马上噤声。我只是不想给他招来不必要的麻烦，他生气什么？

一时间，包厢又是一片静默。

我爸算是放过了裴俨，扭头看看另一旁吃得忘乎所以的祁箫檬。

祁箫檬察觉到我爸在注意他，立刻放下筷子，充满敬意道："伯父，我和贾橙也只是朋友关系。"

我爸仿佛早已洞悉一切，视线幽幽扫过去，不慌不忙道："我没怀疑你。"

"……"

一桌子人再次陷入沉默。我爸大概心里都有了定夺，便没有再执意追问下去。我松了口气。

茶凉了，我爸无意间做了个看表的手势，我知道机会来了，招呼服务员示意结账。

祁箫檬和裴俨双双掏腰包，我暗道一声不好，生怕他们乱我大局，毁我大计。我立刻伸手拦住："有我爸在，谁都别轻举妄动！"

我朝他们各递一个眼色，尽管他们并不能完全领会我的意图，但也没有再坚持。

好险。

服务员缓缓走来，笑容可掬地问我爸："先生，请问是刷卡还是付现金呢？”

“必须刷卡！”我抢先开口。

许是我反应过激，我爸心生疑惑，眼神微妙地瞅我一眼：“为什么必须刷卡？我有足够的现金。”

我讪讪地笑了笑，硬着头皮勉强圆场：“爸，可能是因为……刷卡……比较……环保？总之必须刷卡！”

许是当父亲的本能使然，我爸不屑与我争论琐事，冷着脸从钱夹里掏出了信用卡。少时，服务员拿着小票回到包厢，这是个再正常不过的消费流程，我爸自然而然地接过笔签字。

小票一共有两联，一联是商户存根，一联是消费者存根，我爸总是习惯性地签下两联。他一放下笔，我便火急火燎地夺过小票，将其中一联收起，再一抬头，便发现我爸正阴晴不定地打量我。

“虎崽子，你又在打什么鬼主意？”

我无辜地摇摇头，心里已禁不住一阵窃喜。小票上有我爸的签字，把这个交给祁箫檬，此行我便算功德圆满了。我心情大好地走出包厢，恨不得立即跟祁箫檬分享成果。我将小票握在掌心，正想悄悄向他送去，一只温暖的手突然伸过来，轻轻握住了我的手。

我错愕地回头，撞上裴俨那双深邃的眸子。他从我手中拿走小票，便立刻松开我：“小票我给他，你管好自己的手。”

“……”我什么时候没管好自己的手了？

身后，我爸冷声喊住我：“虎崽子，你还想去哪？”

我立刻退开一步，与裴俨拉开距离，然后略心虚地回头，我爸已快步迎了上来，他从口袋里掏出一张房卡，命令道：“你今晚住这，我等下再给自己重新订个房间。我去见个老朋友就带你吃晚饭，你回房等我，哪里也不许去。”

我顺从地点点头。我爸的意思很明显了，他不愿意我一个女生跟着两个年轻男人一起，这是要管制我呢。

我不情不愿地接过房卡，在我爸严厉的目光催促下，挥挥手向两位绝色美少年暂且道别。

我独自回房，看到一个密码行李箱被随意丢在洗手间门口，看来今天我爸匆匆放下行李便前往赛车场了。

我在行李箱前蹲下，驾轻就熟输入了我和我妈的出生月份，果然，行李箱“嘀嗒”一声开了，里头除了必备的衣物外，还有一堆零食。我爸只吃得惯我妈烧的菜，一出门就食欲不振，所以每每在外，我妈总会为他备点干货，生怕我爸会饿着。

我把零食统统抱到床上，一边看电视节目一边心满意足地吃，算是勉强解了在茶馆的馋。门铃突然响了，我暗道一声不好。才一个小时不到，我爸这么快就回来了？

我立刻将零食藏进衣橱，然后锁上行李箱。稳住情绪后，我若无其事地开了门。

“学长？”大魔王候在门外，手里提着两个鼓鼓囊囊的塑料袋，不等我开口，便径直走进房间。他在茶几旁坐下，从塑料袋里拿出几个透明饭盒，慢条斯理地逐个打开，里面全是我爸在茶馆里点过的茶点！

茶点还是热的，散发着诱人的香气，可以看出是新鲜出炉的。我在一旁愣愣地看着，看得眼睛都直了。

大魔王没好气地瞥了我一眼，起身将我按到另一张沙发上，默默低头查看我的手背。我爸落在上面的那一掌，大概也落他心里了。

俄顷，他翻过我的手，从饭盒里拿出一块荷叶酥放到我掌心：“刚才不是馋死了吗？”

是是是，馋死了！我边吃边点头，含混不清地问：“学长，你怎么知道我住这个房间？”

大魔王挑挑眉：“你爸给你递房卡的时候我瞄到了上面的数字。以后如果不想暴露住处，记得要挡住房卡号码。我和祁箫檬也在这层订了房间。”

我竖起大拇指，恨不得给他点九千个赞。美食当前，我一心一意地吃着，房间里少了谈话的声音，气氛免不了冷却下来。我后知后觉，忽而感到有些不自在，不经意抬头，发现大魔王正慢慢品尝一块玫瑰香芋，双眸静静注视着我。

我不由得脸一热：“学长，我吃相难看，震撼到你啦？”

“我习惯了。”他脱口而出。

我心里咯噔一下，反而更不知所措了。

大魔王不以为意，竟学着我爸的语气喊了一声：“虎崽子。”

我不由得一怔。

他若有所思地问：“这个称呼的由来是什么？”

我沉默了一下，心情莫名有些复杂。对这个称呼我早就习以为常，可这仅限于我父母之间，没想到这个昵称经由他人之口说出，倒也平添几分亲昵。

我稳住心跳，若无其事地解释：“因为我爸爸属虎，从我记事以来，我爸好像一直这么叫我。”

我吃下整块荷叶酥，心里默默计算着时间，寻思着我爸大概什么时候回来。审时度势一番后，我越发忐忑：“学长，横竖你迟早都是要走的，不如就趁现在离开？我爸指不定什么时候回来，万一被他撞见了，到时候你跳进黄河都别想和我撇清干系。”

大魔王没好气地白我一眼，硬邦邦道：“撇不清就不撇。”

我咋舌。

大魔王干脆起身，二话不说收起茶点。我不明所以，连忙出手制止：“学长，我还没吃够呢！”

“我也没吃够。”大魔王收拾的动作一顿，抬眸幽幽盯着我，挖苦道，“贾记者，像你这种刚过河就想拆桥的人，还是在水里饿死得了。这些茶点我要全部带走，连个塑料袋都不留给你。”

“学长你先坐下！”我急吼吼地想把大魔王拦下，奈何我捍卫美食的决心太过强烈，起身时一个踉跄，我收不住势头向前撞去，生生将某人扑倒在沙发上……

此情此景，该我跳黄河还是他跳黄河？

我无辜地眨巴着眼，定睛看着那张近在咫尺的俊脸，我能清楚感受到他的气息，我相信他也可以感受到我的。

刚才为了稳住我，大魔王下意识搂住我的腰，现在我想从他怀里站起，竟一时挣脱不开。

彼时，门铃又响了，这回真是我爸回来了！我猛打一个激灵，一骨碌从某人身上爬起，焦躁不安道：“学长，看来这回……你真得跳黄河了。”

我灵机一动，想起被我藏进衣橱的那堆零食，猛地回头对大魔王道：“学长，要不……你也到衣橱里避避风头？总比跳黄河强对不对？”

某人起身整理整理衣装，冷冷地瞥我一眼，正气凛然道：“我不跳黄河，也不进衣橱。”

说着，大魔王疾步如飞走过去，胆大包天地开了房门。

咔嚓——我爸笔直地站在门外，表情猝然石化，震惊、不满兼而有之。

我大脑当场死机。如果这房间设在一楼，我早就英勇跳窗了：“爸！你听我解释！眼前所见并非你想的那样！”

大魔王一副敢作敢当的镇定模样，微微向我爸一鞠躬算是打过招呼，而后从容不迫道：“伯父，贾橙要是吃不上茶点估计会惦念一晚上，在梦里都饿着，所以我重新给她买了些。”

我爸挑了挑眉，有意无意地瞟了瞟我，言辞犀利地对裴俨道：“她在梦里都饿着是她自己的事，你连她做梦都惯着？”

大魔王坦坦荡荡地点头：“我连她做梦都惯着。伯父，刚才那顿下午茶我也一点没吃，我也实在饿了，我陪她吃完就走。我很尊重她，不会对她做一些奇怪的事，请伯父放心。”

“……”他这番说辞就很奇怪了好吗！

我爸沉默数秒，目光在我和大魔王之间不断徘徊，最后定格在大魔王的脸上，竟以一副过来人的口吻道：“可以理解。但我有一个条件，在你离开之前，这个房间的门要一直保持敞开状态。我就住隔壁，随时杀回马枪。”

“好。”大魔王顺从地点点头。

我爸不再刁难，进门拿起行李就走。回到走廊后，我爸似想起了什么，脚下一顿，微眯着眼回头问我：“虎崽子，你有没有碰过我的行李？”

我拼命摇头。

我爸嘴角微扬，索性将行李扔到走廊，然后踱步回来，出其不意地打开了衣橱……

咔嚓——我又被逮了个正着！我怯怯地垂首不敢看我爸，深感无地自容。

他老人家看了看衣橱里的零食，无奈地摇头轻叹一声，伸手指了指我，似笑非笑道：“贾橙，你就不知道要换个地方藏零食？哪怕是床底下也能让我有点新鲜感啊。”

我爸一走，我便两腿一软跌坐在沙发上。大魔王若无其事地回来，经过衣橱时，他贴心地替我关上衣橱的门，然后朝我张望一眼，语重心长道：“贾橙，那个行李箱需要密码才能打开吧？如果你爸真不想你偷走零食，改密码就好了。”

对哦，大魔王一语中的！

从小到大，我被当场抓包过无数次，每次我爸都声色俱厉地警告我别再翻他的行李抢他的零食，但他一直没改过密码。

原来，我爸也对我有过包容。

见我一副心事重重的样子，大魔王便也学着我爸的模样轻叹一声："你就那么怕你爸？"

我迟疑了下，缓缓开口道："我当然怕。不过学长你刚才对我爸说的话……很奇怪，要不是我早知道你喜欢的是米竹，我肯定会误会。"

裴俨脸色一沉，索性缄默不语，似在为之前的一番言行深思自省，凝重的脸庞上渐露懊悔之色："看来，是因为一起住过一段时间，我竟不知不觉缩短了我们之间的心理距离。刚才确实是我言行有失，抱歉，我不应该擅自走进你的房间。"

他不敢耽搁，立刻起身向外走去。

为我带上房门时，他略有犹豫，在门口逗留半晌，才迟缓地回头："贾橙，你父亲很疼爱你，很怕你受到伤害，万一他知道……"

"我知道。"这样难以启齿的话，就由我替他开口吧，"我会尽快找到合适的住处，不会让我父母担心，也不会给你带来麻烦。"

这个周末我过得格外充实。焕城两天一夜行似乎给我带来了不少转变，譬如祁箫檬和我之间似乎多了一点能够奠定友谊的东西，大概是因为他见过我爸；又譬如，我和我爸的关系有了微妙的变化，我不再那么执着地认为他只想要个儿子。

也许，我爸仍想要个儿子，但这和爱不爱我并不冲突。

裴俨说过，我爸很疼爱我，我觉得言过其实，但这话是我男神亲口说出的，即使我不尽信也不敢怀疑。

祁箫檬很信守承诺，回到红棉市不到三天，祁箫檬的秘书便和我家女王通了电话。具体的谈话细节我不清楚，但事后一抹金把我叫进办公室对我夸奖了一番，告诉我羊驼的事祁箫檬已经首肯了。

转眼我入职萌葩星将近一个月，神兽任务是完成了，设计任务却进展不顺，而这才是我的本职工作。眼看着截稿日迫在眉睫，我却毫无头绪，设计的初稿一摞又一摞被我扔进垃圾篓。眼看着其他人马上就要交稿了，我越发焦虑急躁，便也越发卡壳得厉害，我的大脑已经转不动了。

这些天为了赶稿，我日日加班，今晚也不例外，好在公司里这么拼的不止我一个。

一到晚上，一抹金办公室里的灯永恒地亮着。连女王都这么拼，守在外头的我更不敢懈怠了。

我埋头反复修改设计稿，一阵玻璃破碎的声音乍然响起。我惊诧地抬头，下意识朝女王的办公室张望一眼，门仍然紧闭着。难道是我最近压力大，出现幻听了？

我刚低下头，那阵清脆的破碎声便再次响起，又是一个酒杯被摔破了。

我不安地放下画稿，放轻脚步走到女王的办公室门口，贴耳倾听里头的动静，伴随着接二连三摔碎东西的声音，我隐隐听见了几不可闻的啜泣声。

我犹豫再三后，鼓足勇气叩了叩门："领导，我是贾橙，您还好吗？"

无人答应。

我放心不下，便再叩了叩门："领导，我就在外面加班，您有需要就喊我，我会一直在。"

还是无人回应。

我回到办公位上继续创作，不一会儿后，女王办公室的门开了，一抹金红着脸、肿着眼走出来，明显是刚哭过，醉醺醺道："去给我买两打啤酒。"

萌葩星的经营状况良好，一抹金没理由为工作而烦恼啊。

许是习惯了对她恭敬顺从，我想劝而不敢劝，不情不愿地到公司楼下的便利店买酒去了。

我提着啤酒回到公司后，发现一抹金竟趴在办公桌上睡着了。我将啤酒放到酒柜里，然后拿起随意搭在椅背上的披肩给她盖上，又轻手轻脚地清扫散落一地的玻璃碎片，最后将被推倒的文件夹拾起，整齐叠放在办公桌上。

几个相架被扣在桌面上，我下意识伸手扶起，震惊地发现，这些相架里摆放的全是祁箫檬的照片！

我不禁想入非非，难道这就是一抹金难过的真正原因？祁箫檬曾向我夸下海口，说我家女王对他念念不忘，难道这是事实，并不是他自吹自擂？

我轻轻带上门，希望今晚，一抹金能睡个好觉。

走进夜色时，微凉的风阵阵吹来，却吹不散我逐渐升起的愤怒。如果说裴俨是我男神，那我家女王就是我的女神，想不到平日这般要强的她，竟会在深夜里痛哭买醉，甚至砸掉了办公室里所有能砸的物品。

爱而不得，这种感受我深有体会。

我一时头脑发热，竟掏出手机给祁箫檬拨了通电话，响了许久，都没有接通。放下手机时，我总算冷静下来。

祁箫檬和一抹金，都是我不该过问也过问不来的人，而他们的事，我更没有资格干涉。

我走向公交车站等车，手机忽而响了，是祁箫檬给我回了电话。

我犹豫不决，可最后还是按下了接听键，电话那头立刻传来了刺耳的重金属摇滚声。

那阵噪音很快便弱了许多，祁箫檬慵懒的声音在我耳边响起："没什么人可以在这时候把我从酒吧里叫出来了，没想到你居然会给我打电话。说说看，有什么事？"

我悔得肠子都青了，这下该怎么圆场才好？

"我打错电话了，抱歉，晚安。"我立刻挂断电话，可祁箫檬几乎第一时间再打了过来。

"贾橙，你莫名其妙给我打电话，又莫名其妙地告诉我你打错了，你当我是三岁小孩，就那么容易被你糊弄过去？”

我气结：“我确实是打错了，不然呢，我找你能有什么事？”

“对，你找我能有什么事呢？我必须找你问清楚。”祁箫檬兴致勃勃道，明显不肯就此作罢。

已近凌晨，人迹罕见的街道格外安静，车辆驶过的声音即便是电话那头的人也清晰可闻。

“你居然还在外头？”祁箫檬调侃道，“贾先生管教这么严，我还以为你是个乖乖女呢，这下被我抓到把柄了吧！”

我急了：“我最近天天加班，刚从公司出来，晚饭都没吃呢，你以为人人都能像你这么风流快活？”

那头，祁箫檬贼兮兮地笑了：“原来你还在公司？我十分钟内赶到，你在门口等我，别乱动。”

不等我拒绝，他便干脆地挂断电话，我这才意识到自己被套话了……

既然他执意要送上门，那就别怪我不客气了。

深夜车辆本就不多，不到十分钟，祁箫檬的跑车便酷炫地停在了我面前。他按下车窗，朝我抛了个勾人的媚眼，电流“噼里啪啦”地传来。他一副小开模样，催促道：“上车，我带你去吃饭。”

呵呵，这就是他平日对付那些狂蜂浪蝶的手段？

我已拿定主意，朝他招招手：“要不你下车来，我带你去体验人生。”

“哦，搞事情？”祁箫檬下车，一副应战姿态走到我面前，微眯着眼打量我，饶有兴味道，“好啊，我奉陪到底，不过……贾小姐打算带我去哪儿体验人生？一般的地方可吸引不了我。”

我朝他勾了勾食指，故意卖了个关子：“你跟我来便是，这个地方……我保证，相当刺激。”

说着，我拉着他便往萌葩星走，不愿给他反悔的机会。

刚刚离开时，我只在一抹金的办公室里留了一盏台灯，其余的灯我全熄掉了，大办公区里一片漆黑。

祁箫檬紧贴在我身旁走着，刚想开口，我便立刻伸手捂住他的嘴，朝女王办公室张望一眼，压着嗓门道："她睡着了。"

祁箫檬拉下脸，也放低声音道："你带我来这个鬼地方干什么？"

我高深莫测地一笑，凑到他耳边煞有介事道："我今晚啊，给领导打扫了一遍办公室，你猜猜我都找到了什么？"

祁箫檬皱皱眉："你找到什么了？"

我眨巴眨巴眼，故意把声音压得更低："你的良心。"

"……"

我强行拉着祁箫檬走到一抹金办公室门口，轻轻推开了门。因为酒精作用，一抹金睡得很沉，并未对我和祁箫檬的出现有所察觉。

透过那盏孤灯传来的微光，祁箫檬能清楚地看见趴在办公桌上的一抹金，尽管酒醉后的她满脸通红，却难掩倦色，她身形单薄，纤细的手腕充满骨感。

如果她知道他来过，她应该会很高兴吧？

我蹑手蹑脚地走进去，拿起办公桌上的相架向祁箫檬展示一番。他守在办公室门口，饶有兴味地看着我像个夜行侠一样在女王的办公室里穿行。直到展示完最后一个相架，我才又蹑手蹑脚地走出去，顺手带上门，然后朝祁箫檬比画一个"go"的手势，示意他出去再对簿公堂。

然而走到一半，我却发现祁箫檬没有跟上来，回头看了看，他仍倚在女王办公室的墙上，若有所思地注视着我。

"你干吗？快走啊。"

我皱了皱眉，快步走过去，伸手拉了拉他。祁箫檬向我翻了个白眼，总算妥协，尾随我走了出去。

走进电梯间后，他一脸不悦地问我："为什么要带我见那个女人？还说什么找到了我的良心，嘀……"祁箫檬不服气地瞪我一眼，抬手轻轻拍了拍自己的心脏，“正是因为过不去这道坎儿，我才当断则断，果断摆脱她。念在你是贾先生亲生女儿的分上，我行行好给你一个忠告。我劝你尽早为自己做打算，别在她这种人身上白费心机，竟还天真地要为她打抱不平？”

我猛点头，完全没有把祁箫檬的话听到心里去，只想着他天天左拥右抱享尽齐人之福，再看看一抹金，夜夜用酒精麻醉自己，白白耗费一片痴心。她孤零零来到这座城市打拼，家人远在美国，身边连一个可以倾诉的朋友都没有。

我蓦然想起自己的处境，以及我和裴俨这些年有过的种种，对一抹金的遭遇感同身受。她今晚又这般失控，我实在于心不忍。也许，我之所以一腔热血想帮助她，不过是想帮助另一个自己罢了。

我耐着性子，将一抹金今晚的情形向祁箫檬娓娓道来，同时郁闷地表达了我的疑惑：“你有什么好的，我的领导怎么就偏偏喜欢你？实在太令人惋惜了。”

祁箫檬嘴角抽搐，静默打量我半晌，撇撇嘴道：“是的，在你眼里，我就是个不折不扣的渣男。你想我怎样？接受她是绝对不可能了，渣男可以容忍劲敌，但绝对不收留任何战俘。要不，我给她多买几箱玻璃杯，等她下回心情不好了继续摔？”

岂有此理，别人为他肝肠寸断，他竟还落井下石打趣别人？

电梯门开了，祁箫檬快步走出去，我咬牙切齿落在后头，索性一脚把他踹出电梯。祁箫檬猝不及防，一头冲了出去。

好歹我那一脚不算太狠，他并没有摔倒。勉强站稳后，他拍了拍裤子，淡淡地回头朝我张望，不怒反笑道：“贾橙，你怎么一言不合就对我动脚？这是第二次了，要是换作别的女人，我决不轻饶。”

“喃，你尽管放马过来。”我瞪直双眼，不甘示弱地叉着腰，虚张声势地挥了挥拳头，“像你这种男人，我见一个就想踹一个，如果不能替天行道，能大快人心也是好的。”

“哦？”祁箫檬欺身上前，有意将我和他之间的距离拉近到暧昧的程度，我越是不自在地退缩，他便越是咄咄逼人地贴近，分明有意戏弄我。

转眼间，我已被他逼到电梯墙上，我试图向一侧闪开，他似乎算准了我会这么做，伸手一拦扶住了墙，便牢牢堵住了我的退路。

我震惊不已，看看他的姿势，再看看落网的自己，他这是……壁咚我吗？

“祁箫檬，请注意你的站姿。”我局促地提醒道。

他置若罔闻，如鉴赏掌中玩物，肆无忌惮地将我上下打量一番，笑眯眯地戏谑道：“至少有一点我没有说错，贾先生管教女儿是真严厉。贾橙，你是不是没谈过恋爱？”

“关你什么事？”我咬咬牙，“我要是愿意，一天可以换三个男朋友不带重样。可是我贵人事忙，没时间约会。”我试着推开他，他却玩心大起，怎么都不肯退让，看来刚才我踹他那一脚真是太轻了，于是我再次抬腿朝他踢去。

祁箫檬吃一堑长一智，一把扣住我脚腕，扬扬得意笑出了声：“如果是别的女人揍我，我会觉得对方野蛮撒泼，可你嘛……总是这么正气凛然，让我觉得你揍我合情合理。”

话音未落，一个人影突然闪出，转瞬便来到我面前。

是裴俨！

他脸色阴森，双眸透着前所未有的凛冽寒意。他二话不说揪开祁箫檬，扬手便朝对方挥出一拳。祁箫檬始料未及，一头栽到地上。

我大骇，不知所措地看着案发现场。我踹祁箫檬是纯胡闹，大魔王揍他是动真格！

“学长！”我立刻过去拉住他。我从未见过他这般暴怒失控，平日总是文质彬彬的他竟会出手伤人。

裴俨一把甩开我，冷冷地盯着从地上缓缓站起的人：“你最好不要再碰她。”

眼下，我拉不住裴俨，便试图上前拉住祁箫檬。我担心祁箫檬会反击，如此一来一往，这俩男人便真会厮打起来。然而我才向祁箫檬走近一步，裴俨便伸手紧紧拉住我，硬生生将我拽了回去。

我蓦然回头，对上他那双愤懑却透着执念的眸子，他紧抿着唇，仿佛只要我再向祁箫檬靠近一步，他就崩溃给我看。

我不敢忤逆，老老实实回到裴俨身旁，然后不停地朝祁箫檬使眼色，央求他姑且忍了我学长这一回。

但怎么可能呢？祁箫檬可受不了这种委屈。

他擦擦嘴角，上前挑衅道：“没有我祁箫檬碰不得的女人，除非我不愿意。再说了，你和贾橙不过是学长学妹的关系，凭什么对我提这种要求？凭什么对我动手？！”

说着，祁箫檬便狠狠挥出一拳。

裴俨丝毫没有躲避的意思，双臂紧搂着我，不准我推开他，也不准我替他拉住祁箫檬，更不准我代他受这一拳。他驻足在原地，寸步不移，接受了祁箫檬的反击。

祁箫檬没料到他会毫不闪躲，皱了皱眉，惊诧不已地看着他。

裴俨低头看了看怀里的我，抬头迎上祁箫檬狐疑的目光，慢条斯理道：“如果再有下次，你胆敢把她逼到墙角对她动手动脚，我依然会重复同一个错误，我依然会揍你。刚才那一拳我算是还给你了，省得你没完没了惦记一辈子。”

说着，裴俨拉着我便往办公楼外走。可是没走出几步，他又骤然止步，回头朝祁箫檬淡淡张望一眼：“你刚刚问我，凭什么对你提出那种要求？就凭我和她一起住。”

大魔王掷地有声，我和祁箫檬当场怔住。

我没想到他会说真话，而祁箫檬大抵没料到我们会有这样的关系。

回去的路上，我一声不敢吭，索性倒在副驾驶座上假寐。

今晚还没有过去。

正在开车的那人紧绷着脸，神情严峻，浑身散发着危险的气场。他和祁箫檬通过交换拳头清算完了，可他和我还没有完。

尽管我并不完全知道自己哪里错了，也许是因为我加班到深夜，却不提前打电话报备，平白惹他担心一场？又或是，我结束加班后应该赶紧回去，而不是在外头惹是生非？还是说，是因为我和祁箫檬……

反正都是我的错，今晚的事我负全责。

车里的气氛就像一个雪柜，冰冷得吓人，我感觉自己快要被冻僵了，心里紧张不已，深感压抑难挨。

车子驶入荔枝湾停车场，裴俨缓缓将车子停好，然后熄了火，坐在驾驶座上一动不动。

想起祁箫檬落在他脸上的那一拳，我心口一紧，不禁向他伸出手，想要查看他的伤势。裴俨及时偏头躲开了，声音里透着掩饰不住的嫌恶："请你不要碰我。"

我尴尬地缩回手。我认为我们彼此都需要大睡一场，以缓解今晚闹僵的局面。我并不急于解释，伸手便去开车门，裴俨却锁门阻止我下车。

我惶恐不安地回头："学长，半夜一点多了，我们早点回去休息吧？"

裴俨一言不发，既不回应我，也不回避我的目光，双眸阴沉地直视我。

看来今晚是不能糊弄过去了。我咽了咽唾沫，轻声问："学长，你是什么时候到达我公司楼下的？"

"我看着你带祁箫檬走进公司。"他沉声道，停顿几秒，又冷着脸补充，"也看着你把他踹出电梯。"

也就是说，他一直在楼下，几乎目击了全部过程？我的心咯噔一下。

“你为什么不推开他？”裴俨冷不丁问。

我硬着头皮解释：“我推开他了。”

“你没有。”

“我有，我试过，但凭我的力气……”

裴俨一拳捶向方向盘，吓得我立马噤声。他紧抿着唇，双眸充斥着一种叫妒忌的情绪，我难以置信，定睛细细看他，心里一阵欢欣，原来他是在意我的。

“学长，是因为我和祁箫檬单独在一起惹你不高兴了？还是说，刚才在公司楼下，我和祁箫檬的举止太过亲密，所以你……”

“没有。”他冷冷地打断我，不屑地别开了眼，语气里已有了一丝不耐烦，“如果你偏要往那个方向做文章，我也阻止不了，爱想象什么是你的自由。你可以误会我，但请你不要把这当作事实。”说完裴俨推门下车，快步向电梯间走去。

我急急追上去：“学长，真是我误会吗？那你为什么愤怒？为什么嫉妒？为什么要和祁箫檬打架？为什么当我走向祁箫檬，你要那么用力地拉住我的手？”

裴俨浑身一僵，过了半晌，他缓缓回头，直勾勾地盯着我，慢条斯理道：“我拉着你，是因为我不想你被误伤，我做错了吗？另外，你好像挺享受有人向你献殷勤？面对那种纨绔子弟的刻意接近，你很乐在其中？很抱歉，我原本以为你会很抗拒，才想着尽量保护你不受到骚扰。以后，不论你几点回来，不管你和谁在一起，我绝不干涉。我没必要因为你是米竹的闺密，就事事帮着你，结果却是瞎操心。”

这就是他的答案？

我又气又难过：“学长，你关心我，是因为我是米竹的朋友？”

裴俨笃定颔首：“网上有一个说法，想要搞定一个女生，就要先搞定她身边的闺密。我想你应该很清楚米竹在我心里的分量，你曾向我许诺，你不会再胡思乱想，也不会纠缠不休，学妹请自重。”

说完，裴俨不再恋战，转身走进了电梯间。

我看着他决然离去的背影，我很想冲上去拦住他，与他争执，与他辩驳，逼他给我一个公平合理的解释，可我再也拿不出更多力气。

我感到前所未有的绝望和疲惫，我跌坐在地上，泪水不争气地在眼里打转。这四年来，裴俨说过无数拒绝我的话，我可以接受他因为米竹而拒绝我，但我不能接受他因为米竹才格外开恩对我好。

我原以为那是属于我和他之间单纯而直接的温存，没想到我只不过是沾朋友的光。

这深深刺痛了我。

四年来我和他一起有过的美好瞬间，每段能让我笑着入梦的温馨往事，仅仅因为他一句“为了米竹”而土崩瓦解。

无论是他对我的无微不至，还是我对他的执迷不悟，终究敌不过米竹的刻骨铭心。

喜欢一个人会心跳加速，会情绪失控，会疯狂思念，会失眠，会梦见，而能给予裴俨这些冲动的人，只有米竹。

既然如此，我又何必奢望，何必争持，何必当初？

这一晚，我兵败如山倒。

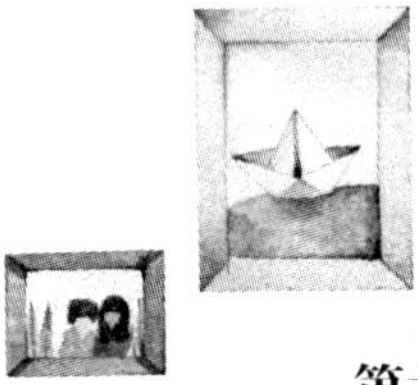

第六章

最是撩人黄焖鸡

那晚之后，我索性收拾了几套衣服，从此常驻萌葩星。白天、晚上我都在公司加班，饿了就到楼下的便利店打发一顿，累了就趴到办公桌上睡觉，睡醒了就到洗手间洗个热水澡。一抹金自己也爱加班，所以她特地在洗手间里设置了一个淋浴格。至于积存下来需要换洗的衣服，我全委托给洗衣店了。

我再不回荔枝湾了。

这段时间，我只给裴俨发过一条短信，告诉他我工作繁重，这阵子会留守公司。他没有回复我，当然也没有询问归期。他最好一直这么冷漠待我。他为我烧过的温热饭菜，以后总会有别的人品尝。

我索性把手机关机，如此一来，我便不再期待会有人给我打电话。

截稿日早就到了，我是最后一个交稿的人，所以也是今天最后一个接受第三轮考核面谈的人。

成败就在今天，在等候面谈的这段时间，我觉得特别煎熬。我仔细留意每一个即将接受面谈的助理设计师，第一个如释重负地从女王办公室出来了，我立刻紧张兮兮地凑过去，向对方打听里头的情形。

那女生面露难色，双眸闪烁着异样的神采，似兴奋，却又透着明显的失望。她四下看了看，压低声音对我道：“情况很复杂，我签了保密协议，不方便透露太多，等下你进去就知道了。”

她签了保密协议，也就是说她通过考核了？如果我没有记错，一抹金只想聘用两个助理设计师，那我的机会便少了一半。

我来不及彷徨，女王办公室的门被猛然拉开，第二个接受面谈的助理设计师怒发冲冠地冲出办公区。

我当然认得她，她是我的幸运小天使，上次会议要不是她恰好在我前面发言，勇敢地表达了自己的观点，我说不定也会因为人云亦云、拍马溜须而惨遭淘汰。

小天使几乎是跑着回到工位上的。她急匆匆将属于自己的东西扔进背包，那焦急的劲儿犹如逃命，看样子她是不打算在萌葩星待下去了。她一边收拾一边咒骂：“真是瞎了狗眼了，没想到这世上还有这么恶心的公司！”

说着，她飞快地朝在座的人扫视一眼，继而轻蔑地冷笑一声，虽然她已克制地压低声音，可坐在办公区里的人都能清楚听见她说出的每一个字：“就算真的被封杀，也好过和一群出卖自己的人共事。”

我越发不安了，直觉告诉我事情远比想象中复杂。我无助地瞅了瞅第一个结束面谈的姑娘，她心虚地低下头。很显然，她清楚地知道内幕，而对于小天使那番指控，她似乎并不打算反驳。

第三个接受面谈的人在获悉考核结果后，态度、神情和第一个如出一辙，而个中实情已容不得我细想，轮到我了。

我提心吊胆地走进女王办公室。

情形就像入职当天的第一次面谈那样，一抹金穿着一身最时髦的衣服，顶着厚重的黑眼圈，神情冷漠地坐在办公桌后，那双略带疲倦的眼透着商人特有的精芒。

我的作品被平铺在办公桌上，这一系列设计便是我这些天夜以继日几乎不眠不休的心血。

这是我从业以来首个宠物时尚系列，我将这个系列命名为“大魔王的厨帐”。

这系列里的每个作品都和裴俨有关，我简直无可救药。

虽然我逃离了荔枝湾，暂时摆脱了裴俨，也避免了不欢而散后的尴尬相处，可我的大脑根本不听使唤，那牵动我心田的身影更高频率地出现在我脑海里。

我怀念他做的饭菜，那饭香能让我放下一切，怀念静下心坐到饭桌前，尽情享受一顿热饭带给我的温暖时光。

一抹金直奔主题：“贾橙，虽然我并不擅长夸人，但我无法否认，你呈交的作品很猎奇却很动人，很符合萌葩星营造的格调，当然，也是我最近看过的所有作品当中最优秀的。如无意外，你的这个‘大魔王’系列将会成为明年的主打产品。”

“大魔王”系列将成为主打产品……

我不由得瞪大了双眼，这个消息实在太振奋人心了！

我高兴得无以言表，顿时将面谈之前目睹的种种抛到脑后。

“谢谢！谢谢领导赏识！”

一抹金破天荒挤出一抹淡淡的笑容，倾身向前兴致勃勃地问道：“我很好奇，这样好玩的构思你是怎么想到的。”

我看着办公桌上我的设计，志得意满之余，却难以驱散那一丝升上心头的苦涩。

“领导，这是我喜欢的人曾经为我做过的菜式。”我指着其中一个作品解释。这个作品以淡黄色为主要基调，以香菇和辣椒充当点缀，而点睛之处便是作品中央，我用心刻画了一只疯狂奔跑的鸡。

回想起过去，我不禁笑了：“领导，你有吃过黄焖鸡吗？”

一抹金附和地点点头：“难怪你的作品看着温馨，原来这里头有爱。”一语中的，我心口莫名一痛。

连仅和我有过寥寥数次交谈的上司，都知道我爱他。连冰川女王一抹金都被打动了，他却看不见近在咫尺的我。

一抹金从抽屉里拿出一份合同递给我：“你仔细看看，有异议尽管提。”

我如获至宝，立刻接过。能顺利拿到劳动合同，是不是说明我通过考核，可以转正了？

我认真仔细地翻阅合同。尽管我应聘的只是助理设计师，但萌葩星给出的年薪条件相当诱人，这对一个初出茅庐的应届毕业生来说，无疑是天上掉馅饼。

我抬眸瞟一眼一抹金，她优哉游哉地靠在办公椅上品咖啡，丝毫没有催促的意思。

我放下合同，若有所思道：“领导，合同里要求每一名助理设计师都必须服从公司分配的IP项目，而我所在的项目组是……”

“是我这组，相信你也看到了。”她爽快地接过话头。

我微微颔首，这正是我困惑之所在。我反复读着合同上的某条条例，眉头越锁越紧：“合同上说，助理设计师所设计的每个作品，其版权和署名都将归项目组所有。”

意思是……“大魔王”这个作品系列，版权归一抹金，署名也归一抹金？

那我的名字往哪搁？

为什么我自己的作品要冠上别人的名字？

我不知所措地抬头，迎上一抹金一双冰冷的眸子，她镇定自若，仿佛早已料到我会是这种反应。

她并没有急于开口，沉着打量我的目光犹如猎人在捕捉他的猎物。

“领导，我不明白。”我仍然不失尊敬和礼貌。

一抹金嘴角微扬，那双精明的眸子直勾勾地盯着我，仿佛能一眼看到我心底里去："依我看，你明白得很。贾橙，你是个聪明人。萌葩星只打造自己的设计师，我不想自己千辛万苦培养出来的人，羽翼丰满后自立门户，又或是跳槽到别的公司，利用我花钱砸出来的名气为他人卖命。我从不做任何人的跳板或是垫脚石，在我的世界里，我主宰一切。"

我总算理顺了一摊子乱七八糟的事。难怪萌葩星每半年就要举办一次大规模招聘。他们打着招聘助理的旗号寻求枪手，所以第一轮面试才会那么轻易通过，所以第一轮通过的人有那么多。萌葩星在寻求合适的而又可以被操控的工作傀儡。

而每一个所谓的项目组，不过是枪手作品归属的设计师署名，至于一抹金的传奇人生，不过是靠掠夺而来的虚构人生；而由她"一手培养"出来，曾经惊艳全球的顶尖设计师，都是由无数枪手舍弃自我而打造出来的假设计师，实际上那只是个IP。

我紧攥着拳头，恨不得夺门而去。

"我做不到，要让你失望了。"我将桌面上我的设计全部收起揽入怀中，生怕它们会被人抢走。我扭头便向办公室门口走去，哪怕只在这多待一分钟我都受不了。

一抹金竟要我签署一份霸王条约，她还不如直接捅我一刀呢！

想起前阵子，我竟还心痛她为情所困夜夜买醉，为她不惜和祁箫檬理论一番，然后被祁箫檬逼到电梯墙上挑逗捉弄，最后莫名其妙地惹怒了大魔王……

我真是愚蠢至极！

等等，祁箫檬曾经给过我一个忠告，他要我尽早为自己打算，不要在一抹金这种人身上浪费心血。

生于商业世家的他，是不是看不惯一抹金这种不仗义的经营手段，所以才及早抽身离去？所以……是我狗咬吕洞宾？

"二十万。"

身后，一抹金尖声喊住我："贾橙，识时务者为俊杰。出来工作，要么为名，要么为利，想名利双收是不是太贪心了？你好好算一算，假如你有二十万年薪，那你每个月至少可以拿到一万六的工资，这是许多工薪族打拼十年甚至二十年都得不到的报酬。我知道你有你的委屈，但你最好认清一点，正因为你受了委屈，所以你才值这个价。"

我当然知道，正因为我要隐姓埋名地工作，所以一抹金才会甘愿赔偿我精神损失费和封口费。

我低头看了看手上的设计图，自然而然地联想起裴俨。

我苦苦纠缠他四年，是时候该放过他和我自己了。

我把心一横，回头对一抹金道："我只做半年，半年以后我必须走，另外，我要求预付两个月薪水，如果你答应，合同我签。"

我当天便领了两个月工资。

这是第一次，我的存款达到五位数。当我守在ATM前看着那串余额数字时，我唯一的念头便是——我终于有足够的钱搬家、租房、购置必要的家具。

我仅用三天时间就把公寓定下来了。我迫不及待地想要倒在一张柔软的大床上睡死过去，我已经在办公桌上趴了半个月了。

我利用周末置办好家具，一切准备就绪，这个周日下午，我回到荔枝湾收拾行李。

今天，我要和裴俨好好道别。

我刚推开门，小胖墩萌点便立刻飞奔过来。与过去不同，它再不会为了捍卫领土朝我汪汪大叫，它圆咕隆咚的脑袋亲昵地蹭着我的小腿，仿佛是在对我的回归表示欢迎。

我捋了捋它的小尾巴，余光瞥见坐在沙发上的人正偏头朝我看过来。

我放开萌点，信步走到裴俨面前，尽量不让内心的波动流露到脸上，故作镇定道：“学长，我回来收拾行李，我今天搬走。”

我说完便转身回房，手腕突然一紧，我惊诧地回头。

裴俨面沉如水，阴郁的眸光里透出一分关切：“你实习期工资才不到两千块钱，租房子至少要押三个月房租，你哪里来的钱？”

我哪里来的钱？难道我会告诉他，为了离开他，离开荔枝湾，我甘愿沦为一抹金的枪手？他一定会瞧不起我。

“用不着你担心。”我甩了甩手，示意他松开。

裴俨却紧抓住不放，一把将我揪到眼皮底下：“你最好给我交代清楚，否则今天，你别想走出这家门一步。”

我别想走出这家门一步？

我不禁笑了：“我本来就不属于这里，这里……从来都不是我家。”这家里的女主人马上也要毕业回国了，我必须抓紧时间离开。

“学长，请你放手。”

裴俨不肯妥协，越发用力扼住我手腕，我感到腕上传来一阵疼痛。

“学长，我的手又不是你的，请你不要动不动就抓住我，放开！”

裴俨毫不理会，懒洋洋地靠到墙上，围观我在他眼前垂死挣扎。生怕我狗急跳墙抬脚踹他，他颇有先见之明地向萌点招招手，紧接着救兵萌点便飞扑过来，一把抱住了我的腿……

魔王和忠犬双双联手，我自然斗不过，便只好认栽：“我转正了，向公司预支了三个月工资。”

“这也远远不够。”

“够！”我斩钉截铁，极力编织谎言，“我和同事合租，地方不大，地段也不是特别好，租金自然不会太高，你满意了吗？”

裴俨死死盯着我，试图从我脸上找到谎言的蛛丝马迹，过了半晌，他总算半信半疑地放开了我。

我揉了揉被抓出几道红印的手腕，抬头看了看裴俨，他仍然靠在墙上，默默打量我，深如幽潭的眸子里涌动着说不清道不明的情绪，似是不舍，又似是不安。

不论那是什么，都终将与我无关，我不能再蹭着米竹在他心里的地位而享有他勉强施舍的温柔。

我吁口气，目光笃定地与裴俨对视，沉着的话语里透出几分无可奈何的情绪：“学长，权当我求你，请别再因为米竹而关心我，我真的吃不消。你大可以继续做你的大魔王，对我不理不睬、不闻不问。你放心，即便你不碍着米竹的面子对我百般周到，她回国后我依然会帮着你追到她。我回房收拾了。”

刚搬进荔枝湾时，我随身携带的行李本就不多，如今要走，也不过是半个小时就统统收拾好了。

除了一套深蓝色西装。

我犹豫再三，才痛下决心将它皱巴巴地塞到行李箱里。那是我为裴俨亲手剪裁缝制的，西装衣领上绣有一个可爱的袖珍香橙，他那么聪明，当初肯定一眼识破了。

那时为了说服他收下西装，我谎称这是从商场购买的，他为了不欠我什么，便给了我一笔小钱，现在时机到了，钱我应当还他。

我从钱夹里取出事先准备好的现金，用钥匙压着放到床头柜上。

“把钱带走。”

裴俨浑厚而低沉的男声乍然响起，我吓得一哆嗦，猛然回头白他一眼，沉住气解释：“那套西装我要回去了，钱我自然要退给你。”

裴俨倚着门框站着，视线扫过房间每个角落，仿佛在对比这个房间有我和没我的区别。许是错觉，我竟从他眼里读到一丝落寞。

我拎起行李走出房门，裴俨伸手一拦，横在了门框中间：“西装留下，钱你带走。”

我怔了怔，定睛看他一眼。

他淡淡地别过头，略显躲闪道：“反正那是男士西装，你带走也一无所用。”

啭。

“留给你也一无所用。”我反唇相讥。想起他曾把我的西装丢到衣橱最底层，我心中的委屈和不满便油然而生：“与其让它在你这里受尽冷落，还不如让它跟我走，我总会给它找到一个合适的主人，让它物尽其用。的确，它对你来说不过是一套男士西装，可它曾经是我每个夜晚不肯睡去的理由。既然学长你实在不喜欢，不必勉强。强扭的瓜确实不甜，我扭了四年，我胳膊累了。谢谢你从前的照顾，打扰了。”

我一猫腰从裴俨臂下钻出去，小胖墩萌点一路追随到门口。我低头看了看它，它似乎从我的行李当中领悟到某种讯号，竟伸出爪子拍拍行李，试图将行李从我手中拍落。

我被它蠢笑了，索性将行李放下，蹲下身将它拥入怀中，第一次用脸颊轻轻蹭它雪白而柔软的身体：“小胖墩，以后家里来了女主人，你可不能忘掉我，要记住我的味道哦。”

我放开它，拿起行李头也不回地走了。

裴俨当然不会追出来。

虽然我赚了一笔小钱暂缓燃眉之急，可我不能否认，近来我的状态很糟。

我食欲不振，时常失眠，好不容易累得昏睡过去，却又被接二连三的噩梦惊醒。近来，我每一天皆是心慌慌地度过的。有那么一瞬间，我想不顾一切跑回荔枝湾，向裴俨低头，承认自己窝囊，然后请求他为我亲手做一顿美味可口的晚饭。

也许，是因为我刚学会放下执念，突然少了点盼头，我一时感觉不适；也许，是因为我目前的处境使然，萌葩星对我来说根本算不上是公司，它只是一个当铺，我刚好缺钱，便走进这里变卖自己的尊严。

是我选择跳入火坑，便活该我饱受煎熬。我满腔委屈都是自找的，我无处诉说，苦不堪言。

我想家了，也想念我爸。虽然他动不动就苛责我，但他给了我这世间最珍贵的两样东西：归属感和安全感。

我反复问自己：既然已经选择放下，又何必为了他固守这座城？

搬进新居的第一周，我每一晚都失声痛哭。

爱而不得，负隅顽抗，想必，这就是孤独的滋味。

虽然一抹金养了不少枪手，但她对设计并非一窍不通。我无法否认，她有极高的审美能力，眼睛十分毒辣，如果有谁敷衍了事，她能一眼看破。所以投身枪手这职业，我虽然不尽心，却不敢不尽力；我虽然不积极，却不敢怠慢。

一抹金很有经商头脑，她经常与不少跨界品牌联盟合作，从而将萌葩星的知名度打开。

“CP”这个网络词汇给了一抹金启发，最近她正在与一家奢侈品牌公司接洽，想要推出一系列“不二主仆”产品，受众是社会名媛和名媛爱宠。

听说这一次对接的品牌公司来头很大，会议中，个个项目组长言辞激烈，眼看着都要大打出手了。我缩在角落，对一切漠不关心。

人人都为一块肥肉而炮轰对方，我的安静反倒格外惹人注目。突然间，一抹金不阴不阳地点名提问：“贾橙，你有什么想法？”

我错愕地抬头，支支吾吾道：“我……喀喀……我对谈判一窍不通，我服从上级安排。”

一抹金冷冷地盯着我：“其他人都太过重视这个项目，提交上来的方案都有些捉襟见肘，要不我让你接手试试？说不定你初生牛犊不怕虎，能杀出一条血路。”

一石激起千层浪，一抹金的话语立刻引起争议：

“领导，贾橙什么都不懂，怎么能把这么重要的项目交给她？这是开国际玩笑吗！”

“交给一个黄毛丫头还不如直接放弃！”

……

终于，大家从针锋相对到同仇敌忾，从指着对方的鼻子互骂到指着我批斗。这场会议结束时，会议室内颇有一番其乐融融的景象，大家愉快地意见达成一致，由各个项目组公平竞争，最后结果如何，就看合作方选谁的设计方案，没我什么事了。

我很佩服一抹金，她不过是随随便便一句话，就平息了各方怒火。她当然不是真心想把项目托付给我，相反，她似乎根本不希望我参与。会议一结束，她便传唤与我同组的另外两名设计师到她的办公室开小会，我被排除在外了。

横竖都是枪手工作，项目大小又有什么关系？我乐得轻松，自顾自做着无人问津的小项目。

这天下午，我正忙着与一家小公司对接，办公室莫名一阵骚动，女同事的八卦声戛然而止。耳边突然安静下来，我反倒有些不习惯，便抬头看了看，但见她们眼神迷离地朝着同一个方向犯花痴……

我循着她们的目光望去，震惊得当场从座椅上滑落下去。

是大魔王！他怎么会出现在萌葩星？

久违的他穿着一身笔挺黑西装，器宇轩昂，英俊不凡。办公区响起的尖叫声此起彼伏，早已习惯成为焦点的他并未在意，板着一贯的冷漠脸径直走进了一抹金办公室。他甚至没有注意到我。

在这种工作场合，他即便注意到我，也不会和我打招呼。

只是……他为什么来萌葩星？

难道……原来Voodoo就是一抹金近来接洽的品牌公司？

惊讶之余，我对裴俨感到失望。他为什么要和一抹金那样的女人谈合作？

我想，我还没有成熟到能把人品和能力区分开来的程度。也许，裴俨看中的是一抹金的工作能力，他并不在乎她养了多少个枪手。

我想，裴俨肯定十分重视本次合作，他甚至亲自登门拜访一抹金，这是何等荣光？

我不停盯着一抹金办公室那扇紧闭的门，不时看看时间，大魔王和一抹金大概很聊得来，他已经在里头待了超过一小时。

“救命，居然是那个男人！”女同事受到荷尔蒙刺激，开始七嘴八舌地议论起来，“这个男人我见过好几次，他经常在我们公司楼下徘徊，一副想上来又不想上来的样子。”

“对对对，我也碰见过！让我想想是什么时候的事……好像是从贾橙睡办公桌那段时间……对，就是从那时候开始的，他时不时就出现！”

“没想到他竟然是Voodoo的创意总监！他是不是想追咱们领导啊？不然为什么总守在公司楼下，分明在等人，一定是为了等我们领导！”

……

我听不下去了，索性躲进洗手间。

大魔王……真的经常在萌葩星楼下出没？

前阵子我住公司，几乎不怎么外出，所以根本不可能注意到。而这阵子我又颓废如行尸走肉，总习惯低头走路，经常因为心不在焉而错过要等的公交车。我提不起兴趣注意来来往往的人，更没有撞见过裴俨。

难道他真对一抹金有不一样的感觉？不然他为什么总在我们公司楼下徘徊，又为什么亲自上门拜访一抹金？真的只是因为公事吗？

我看了看时间，又过去四十分钟，裴俨应该已经离开了。

我走出洗手间，但毫无防备撞上了大魔王！

他神情肃穆，在洗手间门外笔直站立，分明在等我。

“收拾东西跟我走。”他紧盯着我，态度强硬地命令道。

我不明所以，莫名有些紧张，深吸一口气，强自镇定道：“我在工作，我不跟你走。”

说着，我越过他，径直朝我的办公位走去。

身后，他的声音沉着而笃定地传来："贾橙，你吃过黄焖鸡吗？"

我登时乱了方寸，背部一僵，石化在当场。

他都知道了？他知道了……我只是一个不光彩的枪手设计师？

他掀开了我的面纱，轻描淡写一句话便让我溃不成军，让我在他面前抬不起头，无地自容。

我哽咽了下，咬牙将快要涌出的泪水憋回去，背对着他若无其事道："学长做的黄焖鸡最好吃，不过我以后都不想吃了，学长慢走。"

我快步冲向办公位，裴俨明显不打算放过我，像猫捉老鼠似的不依不饶紧追过来，罔顾四周我的同事投来探询的目光，带着一身危险气息来到我身旁，冷冷威胁道："贾橙，在我亲自动手之前，你最好立刻收拾跟我走，不然待会儿别怪我不客气。"

啧，他现在也没有很客气。

我不予理会，索性坐到办公位上佯装忙碌。这是萌葩星，不是荔枝湾，我只服从我的上级。

裴俨不再迟疑，从我的办公桌上拿起我的背包霸道地塞到我怀里，然后二话不说将我从座椅上打横抱起。

我大骇，不禁惊呼出声："学长！"

大魔王恶狠狠地警告："你最好别乱动，别逼我心狠手辣把你扔下去，你真的一点都不让人省心！"

生怕他把心一横真把我当烂苹果一样扔了，我服软朝他胸膛靠了靠，不敢再忤逆他，老老实实拿稳背包，服服帖帖道："我知道了学长，你放我下来，我自己走，我跟你走。"

"晚了，你的腿已经派不上用场了。"

"……"

大魔王狠瞪我一眼，在众目睽睽下张扬地抱着我走出萌葩星，直到在停车场里找到他的车，他才肯将我放下。

事出突然，我没想到裴俨会知道我当枪手，更没想到他会强行把我带出萌葩星。我一时无法接受眼前发生的一切，更不知该如何面对他。我一心只想逃避，便迟迟不肯上车："学长，我不是很舒服，我想先回去休息，有什么事以后再说。"

我想借机开溜，裴俨似乎早已洞悉我的心思，顺手打开车门，及时堵住我左侧，然后又抬手扶住车顶，牢牢拦住我右侧，我困在他两臂之间，无路可逃。

我心虚地抬头，迎上他阴郁的眸子，他与我仅巴掌之隔，熟悉的气息微微触上我肌肤，我心里的小鹿敏感地四处乱撞。

"上车。今天绝对不是躲我的时候。"他的话语很轻，却透着不可违抗的威力。我自知拗不过他，便不情不愿地上了车。

才下午四点，裴俨便带着我走进一家高档饭店的包厢。这大概是一场有心安排的面谈，早在我们抵达之前，包厢里便已整齐地摆放着三个文件夹和两支签字笔。

裴俨刚在我身旁的位置坐下，服务员便端着两杯温热的咖啡进来。

我低头不语，啜一口淳厚的黑咖啡。我知道裴俨必定有一肚子话要问要说，可我不打算解释。

然而静坐许久，裴俨迟迟不肯开口，双眸深沉地审视着我，仿佛要透过我的面部表情探听我内心的声音。

终于，裴俨打开摆放在他面前的第一个文件夹，我只匆匆瞥一眼，顿时心惊肉跳。

那是我的作品，我的第一个宠物时装系列——大魔王的厨帐。

我吃了一惊，一抹金居然拿我的作品作为和Voodoo谈判的筹码？难怪她不愿意我参与这个项目。

她深知我委曲求全是因为手头拮据，她怕初入职场的我会因为最终迈不过那道坎儿，而向合作方披露真相捅她娄子。

然而事情就是这么巧，裴俨正是"大魔王的厨帐"里的大魔王。

"我认得这个鬼畜的画风，自然也记得自己曾为一个笨蛋用心做过的饭菜。”裴俨沉声道，“第一眼看到这些作品，我就知道真正在幕后付出的究竟是谁，尽管一抹金声称这是她的设计。”

我默然。

他是不是觉得我很无耻，竟答应一抹金做这种勾当？

我反复在心里提醒自己，无论如何要忍住不让眼泪决堤，被当场抓包已相当难看，我没必要借用泪水博取同情，那只会让人更觉不堪。

“为了一个笨蛋，我今天不得不离开公司，亲临萌葩星一探究竟。”说着，裴俨不慌不忙地打开第二个文件夹，我又匆匆瞥了一眼，登时坐不住想跳窗逃走。

那是我的转正合同！

大魔王要不要这么有本事！他不过在一抹金的办公室待了一个小时，便掀了一抹金老底，揭了我伤疤，连关于我的所有资料都一份不落地拿到手了！

“月薪一万六千元整。”裴俨饶有兴味地翻阅我的转正合同，挑挑眉挖苦道，“难怪有钱搬家了。”

我口干舌燥，继续沉默。

裴俨合上文件，沉住气喝一口手边的咖啡，视线冷冰冰、直勾勾地投来：“贾橙，我郑重通知你，你被萌葩星解雇了。”

什么？

“怎么可能？一抹金肯同意？”

“嗬……”裴俨邪魅一笑，从西装口袋里取出一张收据霸气地甩给我，“轮不到她不同意，要解雇你的人是我，不是她。”

我难以置信：“你凭什么解雇我？你又不是萌葩星的老大。”

“在这种事情上，谁掌握的真相更多，谁就是老大。”裴俨敛了笑容，突然又恢复严肃，正色道，“她千算万算都没有算到那个做黄焖鸡的人是我。当然，一开始她抵死不认，无奈之下我只好告诉她……你挺喜欢我的，至少比起她，你和我关系更密切，如果真闹出什么纠纷，你肯定会为我指证她。一抹金知道自己干的不是磊落事，也知道就算对簿公堂我也不见得胜券在握，但她是个极端利己主义者，她可不愿意给自己惹麻烦，所以勉强同意了我的要求，让我带走你，带走所有你的作品，而我按价赔偿，她省心省力不吃亏。”

按价赔偿？

我低头看看手上的收据，果然，那上面有一抹金的签字，裴俨竟把我预支的工资全部偿还了。

这是几个意思，他要给我赎身？

我心中五味杂陈。当初是我意气用事，就因为他一句“因为你是米竹的闺密”，我再不肯回荔枝湾，不愿意再见到他。现在，他却为我的冲动和愚蠢买单，我恨不得找个狗洞躲进去。

而对于我喜欢他这件事，他竟是那样坦然，那样轻描淡写地谈起，他甚至能冷静地利用这点作为谈判桌上的筹码。

我在他心里，究竟有多轻？

我收下收据，故作轻松地向裴俨投去一笑：“谢谢学长给我赎身，预支的工资我没有全部花光，我可以先还你一部分。”

裴俨不屑地冷笑一声，审视我的目光越发冷冽，疾声逼问道：“那我耗费的时间你打算怎么还？”

我一时语塞。

紧接着，裴俨打开第三个文件夹，不客气地丢给了我：“把合同签了。”

我沉住气，好奇而仔细地翻阅文件——Voodoo竟愿意与我个人合作，打造一系列与宠物有关的主题产品？

我很快便冷静下来，将合同推回去：“学长，你没必要因为我是米竹的闺密就给我抛橄榄枝。”

裴俨神色一凛，不怒自威：“贾小姐怀疑我的职业操守？”

“不敢不敢！”我摇摇头。

裴俨瞟了我一眼，重新将合同推回来：“Voodoo愿意与贾小姐个人合作，这是董事会的决定，而报酬方面，我们出价自然比萌葩星高，如无异议，请贾小姐签署合同。”

我略感意外，怔怔地看着裴俨。尽管负责与我面谈的人是他，可因为有过一抹金的陷阱阴影，此刻面对突然飞来的好运，我矜持许多，再不像当初那样一下便开心得找不着北。

我慎重地默读着合同上的每条条例，再三确认没有霸王条约，才下定决心，执笔在合同上签下了自己的名字。

裴俨接过合同检查，仅看一眼，便又将合同丢给我：“贾小姐，请你填写完整住处地址。”

我幽幽地白他一眼，只觉他是有意找碴：“裴总监，除了门房号，联系地址我基本已经填写完整，管理处收到快件会第一时间联系我。”

某人分明不买账，一副公事公办的语气道：“我司寄出的文件务必本人签收，请贾小姐务必详细填写住址。”

我没好气地拿起笔，在联系地址一栏补充了门房号。不知是不是错觉，我好像看见某人的嘴角扬起一抹奸计得逞的笑。

我礼节性地向裴俨表示感谢，说完一番希望合作愉快的场面话后，我背起背包，信步走去打开包厢的门。

想不到仅半天光景，我的职业生涯便发生了翻天覆地的变化。我蓦然想起裴俨和一抹金之间有过的一席谈话，离开的脚步不由得放慢下来。

我拉门的手一顿，缓缓回首注视裴俨，鼓足勇气道：“学长，咱们公事谈完了，但有一件私事……我们应当做个了断了。”

我刻意顿了顿，煞有介事地接着道：“我郑重宣布，我不喜欢你了，再也不喜欢。从今天开始，你再无后顾之忧，大可以一心一意追求米竹。”

我不敢再留恋，快步走出了包厢，躲开了那双阴沉的眸子。

我喜欢他，我毫不遮掩地向全世界承认；我放弃他，也要做得彻底干脆，才能让当事人完全卸下心理包袱。

离开荔枝湾后，少了小胖墩萌点的不时骚扰，我总感觉只有一个人的公寓分外寂寥。也许正因为如此，我比从前更频繁地想起那个名字。

我对她没有怨恨，也许一开始曾有过妒忌，但后来仅有的只是无尽的羡慕，犹如溺水的人羡慕了解深海的游鱼。

我认为这世上没有比米竹更幸运的人了。她远在千万里之外的意大利，而我就在裴俨身边，但她离他的心更近，她掌握着他心房的钥匙，而我只能硬闯。

她的心，才是他想要抵达的彼岸，而我的心，是他不想背负的感情包袱。

裴俨对谁都是一副不咸不淡的样子，从不愿与谁亲近。我原以为像他这样的人不会轻易为谁着迷，直到大二那年，我在校园举办的新年晚会上目睹他为另一个倩影怔怔出神。

当晚，出席晚会的学生有很多，因为学生会会长那个人精邀请了各系系花出面撑场。

尽管我也是女生，可我也很喜欢欣赏漂亮的女人。冲着各系系花的噱头，那晚我特意租借了一身燕尾服，把自己打扮成一个酷女孩，然后和室友一起前往学校礼堂围观美女。

学生会会长非常有号召力，校内最受关注的女生都穿上了小礼服出席晚会。我看得眼睛都直了，寻思着该怎么上前搭讪，和那些漂亮女生成为朋友，不经意间我看见了那个倚窗而站的人。

裴俨没有发现我，他身边到处涌动着人，他却静静注视着某个方向，仿佛这鼓噪的礼堂里唯有那一人值得他为之执着。

我循着他的目光望去，便看见一个穿着象牙色短旗袍的女生。她长发如瀑，垂落至柳腰，黛眉下一双水灵灵的眸子透着几许俏皮之色。她捧着一块蛋糕津津有味地品尝，嘴角上、鼻尖上、脸颊上被抹上了不少奶油，她却浑然不知。不时有擦肩而过的男生与她招呼，她连敷衍地回应都吝啬于给予，冲别人翻了一个白眼，便又低下头去埋头苦吃，那模样可爱极了。

裴俨看得出神，甚至没有注意到我已向他悄然走去。我没有打扰他，掉头径直朝那女生走去。

彼时我室友拿着一块抹茶蛋糕，像马踏飞燕似的穿过混乱的人群回到我身边，我霸道地夺过蛋糕，挥挥手示意她暂且回避。

室友立即拉下脸，极其哀怨道："不是约好了今晚要集体行动吗？你要去哪儿？"

我掷地有声道："去泡妞，不然怎么对得起这身燕尾服。"

室友目瞪口呆。

我脱离宿舍团体，捧着蛋糕徐徐走到情敌面前："这块蛋糕也给你？"

情敌愣怔了下，意犹未尽地舔了舔嘴角，盯着我手里的蛋糕沉默半晌，似是在做什么重大决策，最后才打定主意接过蛋糕："女生胖点更可爱，我无所畏惧！"

她微微一笑，抬眸看了看我，又看了看我那身松垮垮的燕尾服，打趣道："同学，请问你是男是女？"

"我上女卫生间。"我言简意赅。

情敌不禁失笑出声："那太可惜了，我正缺一个有趣的男伴，好不容易遇见一个好玩的，却是个女的。"

我细细打量情敌那身别致的象牙白旗袍，忽而灵机一动，凑到她耳边轻声道："至少有一点你答对了，我挺好玩的，就怕你不敢玩。"

情敌稍稍偏头，狐疑地打量我，撇撇嘴道："刚才我说过了，我无所畏惧，我最喜欢的就是玩女人，特别是特别好玩的女人。"

我龇牙一笑，拉起她的手便往洗手间走。

我把情敌推进厕格，然后绕到她隔壁也锁上了门。

她轻轻拍打着中间的隔板：“喂，这就是所谓的很好玩的事吗？躲进厕格？我们要干什么坏坏的事吗？”

我用行动代替了回答，迅速脱下燕尾服，像抛绣球似的一件一件抛进旁边的厕格。隔壁的人惊叹一声，伸手拽下那条意外挂在隔板上的西裤：“你胆子怎么这么大？也不怕我是坏人？万一我拿着你的燕尾服走人，那你不是得光着身子待在洗手间里了？”

我没好气道：“我有手机，我有朋友，我一点都不怕你带走我的燕尾服。隔壁那位长得很好看的小姐，你比我高，燕尾服穿在你身上应该会蛮酷的。”

一秒，两秒，三秒……

一直得不到回应，我不禁抬头，发现隔壁情敌不知何时已站上马桶，白里透红的脸蛋从隔板顶部探过来，那双眼珠子正滴溜溜看着我，如瓣的樱唇间漏出银铃般的笑声。

我叉着腰，坦荡荡地迎上她打量的目光，催促道：“快把旗袍给我。”

“好，马上！”情敌动作迅速，站马桶上脱了旗袍，手臂探过隔板递给我，“好在你和我一样瘦，旗袍你也必定合身。”

我同意：“我不仅和你一样瘦，还和你一样平。”

情敌笑声不绝于耳。

我俩换上彼此的衣服，走出厕格再次碰面，移不开眼地打量对方，忍不住捂唇，满意地点点头。

情敌说：“我叫米竹，要找到我很容易，你随便找个色眯眯的男生问一问就能打听到我。今晚你就穿着这身旗袍走吧，以后再还我，这样我以后才能再见你。”

我傲娇道：“你很想和我再见面吗？”

情敌猛点头：“当然，身边要有一个像你这样的捣蛋鬼，日子才不那么无趣。”

我和米竹换装之后，我假装淑女，她扮演绅士，我挽着她重回礼堂。

果然，那双眼睛很快便因为米竹而注意到我。

裴俨终于注意到我了，因为此刻的我穿着米竹的旗袍，亲密地站在她的身边。

我心里一阵苦涩，为了让喜欢的人多看我一眼，到头来还得仰仗情敌的光芒。

大概是我刻意接近他喜欢的人惹他心里不痛快，他落向我的目光比平常添了一分怨怼。他不再关注米竹，注意力全部向我转移，眉头紧锁，明显是担心我会对他心心念念的米竹做什么过分的事儿。

我咬咬牙，索性迎风直上，示意米竹朝裴俨所在的方向看去。裴俨始料未及，没料到我会顶风作案，当米竹的视线不经意间向他扫过去时，他像个被出首的犯人，木讷地怔在原地等待被捕。

我挽着米竹朝他步步走近。

米竹饶有兴味地打量着他，贴耳轻声问我：“那个男生是谁？为什么你要我看他？”

我笑了笑，依然坦荡荡：“他是我喜欢的人，他喜欢你。”

米竹当场怔住，再也不肯前进一步，惊诧地回头紧盯着我：“所以你才会刻意接近我？”

我颔首，下意识朝某个方向飞速扫视一眼，发现裴俨已经消失无踪了。我回头，迎上米竹略带警惕的目光，霸气地开了口：“我的确是因为他才刻意接近你，这有什么问题吗？我就是要和我喜欢的男人抢女人。”

米竹轻启朱唇，却半天挤不出一句话，静默了半晌，她无奈一笑，抬手捏了捏我的脸蛋：“小妖精，告诉我你叫什么名字。我也要和喜欢我的男人抢女人。”

这就是我和米竹深厚友谊的开始。相遇第一天，我们彼此交换了衣装，交换了联系方式，交换了心事。

那晚，我和她就像两个在酒吧里意外邂逅一拍即合的醉客，我们肩膀挨着肩膀聊了好久，最后她把我带进她的宿舍，与我挤在一张仅一米二宽的床上，头挨着头无眠而谈，仿佛要将过去那些年，那段我们未曾拥有彼此的时光一夜道尽。

大三那年，米竹以交换生的身份前往意大利佛罗伦萨留学。

她临行当天，天未亮我便起床了，趁早梳洗完毕后，我直奔裴俨宿舍楼下。他手机关机，情急之下我只好壮着胆子与宿管大叔交涉。

“大叔，我想让您帮我找一个人。”

宿管大叔不耐烦地摆摆手：“小姑娘，着急见男朋友也用不着这么早吧？才清晨六点。”

我耿直地点点头：“的确着急，太着急了，一分钟都不能等！那个，大叔，我男朋友喜欢的女生今天要出国了，能不能麻烦您帮我喊醒他？他手机关机了！”

宿管大叔当场被我震慑住了，茫然地看着我，皱了皱眉，低声重复我的话语：“你男朋友喜欢的女生……”

“对，她要走了！四个小时后的飞机！”我朝大叔焦急地比画，耐着性子解释道，“大叔，国际航班要提前三个小时抵达机场，我们时间不多了，麻烦您帮帮忙，我男朋友……”

“行行行！”宿管大叔终于被我一副着急送男朋友出轨的真诚脸打动，向我探明裴俨的寝室号后，便立刻转身上楼。

生怕宿管大叔办事不上心，我站在大门口朝他叮嘱道：“大叔，您一定要把他拽下来，绝对不能妥协！”

不到十分钟，裴俨便带着一身起床气一脸不情愿地来到我面前。他睡眼蒙眬，头发凌乱，很明显是被人强行从床上拖下楼的。

不给他开口痛斥我的机会，我拉着他便往校门走去。裴俨试图甩开我，我自知力气不如他，便索性用两臂抱住他一条胳膊，非要和他较劲到底。

“贾橙，你究竟想做什么？”

“带你去机场。”

“我还没有洗漱。”

“飞机不等人。”

“你不是喜欢我吗，怎么还带我去见她？看来你对我也没有很喜欢。”

我挽着裴俨向着前方坚定地走去，迎着清晨最柔和的阳光，我抬头朝他微微一笑：“少年，你对爱情一无所知。正因为我太喜欢你了，才舍不得让你后悔，我吃点醋没关系。”

一丝异样的情绪在裴俨眸中闪过，转瞬他又恢复了淡定，若无其事地看着我。

我猜想，他大概是被我突然而露骨的告白吓到了。

我们在机场和米竹碰面，裴俨一直很沉默，却体贴地接过米竹的所有行李，视线时不时扫向米竹，她得到了他全部的关注。

而我挽着米竹，叽叽喳喳说个不停，我生怕我一停下来，便会察觉到他对她的专注。

机场四周人声嘈杂，而他注视她的双眼是那么沉静，他只看得见她。

米竹进入安检口时，我紧抓住她不肯放手，双眼早就大雨滂沱。我抽泣着抬眸瞅裴俨一眼，回头对米竹道：“你一定要回来啊，毕业后不要留恋国外风情，回国发展，千万别移民啊，不然我寂寞死了。你答应我，两年后一定要回来和我抢学长。”

这是第一次，她和他都顾不上有我在场，禁不住脉脉相视一眼。

我当然知道她对裴俨其实也有好感。他是学校的风云人物，是许多女生梦寐以求的对象，美丽动人的米竹也无法幸免，她被他的安静、淡漠，以及比任何人都认真的沉稳性格所吸引。

因为怕我伤心，她便刻意与裴俨保持距离，从不在任何人面前谈起他，她是何其善良的姑娘。而裴俨也并无逾越雷池的打算，他一直专心学业，只在远处静静地看她。正因为如此，我才相信他爱得深沉。

米竹嫣然一笑，抬手捏一捏我的脸蛋："小妖精，我只去两年，我保证我会回国发展。我警告你，这段时间你要是敢喜欢别的女人多过喜欢我，回来后我一定不会放过你。"

我红着眼猛摇头："不会不会，我最喜欢你了！"

米竹不屑地撇撇嘴，朝我眨巴眨巴眼，视线有意无意地瞟过裴俨："你最喜欢的人真是我吗？"

我违心地点点头。

米竹看破而不戳破，朝我脸上"吧唧"一口，然后转身走进了安检口。

那一天，裴俨守在安检口前，久久不肯离开。而我也没有催促，陪着他静立发呆。

终于，我还是忍不住开口："学长，在未来两年里，你会忘记她吗？"

"不会。"他毫不犹豫道，话语很轻，却万分笃定。

裴俨是个说到做到的人，转眼两年过去了，任我在他身边如何努力，始终比不上那个住进他心里的人。

他说过，他不会忘记她，他果然做到了。

这晚临睡前，我收到了裴俨发来的短信：周三下午三点开项目会议，请贾小姐务必准时到场。

我沮丧地放下手机。能与Voodoo合作是一件值得骄傲的事，如果我无须因为工作而不得不和某个人扯上关系就更好了。

周三下午，我走进蛋糕店挑选了几份蛋糕，结账时特地在精致的蛋糕盒上附上一张卡片。当我提着蛋糕盒到达Voodoo时，距离会议开始时间刚好还有半个小时。

前台MM知道我的名字后示意我上二十层，我点点头，把蛋糕放下：“这是给元思总监的，可否麻烦你帮我拿给他？谢谢。”

不知出于何种心态，回到Voodoo我总有一种回到娘家的错觉。当初面试时，身为人力资源总监的元思是那么挺我，这份恩情我惦念至今。这次，我披荆斩棘回到这个最初摔倒的地方，不和他打一声招呼，我心里过意不去。

我径直上了二十层，裴俨的办公室也在同一层，可我并没有见到他。

裴俨的秘书是个干净爽朗的男生，他带我走进会议室后，礼貌而和善地询问我要不要喝点什么。我要了一杯黑咖啡，然后安静地坐在里头翻阅Voodoo推出的时尚杂志——《雾都》。

裴俨能者多劳，身兼数职，他居然还是这本时尚杂志的责任主编。

会议室的门突然开了，元思和裴俨一前一后地走进来。

“元总监。”我立刻起身打招呼。

元思还是那样清瘦，透着几分女气的脸庞上总带着富有亲和力的笑容：“别人的小学妹，才一阵子不见，就忘了咱们当初的约定？不是说好要叫我元哥哥吗？”

“可是……”我尴尬地挠挠头，“这是工作场合，我们还是得礼节性地装装正经。”

元思会意一笑，走过来轻轻将我按回到座位上，然后在我身旁的位置坐下，抬头对裴俨道：“裴总监，待会儿的会议，你应该不介意我旁听吧？”

“随便你。”裴俨神情冷漠，既不看我也不看元思，自顾自找到自己的位置坐下。他离我不远，刚好就在我正对面。

元思用手肘捅捅我，故意摆出一副说悄悄话的样子，声音却刚好可以让某个人听见："小学妹，谢谢你的蛋糕，不过下次能不能送双份啊？省得有些人跑去问自己的秘书有没有人给他送蛋糕，你让人秘书多尴尬啊！"

"……"

我默默转身。我的背包挂在椅背上，我从里头拿出一个卡哇伊的蛋糕盒，隔着会议桌朝某人轻轻推送过去："你的，在这里。"

某人眼睛一亮，炫耀似的朝元思挤挤眼，继而将蛋糕盒放到手边，之前紧绷的脸色总算缓和了一些。

我从来不是厚此薄彼的人，不能否认这一次裴俨拯救我于水深火热之中，我理应好好答谢他一番。

距离会议开始还有五分钟，会议室突然有大批人拥入，原本空荡荡的会议室转瞬满座。我扫了眼每一个陌生面孔，要不是身边刚好坐着元思，这样的会议规模只会让我更加怯场。

男秘书体贴地走到裴俨身边，想要将那个不符合会议气质的卡哇伊蛋糕盒拎走。裴俨却伸手按住，幽幽开口道："蛋糕盒不碍事，放着就行。"

男秘书略感意外，好奇地将蛋糕盒放回去，一脸困惑地退到裴俨身后坐下。

本次会议的主持自然是裴俨本尊。他先让在座的人各抒己见，在新项目的创意和营销方面提供建议。

我索然无味地听着，在快要陷入瞌睡的时候，身旁的元思冷不丁揪了揪我耳朵。我猛打了个激灵，顿时清醒不少，一抬头，便对上对面那双严厉而凶恶的眼睛。

大魔王劈头盖脸道："贾小姐，不如你先发表意见？"

我气结，这厮明知我走神了，还非要把我揪出来，分明是有意刁难。为了不让自己显得太蠢，我沉着地看了看投影幕布上显示的《项目进度表》，遵从本心不急不躁道："一抹金清楚地知道我的创作概念，很难保证她会不会玩概念抄袭，我拿黄焖鸡做文章，她可以举一反三用剁椒鱼头什么的，这种事我相信她做得出来。按照正常的工作流程，我的这个宠物系列要筹备到明年才能上市，到时候分分钟被一抹金‘碰瓷’。慎重起见，我建议这个项目全速推进，争分夺秒，先发制人。”

裴俨机智地抓住了重点，一脸凝重，问：“你想要多快？”

“玩命的快。”我不假思索道，“最好两个月内上市，我将夏装改冬装，效果只会更佳。冬天了，猫猫狗狗都怕冷，销量只会更好。”

“这不可能！”一个穿着西装短裙的年轻女士尖声反对，公然向我投来一个鄙夷的眼神，仿佛在嘲笑我天马行空、不切实际，“贾小姐刚大学毕业吧？难怪会对产品筹备缺乏时间概念。两个月内上市？嗬，这不是玩命，这是不要命，根本来不及！”

我身份尴尬，不好反驳。我只是Voodoo的合作设计师，我对整个项目只有参与权，没有主导权。况且我初入职场，资历尚浅，之前又屡屡受挫，我实在没有底气说服他人听信于我。至于对方这般轻视我，我并不在意，我受过比这更大的委屈。

我讪讪地笑道：“我确实什么都不懂，让您见笑了。我只是说一说脑袋里一些不成熟的小念头，一切听从裴总监安排，不论是冒险玩命还是稳中求胜，我都会百分百配合。”

我恼自己多嘴，懊悔地低下头。

我正对面，某人不慌不忙地打开蛋糕盒，从里头挑出一块蓝莓蛋糕，堂而皇之地送给我。

我怕引起公愤，自然不肯接过，客气而疏远地拒绝：“谢谢裴总监的美意，还在开会呢，我不吃了。”

“不吃也得拿着。”某人不分场合，俨然一副法西斯学长的姿态。他淡淡地环视会议室，接着道：“还是我学妹机灵，我忽略的事她都想到了，我理应奖励她一块蛋糕。另外，董事会特别重视与贾橙的合作，为此我不得不利用学长身份请求她签约，我希望大家对她客气点。”

全场咋舌。

这话乍一听像Voodoo这样的跨国公司和我合作，还是我赏脸了？

果然，经大魔王一番狐假虎威的关照，他的下属再不敢朝我摆脸色，也不敢用打量村姑的眼神打量我了。

“学妹。”大魔工很不收敛地堆起满脸宠溺，“我到底要有多执着，你才肯接过蛋糕？”

我没好气地瞪他一眼，示意他见好就收。

元思看出我脸皮薄，便善解人意地替我接过蛋糕，低声对我道：“有人看不得你被人欺负，你怎么就不领情呢？”

我只好抢过蛋糕，豪迈地猛咬一口，继而违心地朝某人笑了笑：“谢谢学长厚爱。”

整场会议下来，我再不敢妄言，虚心静坐聆听，老老实实做笔记。我的手机突然闪了一下，我贼兮兮地查阅短信，心里莫名涌起一阵狂喜。

号外号外，大美人回来了，今晚一起吃饭？橙子，我是你女朋友！

女朋友……

除了她，还能是谁！

千等万等，左盼右盼，我终于盼到米竹回来了！

他会比我更高兴吧？我偷瞄裴俨一眼，作为对他刚才护短的回报，我寻思着要送他一个意外惊喜。

好不容易熬到会议结束，裴俨一动不动留在座位上，静静地目送他的下属鱼贯离开，他的视线有意无意地朝我瞥来。

转眼间，会议室里又只剩下我和裴俨还有元思三人。

“学长。”我笑眯眯地套近乎，“为了庆祝……我从萌葩星虎口脱险，我请你吃顿饭？”

元思正想离开，闻言又立刻坐下：“是不是听者有份？”

我面露难色，我今晚可是另有打算。

元思看出我略有迟疑，佯装恼怒，作势要走：“我明白了，今晚你想和你的学长过二人世界？我走我走，我只是个外人。”

“不是不是！”我急忙伸手拉住他，“元哥哥也一起来！一定要来！”

元思回头笑了笑，向我比画一个“OK”的手势：“那我就不客气了，我一定会去。”

我说“好”，回头看向裴俨。他看了看表，对我道：“我还有一个多小时才下班，你先到我办公室坐会儿？”

“不了。”我背起背包，想尽量避免与他单独相处，便搪塞道，“那家饭馆人特别多，我先去占个位置。”

话音未落，我急匆匆跑出会议室。

晚饭地点选在米竹最爱的粤菜餐馆。这家餐馆格调别致，价格合理，味道上佳，每晚到这里排队吃饭的人一路从馆子门口迤逦到长街尽头。

我卡在五点赶到，彼时，馆子门前只寥寥坐着几个拿着号码牌的人，我简直要怀疑人生。

从Voodoo出发到达餐馆最快也得二十分钟，就算裴俨和元思能够准点下班，也躲不开下班高峰期，他们至少要六点才到，那时我应该已经占到座位了。

我拿着号码牌坐在饭店右侧一排座椅上，一边低头玩手机，一边满怀期待地等着米竹。

有人悄然走到我身旁坐下，我并未在意，只顾低头和米竹发着短信，问她什么时候能到。

身旁的人似乎动了动，紧接着我耳边便响起了再熟悉不过的绵言细语："小笨蛋，我就在你身边啊。"

我猛然一抬头，便撞见那张想念已久的俏脸。

米竹比过去更美了，所谓眉黛春山、秋水剪瞳，大概说的就是她。她的长发短了，只刚刚过肩，反倒显出几分清爽洒脱。

米竹是模特，身材自然满分，身高自不必说，比我要高出大半个头。趁着她还坐着，我立刻张臂扑过去，紧紧拥住她："米竹，你别着急站起来，我还不想仰视你，我脖子怕累！"

米竹盈盈笑了，也紧紧抱住我："全世界就只有你敢嘲笑我这么一个大美人！"

米竹说得对，她是一个大美人，是我见过最美的人，也许也是裴俨见过最美的。

"竹美人。"我笑眯眯地打趣道，"你还记得两年前，我送你出国那天，我们许下的承诺吗？"

米竹摆出一副试图回忆的样子："什么承诺？回国后跟你抢学长？"

"是的。"我满脸憾色，摇摇头，摊摊手，"我恐怕无法兑现承诺了，我懒得跟你抢，送你要不要？"

米竹难以置信，伸手捧住我的脸左看右看、上看下看："你真是我家橙子吗？连最爱的男人都送我？"

唉，哪里轮到我送，根本是我无法抢走。

不想米竹再有顾虑，我搂着她的肩，亲昵地凑到她耳边道："我有喜欢的人了，但那个人不是学长。总之，你这次回来千万不要放过他，而我已经有了新的目标、新的方向，改天再介绍给你认识。"

米竹半信半疑："像你这样痴情的人会移情别恋？"

"那是当然。"我举一反三，"韦小宝可以为他的神龙教爱人赴汤蹈火，最后不照样集齐七个老婆？"

"……"米竹无言以对。

事实证明，貌美的人运气不会太差，米竹刚到不久，饭店服务员便呼叫我们的号了，我应和一声，拉着米竹高高兴兴地走过去。

不巧，裴俨和元思也正朝我信步走来，我看了看时间，才五点半，这正是Voodoo的下班时间，他们怎么就来了呢？

我原本想着可以和米竹小聚片刻，待裴俨和元思到了，再拉走元思到别处吃饭，给裴俨和米竹制造一场相亲饭局，没想到他们竟比预期早到半小时，我和米竹刚碰面就要分开了！

元思催促着裴俨，加快了脚步来到我面前。

裴俨分外沉默，目光里透着一丝不安，米竹的出现太过意外，令他猝不及防，一时乱了方寸。

而米竹也收敛了与我相处时特有的豪放做派，矜持地站在一旁，落落大方地向裴俨和元思投以一笑，举止淡雅，姿态动人。

我别过头，克制着自己尽量不去注意他们。

我害怕看见他对她出神的双眼，也害怕看见她对他充满期待的表情，更害怕自己失态，再度让他们感到为难。

有情人应当成眷属，过去是我太过自私。

如果那时我年长几岁，说不定会懂得知难而退。那份越挫越勇的执着，会变成一种执念长埋于我心间深处，让时间长河酿成一个最心动的秘密。而这个最心动的秘密，只有我自己知道。

“小学妹。”元思朝我打招呼。

“元哥哥。”我故作轻松地笑了笑，当机立断一把将号码牌塞到米竹手上，二话不说便挽着元思向对面马路快步跑去。

元思不明所以：“怎么了？”

我沉着道：“先跑了再说，听我的没错。”

我拦截了一辆出租车，回头朝米竹和裴俨张望一眼，他们仍站在饭店门口。我向他们挥了挥手，然后带着元思无怨无悔地走了。

我向出租司机报了一个地点，抬头便迎上元思不解的目光，我抢先开口：“元哥哥，Voodoo不是五点半才下班吗？”

元思轻轻用手指叩叩我脑门，没好气道：“你的学长不想你等太久，提前半小时下班了。到底怎么回事？”

我喘口气，缓声道：“刚才在我身边的女人那么漂亮，你不可能没看见吧？她是我家学长的梦中情人，而我学长呢，又刚好是她的白马王子，所以元哥哥你猜猜，到底怎么回事？”

我拍着胸脯，大义凛然道：“我君子成人之美呗。”

元思不敢恭维，忍不住朝我翻了翻白眼：“你成人之美，你学长同意了吗？”

我心中笃定，振振有词道：“那是当然，他怎会不同意？他巴不得我明天就把他俩送进洞房。”

“……”

元思手机响了，他一副十拿九稳的模样，拿出手机一看：“果然，是你学长。”

我皱了皱眉。

元思按下接听，那头的人不知说了句什么话，让元思略感意外：“你们要来找我们？”

这九成九是米竹的意思。我连忙朝元思摆摆手，双手合十苦苦哀求，示意他千万别透露我们的去向。

元思无奈叹息一声，对电话那头的人道：“你学妹有心成人之美，你干脆将错就错，好好享受美食和美人作陪……好的，没问题。”

挂断电话后，元思幽幽地对我道：“你学长说，他谢谢你了。”

不客气，我在心里默默回应道。

今晚，他终于看到她的笑脸，终于可以在没有我的吵闹下，安安静静听她诉说一切。他终于可以让她知道，她到底有多让人难忘。

此时，他一定很快乐。

君子成人之美，谁知个中心酸？

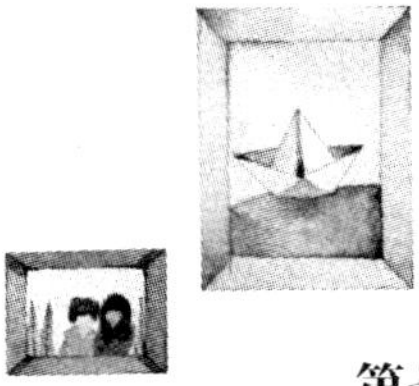

第七章

甜汤之苦在于心

我带元思到我最喜欢的一家藏菜馆子吃西藏火锅。我和他特别投契，一顿饭下来我们无话不说，走出餐馆时已是晚上九点。

裴俨的车赫然停在门外，车里只有裴俨一人。

我不由得一怔，回头看看元思，他耸耸肩解释：“我的车扔在公司，你学长说顺道送我回家，我没理由拒绝。你也上车吧。”说着，元思将我推上了车。

我原以为裴俨会因为今晚的饭局而对我表示感谢，就算他理所当然地接受我的好意，也不至于这么不客气。

我刚坐进车，便触上他扭头瞥来的幽怨眸光。我脸色一僵，尴尬地笑了笑：“学长，米竹呢？”

“送回去了。”他不阴不阳道，“我不尽早赶过来接人，我怕有些人会浮想联翩，误以为饭局之后我和米竹还有下文。”

我心领神会，忍不住咯咯笑了：“学长，你怕我低估你们的节操，会误会你们吃过晚饭之后直奔酒店？啧啧啧，米竹不是那样随便的女生，我绝不会那么想她。”

某人阴森森地瞥我一眼：“重点是，我不会带她去那种地方。”

“是是是，我学长是禁欲男神。”

某人压根不接受我的赞美，脸色越发阴郁难看。

夜渐深，我默默看着车窗，街景在眼前快速倒退，行人一闪而过，我尚未来得及看仔细，他们便永远消失在与我一秒的缘分里。

如果当初不是我死缠烂打，我和裴俨亦如路上的行人和车里的乘客，短暂偶遇便再无瓜葛，哪里还有后头一箩筐的事？

路是不是走错了？

“学长，这不是去我公寓的路。”

“先送元思回家。”

“你这是走冤枉路，餐馆明明离我公寓更近。你先送元哥哥再送我，这不是绕圈吗？”

“我就是绕圈。”裴俨理直气壮，“我一直在走冤枉路。”

我不过是想大家都能尽早到家，他跟谁怄气呢？

元思回头朝我眨巴眼，幸灾乐祸道：“他乐意，你可千万别拉他。天大地大，有些人啊，绕来绕去都绕不出别人的手掌心。”

“……”我总觉得今晚的元哥哥很高深莫测，他说的每个字我都听清楚了，却听不太懂。

二十分钟后，车子抵达元思家门口，他刚下车，裴俨便踩下油门绝尘而去，我甚至来不及按下车窗和他互道晚安。

许是我多心，打从我上车之后，我总感觉裴俨的情绪有些糟糕。

“学长，你和米竹进展得顺利吗？”

“如果你指的是晚饭，很顺利。”

“那就好。”

可他为什么总有点闷闷不乐？想起他说过今晚的饭局略嫌冷清，难道他被米竹冷落了？我安慰道：“学长，你和米竹毕竟两年没见，一开始难免有些生分，最近先慢慢接触，一步一步来，心急吃不了热豆腐。”

我话音未落，裴俨突然猛踩刹车，车子“刺啦”一声猛然停住。

我始料未及，一头撞上了副驾驶座椅背，眼前冒出几颗星星之余，脑袋也嗡嗡作响。我双手抱头，忍不住提高嗓门对他怒吼：“学长，你这么突然是几个意思！”

某人缓缓回头，视线直勾勾朝我投来，他的俊脸埋在气氛阴沉的车厢里，晦暗不明。

“我好像……不太想吃热豆腐，我想吃橙。”他莫名其妙地说了这句话后，推门下车，快步走进路旁一家准备打烊的水果店。

他神经病啊！

过去两年，我是那样殷切地盼着米竹回来，当她真的回到我身边时，我却千方百计地躲开她。也许，人心本就是一个矛盾体，我们笑得越狠，便越不快活；眼泪越汹涌，心情反倒越轻松。

我还没有做好充分准备，从容应对她和裴俨相亲相爱的画面。他喜欢她，她喜欢他，他们之间少一个我刚刚好。

有过那晚仓促而短暂的重逢之后，米竹主动约过我几回，我均以工作太忙为由回避了。也是继那晚之后，我全身心投入到Voodoo的项目工作中，不分昼夜地赶设计稿。

每周三，我都会拿着修改好的设计图纸到Voodoo一趟，匆匆交给裴俨的秘书便立即离开。

我不愿看见他，便极力避免撞见他。

这周三下午，我正准备背上背包出门，门铃意外地响了。我不禁一阵嘀咕，我最近可没有心情也没有钱网购，知道我公寓住址的人并不多，有谁会在这时候上门来？

我狐疑地走到猫眼后，顿时打了个激灵。这时候大魔王不上班，跑到我公寓门口做什么？

我犹豫着要不要不应门，假装自己已经出发前往Voodoo了？

我刚拿定主意，手机便不合时宜地响起来，英明神武的大魔王仅用一个通话便拆穿了我的小计谋。我暴露了行踪，便只好认栽开了公寓的门。

“学长。”我硬着头皮打招呼。

某人嘴角微扬，耀武扬威地向我晃了晃自己的手机，不阴不阳道：“学妹，我很高兴你养成了时刻开着手机铃声的习惯。”

我气结，对于这种莫须有的挖苦，我不屑回应！

我这才注意到大魔王手里提着好几个鼓鼓囊囊的购物袋，袋上印有超市的标志。看样子他要在我公寓逗留一段时间？

绝对不行！万一被米竹知道了，她九成九会误会！

我一副一夫当关的架势堵着家门：“学长，你找我有什么事？我正要去Voodoo找你呢。”

“嗬，找我？”大魔王一脸不信，扯了扯嘴角，皮笑肉不笑道，“哪次你不是一放下文件就走？连我的秘书都看得出来你一点都不想见到我。”

看出我没有请他进屋的意思，他连礼节上的询问都免去了，两只手提着硕大的购物袋，像个变形金刚似的轰隆隆朝我逼近，转瞬便将我推到一侧，径直越过玄关，走到了客厅。

他环视一圈，很快便找到厨房的位置，俨然一副男主人回到自己家的模样，毫不见外地走进厨房。他把购物袋放到橱柜台面上，慢条斯理地从里头拿出苹果、芋头、冰糖、红豆、薏米、巧克力、冰激凌、黄连……他买黄连做什么？他到底想干吗？

我满头问号，倚着厨房门看着大魔王那副悠然自得的模样，越发崩溃了：“学长，这个时间你应该在上班。”

大魔王嘴角带着嘚瑟的笑意，故意向我卖个关子：“我是在上班啊，我现在就在为你和工作的事而忙碌。”

为我和工作的事而忙碌？这是什么意思？

大魔王无视我，自顾自打开每个橱柜查看一遍，很快便摸清各种厨具摆放的位置。

我越发好奇：“学长，到底是什么样的工作要您纡尊降贵跑到我公寓的厨房才能完成？”

大魔王从橱柜里取出一个平底碗，将买来的苹果酱、香油精、巧克力、黄油面粉糖等倒入碗中混合搅拌，答非所问道：“我先给你做一个微波巧克力蛋糕。这是我第一次做，现学现卖，不论做得好不好，你都要将就着吃完。”

我茫然：“为什么要给我做这个？”

“当然是为了项目。”大魔王睨我一眼，煞有介事道，“你的黄焖鸡小创意很好玩，我认为可以举一反三打造一个附加的甜品系列。董事会通过了我的提议，所以我特地过来给你做一桌甜品，看是否能给你灵感，说不定我们能再次发生灵魂上的碰撞呢。”

灵魂上的碰撞……

我咽了咽唾沫，所以……这个下午，他打算变着花样为我做出各式各样的甜品？

可是……

大魔王端着平底碗转身走向微波炉，我立马冲过去，伸手止住了他：“学长，我不吃巧克力，也不吃巧克力蛋糕。”

大魔王微微一怔，午后的阳光格外明媚，他深如幽潭的眸子却黯然失色，透出几分难以掩饰的失望，就像一个用心为爱侣栽花的园丁，最后才惊觉对方早已失明。

我莫名心口一紧，立刻竖起三根手指，信誓旦旦道：“学长，我十三岁以后就戒掉巧克力了，但我保证，你做的其他甜点我会全部吃掉！”

大魔王若有所思地放下平底碗，凝眸注视我，关切地问道："为什么十三岁之后要戒掉巧克力？"

"因为……"我欲言又止，及时打住倾诉的念头，摇摇头道，"没什么，这是我自己的事，与学长无关。"

我转身向客厅走去，大魔王一个箭步追上来，一只手扼住我手腕，双眸中闪过一丝愠色："什么意思？什么叫与我无关？"

我咬咬牙，用力挣脱出他的掌心，冷冷警告道："我的意思再明显不过，从现在起，学长只需要关心米竹的事。"

从此以后，我是平庸、是惊世、是落魄、是绚丽、是悲是喜，都与他无关。

我害怕与裴俨独处，这会让我忍不住怀念过去在荔枝湾时与他有过的温馨情景。我必须戒掉裴俨，就像戒掉曾经喜欢的巧克力。

我想给米竹打电话，可万一她知道裴俨一个人跑到我公寓来，会不会不高兴？

我犹豫再三，终于拿起手机，电话那头的人很快便接听。

"喂，元哥哥，我要愁死了，我斗胆恳请你，能不能翘班过来我公寓一趟……"

元思动作很迅速，挂上电话后不到半小时，我公寓的门铃便响了。

大魔王剑眉紧蹙，从厨房里探出半个脑袋。我无视他探询的眸光，快步走去开门。

元思与我会心一笑，另一只脚尚未迈进门，脸上的笑容便一下僵住了。我不解地朝他瞪瞪眼，他一副"大事不妙"的样子指了指我身后。

我慢慢回头，只见裴俨脸色阴森，杀气腾腾，分明一副被得罪惨了的模样。他上前两步走到我身旁，一副要关门逐客的架势："你来干什么？"

元思一脸无辜："是你的好学妹要我来的，要怪就怪她，我只是来充数而已，别朝我瞪眼，我拒绝。"说着，元思踢掉鞋子，径自走到沙发旁懒洋洋地坐下，“听说等下有好吃的甜品可以吃，什么时候可以端上来？下午茶时间也快到了。”

彼时，我仍然留在玄关处，感受着身旁的男人浑身散发的危险气息。

“为什么要把元思叫来？”他紧绷着脸，冷声质问道，“就那么讨厌我吗？”

“不讨厌。”我紧张地纠正道，“只是……要避嫌，我不能一边撮合你和米竹，一边又和你不清不楚，请学长谅解。”

“我不谅解。”他犀利地瞪我一眼，吓得我浑身一激灵，然后训示道，“既然知道自己不能一边撮合我和米竹，一边又与我不清不楚，就别瞎撮合，你和我本来就不清不楚。”

他什么意思？

裴俨高冷地撇下我，踱回厨房，经过客厅时，朝元思投去一个蔑视的眼神：“甜品没你的份，只有贾橙可以吃。”

“凭什么？”元思不满地跳起来。

大魔王华丽地转身，甚至不屑多看他一眼：“贾橙是我学妹，你是我学妹吗？你连个女人都不是。”

“怪我咯！”元思在某人身后猛朝他挥拳头。

两个小时后，总算盼星星盼月亮地盼到大魔王从厨房里“修炼”出来。他在饭桌上摆好一碗冰糖雪梨、一碗红豆薏米糖水、一碗芋头西米露、一碗缤纷水果汤圆、一碗蜜桃西瓜甜汤、一杯木糠布甸和一份微波巧克力蛋糕，我看得眼睛都直了！

“学长……这些……”

“都是给你的。”他余怒未消，板着脸在饭桌前坐下，然后不客气地把我按在他身旁的位子上。

“学长，这么多，我一个人怎么吃得完？我又不是猪。”

裴俨轻轻地拍拍我的肩膀，一副对我委以重任的样子：“学妹，要相信你自己。”

我气结。

“学长，我说过，我不吃巧克力，也不吃巧克力蛋糕。”

“就为我吃一口。”大魔王缓缓抬头，凝眸注视我，语气虽强硬，眼神里却透着迫切的恳求，“这大半天光景，我一个人逛超市，又扛着这么多东西上门，然后给你做了一桌甜品，待会儿还得给厨房善后洗洗刷刷的，你就当……给我一个安慰奖。”

我抗拒地摇摇头，这事不同寻常，我不能答应，伸手将巧克力蛋糕推得远远的。大魔王却非要跟我较劲，索性将蛋糕捧在掌心送到我面前：“学妹，根据我的年薪计算，我的时薪你根本付不起，你要么吃一口蛋糕，实在不想吃……就坦白招了，告诉我你不吃巧克力的原因。”

彼时，元思从我身后探出脑袋，讨好地笑道：“裴总监，贾橙就那么一小只，你一下做这么多甜品，不怕腻死她吗？何不让我替她分忧解难呢？”

“哦？”大魔王眸光狡黠，不知在动什么歪脑筋，忽而诡谲一笑，热情招呼元思到他对面的椅子上坐下，倾身向前对元思道，“要是我学妹愿意吃下一口巧克力蛋糕，这些甜品你任挑三款；要是我学妹不肯开金口，你就看着她吃，饱一饱眼福也是好的。”

“丧心病狂！”元思恼怒地瞪他一眼，偏头向我投来困惑不解的目光，继而学着福尔摩斯的模样双手支着脑门沉思半晌，之后缓缓抬头，煞有介事地问，“学妹，我想通了，你之所以不肯吃巧克力，是不是嫌弃它们的颜色和某人的脸色很像，都是黑不溜秋的？”

“……”

元思似乎并无劝谕的意思，眼若饥鹰扫过满桌甜品，一副看破红尘的模样豁达离座，然后整理一番西装，随后向我挥挥手作势要走：“学妹，好好享受你和裴总监孤男寡女的美好时光，以后别再打电话向我求助，别忘了，是你先见死不救。”

“好汉留步！”我冲元思单薄的背影狂吼一声。

他脚下一顿，回头向我使了个眼色。我无奈地点点头，认栽地拿起了银勺。

我实在不愿提起往昔那会勾起我诸多伤心事的回忆，奈何身旁又坐着个虎视眈眈的大魔王，今天是在劫难逃了。

我破例吃下一口巧克力蛋糕，大魔王心满意足地笑了笑，满怀期待地凑过来，臭美地问我：“怎么样？学妹，我做的巧克力蛋糕是不是甜到入心入肺？有没有震撼到你的灵魂？刺激吗？你觉得你能从中找到创作灵感吗？”

震撼刺激什么啊，糖放多了！

但我觉得自己应该礼节性地拍一拍马屁，便机械地点点头：“是挺刺激的，学长你这张三百六十度无死角的俊脸足以颠倒众生，近距离看更让人魔怔了。”

大魔王照单全收，脸上洋溢着胜利的微笑。

我长舒一口气，稍稍将眼前的巧克力蛋糕推远一些。大魔王干脆把它端到自己面前，拿起我食用过的银勺忘乎所以地吃起来。

“学长，我有必要善意地提醒一下，你手上的那只勺子我用过。”

“我知道，蛋糕你也吃过，我不介意。”

“可是……我介意啊。”

“我不介意你介意。”

“……”和大魔王斗智斗勇，真的好累啊！

亲眼见证我吃下一口巧克力蛋糕后，元思“嗖”地一下回到座位上，撸起西装袖子，端起水果汤圆美美地吃起来。然而才浅尝一口，元思便不慎手滑摔翻了瓷碗，那身挺括的西装被碗里的甜汤泼湿一大片。

“好苦！”元思一副上当的模样，咬牙切齿地瞪着大魔王，“裴总监，你在汤圆里放了什么？你把甜品做得这么苦是故意的吧？”

“当然。”大魔王面无愧色地应道。

我和元思不由得一怔，目瞪口呆地看着他。

裴俨若无其事，自顾自地吃着巧克力蛋糕，慢条斯理道：“在这一整桌甜品里，只有这份巧克力蛋糕是甜的，其他都是苦的。可惜呀，有人身在福中不知福，费尽心机求她，她也才勉强吃一口。”

我咋舌，半信半疑地端起离我最近的一碗冰糖雪梨，果然，才轻抿一口，便苦得让我恨不得摔碗打人！

“学长，冰糖雪梨水……说好的冰糖呢？”

大魔王笑而不语，津津有味地吃他的蛋糕，好像我和元思的味蕾会受到莫名攻击完全是自找的。我猛然回想起大魔王从购物袋里取出一包黄连的动作，难不成……

我惊诧不已，想不到我家学长竟会这般无聊幼稚。他在厨房里忙活一下午，只为让我品尝一桌苦得匪夷所思的甜品？他还不如直接喂我喝黄连水呢！

不对……我一溜烟儿蹿进厨房，果真在里头发现了一锅黄连水。

我咽了咽唾沫，回到客厅，没好气地问大魔王：“学长，里头那锅黄连水是怎么回事？”

某人头也不抬，坦荡荡道：“你看到的就是事实，这些甜品我全用黄连水做的，包你此生回味无穷。”说着，他不怀好意地睨我一眼，邪魅笑道，“请学妹一定要信守承诺，三个小时之前，你可是信誓旦旦地说过，会把我今天做的所有甜品全部吃掉。”

我无语凝噎，差点当场垂泪。

元思颓然地坐在饭桌前，一副悔不当初的模样，双眼无助地看了看我，然后低头看了看沾了一身黄连水煮汤圆的西装：“学妹，劳烦你递给我几张纸巾，顺带把电吹风借我一用。”

我迟疑了下，走到元思身旁轻声道：“元哥哥，其实我公寓里有一套男装，不过……那不是什么大品牌，是我大学时代自己做着玩的，如果你不介意的话……"

"当然不介意！"元思没想到柳暗花明又一村，登时喜出望外。

坐他对面的大魔王却冷不丁抬起头，硬邦邦道："我介意，你不许穿！"

元思白他一眼，不甘示弱道："你凭什么介意？都怪你我才会如此狼狈，难道你要我就这么走？要不你也去厨房泡个黄连澡试试？"

裴俨自知理亏，却不肯妥协，放下蛋糕和银勺，扼住我手腕，二话不说便抓着我闯进了卧室，房门在我身后"砰"地被关上。

裴俨推着我走到衣橱前，像个债主似的恶狠狠地瞪着我，霸道地说："把我的东西还给我。"

我一时反应不过来，茫然地看着他："你的东西？你的什么东西？我可没有拿过你的东西。"

"你有！"裴俨不由得提高音量，一双怒目竟透出一丝几不可察的委屈，"把我的西装还我，你说过那是给我做的，而今为什么要送人？"

我按捺住恼火的心情，尽量平心静气地说："学长，那是你不要的，我自然有处置它的权利。"

"你没有。"裴俨神色凛然，直勾勾地盯着我。在他深邃而澄澈的瞳仁里，我看见了惊慌失措的自己，他冷冰冰地接着道："我也没说过我不要。"

裴俨不再犹豫，伸手打开了我的衣橱，然后回头瞪我一眼，警告、威胁兼而有之："是你老老实实交出来，还是我死皮赖脸自己翻？这是属于我的东西，我必须要回来。"

我咬咬牙，把心一横，不畏强权，英勇拒绝："学长，已经失去的，就别想要回去了。西装我要给元哥哥，他比你更需要。"

我从衣橱里取出西装紧抱在怀里，有意忽略某大魔王的满脸怒容，转头便向客厅走去。在我身后，隐约传来轻微的声响。

我没有回头，我想着绝不能让自己心软。可是……他在干吗？

我的手刚扶上门把，便突然眼前一黑，好像有什么东西不偏不倚罩住了我的脑袋。我扯下一看，竟是某人的西装外套！

我没好气地回头狠瞪裴俨一眼，今天他分明有意挑衅，还凶恶地朝我瞪回来，当着我的面解开衬衫纽扣，一颗、两颗、三颗……

“你要干什么？！你怎么一言不合就……就……”我的小心脏不禁吓，止不住“扑通”“扑通”直跳，我急忙别过头，非礼勿视啊非礼勿视！

某人笑声魅惑：“学妹，我脱衣服是为了穿衣服，你别多想。”

我尽管背对着他，也仍然能想象到他那张欠扁而又邪魅的笑脸。我能感觉到，一股透着压迫性的熟悉气场正朝我渐渐逼近。

果然，下一秒，裴俨沉厚的男声便在我耳边响起，他的气息带着温度吹拂在我的后脖上，让我不禁生出几分挠心的痒意：“学妹，还是那一句，我只要回我的西装。”

“不给，不给，不给，就是不给！”

我拒不妥协，伸手打开房门。裴俨料定我会出此下策，“砰”的一声从我身后迅速抵上门。我怯怯地低头，抱紧怀里的西装。我能感受到背后，他紧贴着我的胸膛正微微起伏。

“学长，元哥哥还在客厅等我。”

“我知道，所以你最好配合。”

说着，他的手便探过我肩膀，试图从我怀里抢过西装。我立刻抱紧双臂，死死把西装往怀里拽。许是我反应过于敏捷，身后的某人忽而浑身一僵，似是被人点中死穴，一动不动了。

我皱了皱眉，偏了偏头，余光瞥见大魔王略显失措的脸庞。恍惚间，我终于察觉到胸口有什么不对……

大魔王的手！他的手！被我……紧抓着……并……按到了胸脯上……

我像丢开一个烫手的山芋一般，迅速松开他的手，然后仓皇转身，满脸通红地推开他。就在我双手触上他胸膛的瞬间，我的眸光不经意间落向某人厚实的胸肌，我顿时从耳根红到颈脖，从掌心滚烫到脚心，感觉这场面越发脱离掌控了。

我一慌神，某人便伺机而动，眼明手快从我怀里抓走西装。

我见大势已去，茫然地抬眸看着某人，他的白衬衫解开了几颗纽扣，白皙的肌肤遮挡不住，映入我眼帘。

我连忙背过身去，无可奈何道："算了，还给你就还给你，省得你为了区区一套西装让我白吃豆腐，可是元哥哥怎么办？"

"我把我身上的脱给他。"

我难以置信，忍不住回头，脑袋转了一半，蓦然想起某人衣冠不整，便又立刻将头转回去，伸手转动门把，没好气道："随你的便。这算什么，瘦田耕开有人争？"

"这叫属于我的，就一直是我的。"身后，裴俨深沉的声音响起，他的掌心覆在我的手背上，及时止住了我开门的动作，"我从来没有失去过任何属于我的东西，我不会失去，过去不会，现在不会，未来也不会，你给我好好记住了。甜品的味道你很不喜欢是吗？我也不喜欢，可那真真切切就是我的心情，我现在的心情，我这阵子的心情，我每个晚上失眠的心情，在梦里的心情，想念的心情。你终于尝到我的味道，如果还不懂我，就继续蹉跎好了，慢慢吃掉我。"

他松开手，往后退去。我立刻开门，逃亡似的冲出房间。

我终于尝到他的味道，如果还不懂他，就继续蹉跎好了，慢慢吃掉他？

这些都是什么意思？

那天之后，裴俨再没有与我联系。而言犹在耳的那些话语我便只当是他的梦呓，不敢细想，更不敢深究。

潜意识告诉我，我应该忘掉，于是我选择性地将有关那天的每个情景屏蔽，不再回忆。他还是那个放不下旧爱的他，我还是那个试着遗忘的我。

米竹早在回国之前，便在意大利与一家模特经纪公司签署了工作合约，随后她被派遣到中国分公司，于是回到了本市。

这周周末，米竹要我陪她参加一个酒会。一开始我是拒绝的，毕竟她已经邀请了裴俨作为男伴随同出席，我可不愿意当一个碍事的电灯泡，直到她在电话里告诉我，酒会地点在匪匪庄园……

“那是个私人酒庄，平时不对外开放。”米竹苦苦劝说，“我们公司领导与祁氏交情不浅，所以祁氏才肯借出场地让我们举办时装秀，难得有机会，你真的不去玩一玩？”

想起之前裴俨和祁箫檬曾有过肢体冲突，假如他们再次碰面，会不会……

“我去。”

万一发生“万一”，我这又当闺密又当学妹的，一定要挡在裴俨前面。

酒会对着装并没有特殊要求，所以当晚我随意地穿上黑背心，外披一件黑色束腰短外套，然后搭配一条黑色紧身裤和一双黑色小短靴，俨然一副女保镖模样，一身黑地走出公寓。

裴俨的车准时停在小区门口，米竹坐在副驾驶座上探头朝我笑了笑。我快步上前，轻轻握了握她滑嫩嫩的手，不经意间，我瞥见了驾驶座上的那个男人……

他穿着那身我亲手缝制的深蓝色西装，道貌岸然地回敬我一个冷眼，颇耐人寻味地招呼：“学妹，我好看吗？”

我拉下脸，佯装没听见、没看见，眼观鼻，鼻观心地从后座上了车。

没事的，我没必要自己吓自己，就算米竹知道那身西装出自我之手……他和米竹约会，为什么要穿上我设计的西装？

他什么意思？搞事情？

生怕招来事端，我机智地倒在车后假寐。

长此以往，米竹和裴俨将会一直出双入对，我必须尽快适应这种场面，除非我不和米竹做朋友。

一路上，气氛诡异，我坐在后头默不作声，裴俨和米竹许是顾及有我在场不便卿卿我我，竟也没有过多交谈。我不禁有些后悔，今晚的酒会我真不该参加，即便祁箫檬有可能会寻衅滋事，向来英明神武的大魔王也一定能够摆平。

许是为了缓和气氛，米竹率先打破沉默，笑着扭头问我："贾橙，那天你告诉我你已经有喜欢的人了，是谁？有他的照片吗？让我瞅瞅？"

这就很尴尬了。但我板着脸沉着应对："我手机里没有，我今晚回去后开电脑发你？要多少有多少。"

到时候我可以随便从网上下载一张韩国十八线男明星整容前的老照片糊弄过去，就这么定了！

然而米竹不依不饶："你喜欢的人在哪里工作？也是我们学校毕业的吗？还是你公司同事？"

"以前公司的同事。"我信口开河。

假如米竹执意刨根问底，这一时兴起的谎言我可没信心能完美地编织下去，我便索性转移话题："米竹美少女，我丑话说在前头，我呢，这辈子不做学长的新娘，也不做你的伴娘，咱俩不论谁先结婚，都务必善待对方，绝不能在结婚当天要求对方随同左右全程吃狗粮。要不这样吧，我诚心诚意地向你献出我的主持首秀，到时候我给你俩当婚礼主持人怎么样？"

米竹脸颊一红，娇嗔地瞪我一眼："我不过是想知道你喜欢的人具体是个怎样的人，你没必要把我逼上梁山吧？"

"太有必要了。我不打趣你，你不打听他，咱俩井水不犯河水。"我暗自得意，终于设计让米竹知难而退了。

我瞅了瞅后视镜，发现大魔王面色冷峻，双眸隐隐透着愠色，许是恼我拿他的婚姻大事开玩笑，无端惹米竹不自在。

唉，好人难当，好闺密和好学妹更难当，我在夹缝中生存好为难。

这一晚，匪匪庄园停满了各种名车豪车，由此可知出席酒会的人非富即贵，除了记者和我这种酱油党之外，社会精英或上流名媛比比皆是。

上一次来匪匪庄园，我只在酒窖转了一圈，今晚还是头一次走进这座宏伟瑰丽的英式别墅。这是祁氏一家的宅邸。

祁箫檬坐在别墅门前的台阶上喝闷酒，来来往往有不少人走到他身边与他攀谈，他只敷衍几句，便又低头玩手机。

看见我从夜色中走来，他那双死气沉沉的眸子便瞬间发光，显然我就是他今晚寻到的乐子。

他的视线不怀好意地扫过裴俨和米竹，然后回到我身上。他将酒杯随意搁到台阶上，三步并作两步走下阶梯，倚着一旁的石柱坏笑着等我靠近。

生怕他不合时宜地找裴俨"叙旧"，我索性让米竹挽着裴俨走在我右侧，如此一来，他和他们之间便隔着一个我。

我若无其事地越过去，身后那个玩世不恭的人冲我的背影冷冷地讥讽："啧，一身黑，像只乌鸦。"

我咬咬牙，不理他，自顾自踏上台阶。

那个讨嫌的人料定我有意回避，便越发猖獗，紧跟在我身后上了台阶，刻意提高音量道："黑乌鸦，那晚因为你，我甚至和别人动了手。挨拳头可真痛啊，可你呢，薄情寡义，事后不给我打个电话慰问一下就算了，现在还想装不认识我？贾橙，你敢搭理我一下吗？"

我沉住气继续往上走。我要是回应他，他就真没完没了了。

米竹敏锐地察觉到事情不简单，好奇地回头问我："橙子，你身后有个男人一直在刷存在感，他是谁？"

我冷冷地翻了翻白眼："他是个神经病，别理他。"

我向米竹投去一个催促的眼神，她却不愿配合，偏就停下不走了。她眨巴着眼，笑眯眯道："我刚刚听说有人为你决斗了，他是不是喜欢你啊？"

"是，我喜欢她！"祁箫檬铿锵答道。他声音之嘹亮，成功引起了旁人的注意，周围的人全朝我看过来了。

祁箫檬跨过两级台阶来到我身旁，手一把搭上我的肩膀，挨着我没个正形地对米竹道："我是挺喜欢贾橙的，可惜她心里没有我。这位小姐和贾橙是好朋友吧？你想不想知道，那晚因为她我吃了谁的拳头？"

裴俨铁青着脸，一双怒目紧盯着祁箫檬搭在我肩上的手，拳头渐紧，已有按捺不住的苗头。他一定是担心祁箫檬将那晚的事断章取义或是添油加醋，令米竹对他有所误会，届时纵使他百般解释，也只会越描越黑。

祁箫檬将裴俨的怒容尽收眼里，他有意挑衅，阴鸷地笑道："那晚有人警告我离贾橙远点，依我看，该离她远点的人是他自己，哈哈哈哈……嘶，痛！"

祁箫檬不悦地睨我一眼。

我狠揪住他耳朵，生怕他再生事端。我顾不上跟裴俨和米竹打声招呼，拽着他急匆匆走下台阶，快步闪进了别墅左侧的林荫道。

以免祁箫檬从我手上溜走，我双手紧扣住他的手腕，半点不敢松懈。

祁箫檬在身后贼兮兮地笑了："对，你可得捉紧我了，要是我成功逃脱，我会第一时间跑到你朋友面前告诉她，她身边的男伴和你同居。"

这算不算威胁我？

我气愤地回头，一把甩开他：“我已经搬走了！一开始我身上没什么钱，也没有工作，我在红棉市又无依无靠，学长看我可怜才同意暂时收留我。我和他清清白白，我可是连初吻都珍藏到现在的人！”

祁箫檬“扑哧”失笑，一副不耻下问的模样，道：“初吻？那是什么东西？哦，我想起来了，这东西我好像十四岁就丢了。”

“……”

祁箫檬向我伸出手：“不抓我了？那太好了，我可以回去跟你好朋友告密了。”

他说到做到，扭头便往别墅正门走。我立刻追过去拉住他，我的手刚触上他掌心，他顺势握住，长指嵌入我指缝，竟与我十指紧扣。

我一时怔住了，眼神木讷地凝视他，想不通他此举究竟是何意。

我甩了甩手，他便握得更紧，一副小人得志的模样朝我比画一个“Yeah”的手势：“横竖都要正经找个女朋友，你觉得我找偶像的女儿怎么样？至少有共同话题。”

我差点气绝：“荒谬。”我没好气白他一眼，“就因为我是贾霆霆的女儿，所以你要和我谈恋爱？”

“是的。”祁箫檬理直气壮地点头，“没有比这更站得住脚的理由了。”祁箫檬拉着我从别墅侧门走到地下室，他在入口处找到电源开关，原本幽暗的空间顿时灯火通明。

祁箫檬反锁地下室的门，带我顺着台阶往下走，这里被用作别墅仓库。祁箫檬牵着我越过一排又一排货架，在地下室尽头有一扇门。

祁箫檬上前输入一个密码，门便“嗒”的一声开了，我壮着胆子随同他走进密室。

密室墙上垂挂着一串串星星彩灯，不知他从哪里按下开关，刹那间，满室星星在我眼前璀璨亮起，温馨而炫丽。

祁箫檬一把将我推到密室中央一张偌大的四方桌前，桌上摆放着逼真的赛道模型，不论是越野赛道还是街头赛道，应有尽有。

他从赛道上拿起一个赛车模型，一改平日放荡不羁的态度，像个考古学家似的，格外认真道："你认得它吗？"

我摇摇头。

他略感失望："你爸去年在巴黎参加LeDakar越野拉力赛，我参照他当时开的赛车做了这个模型。那场比赛你爸几度要翻车，好在他都镇定地应付过去了，不负众望蝉联冠军。"

一阵强烈的愧疚感油然而生，说不清是对我爸还是对祁箫檬，或许，两者都有。

"你好像比我更了解我爸。我和我爸不怎么处得来，因为他，我有一个不太愉快的童年，也许是积怨太深，长大后我只想离他远远的。我从不关心他的赛事，对赛车的兴趣也一般，我之所以挨打挨骂玩命地练习车技，不过是争一口气，我就要向他证明，人的能力是可以冲破性别局限的。我对我爸只有畏惧，我做不到像你这样真心实意地敬佩他。"

我爸在我回忆里烙下太多痛苦，他深深刺伤过我，因为各种各样的事情。

祁箫檬耐心聆听，竟没有出言打断我，这是头一回他在我面前这般安静。我不禁生疑，这样一个他真是平日那个玩世不恭的花花公子吗？

我放眼俯瞰四方桌上，规模庞大、包罗万象的赛道模型，这是我爸职业生涯的缩影，而赛道上摆放的每个赛车模型，都是参考他曾经有过的战驾定制而成的。我爸是个竞技疯子。

而这一刻的祁箫檬，手里把玩着心爱的赛车模型，像个对玩具爱不释手的孩子。

我看了看四面墙上的星星灯，不得不善意地提醒他："祁箫檬，原来你这么幼稚。"

祁箫檬小心翼翼地将赛车放回赛道上，抬眸恶狠狠地瞪我："你才幼稚。这是我的秘密宝藏，连我爸妈都无缘观瞻，你是托你爸的福才得以一饱眼福。"

我撇撇嘴，忍不住抬手摸摸他的脑袋：“我总算知道了，那个十四岁就丢掉初吻的人还没有长大，真正的他被小心翼翼地保护在这个密室里。”

被我一语戳破真相，祁箫檬恼羞成怒，粗暴地将我推出密室，然后急切地关上门，仿佛我朝里头多看一眼，就能窥破他更多的心事。

我忍不住咯咯笑了：“这里又不是我要来的，是你自己亲自带我走进地下室的，现在后悔啦？行行行，我走。”

我转身向地下室入口走去，祁箫檬快步追上来，拉不下脸，虚张声势威胁道：“要是你敢把密室情形向第三个人透露，你就死定了！”

“那得看你老不老实。”我像个发现弟弟偷吃糖果的长姐，扬扬得意地抓住祁箫檬的把柄，道，“我的漂亮朋友叫米竹，你得向我保证，远离她，让她好好和我学长在一起。”

祁箫檬不屑地笑了笑：“仅仅因为她长得漂亮，你就断定我一定会对她下手？啧啧啧，你瞧不起谁呢！目前我对你最感兴趣。”

祁箫檬正经不过一刻钟便被打回原形，变回当初我认识的那个桀骜不驯的纨绔子弟。

我和他走出地下室时，看到一个人正站在林荫道一棵绿树下乘凉，她手举着酒杯，看见我时阴冷一笑，我不禁打了个激灵。

今晚出席酒会的人有很多，凭一抹金的人脉，就算她不受祁箫檬待见，要参加酒会也是轻而易举的事。

她走到我面前，将酒杯递给祁箫檬：“这是我从别墅的台阶上捡起的，祁公子的女朋友每一款都不重样。”

言下之意是，她目睹了我和祁箫檬在楼梯上发生的那段小插曲？然后她神不知鬼不觉地跟随我和祁箫檬走进林荫小道，因为祁箫檬带我进入地下室时顺手把门锁上了，所以她索性在外头守株待兔？

祁箫檬冷冷地瞟了她一眼，并没有任何动作。一抹金干脆摔杯，酒杯带着她的愤怒撞击到林荫道的石板路上，登时粉碎。橙黄的液体四处溅起，洒到了我鞋上。

我沉住气解释：“一抹金女士，就算你要打翻醋坛子，也请看看是否有这个必要，我和祁箫檬只是朋友。”

一抹金直勾勾地盯着我，嘴角挂着一抹残酷的笑意：“我只希望你不要变成那只酒杯。”说着，她从手提包里拿出一张照片，把照片一角夹进我背心，然后高傲地扭头转身离开。

我取下照片一看，忍不住掩唇干呕两声。

照片里的女人我不认识，即便认识我也不可能认出她来，因为她惨遭毁容，脸上爬满了密密麻麻的粉红凸起，像蚯蚓一样，早已面目全非。

难道，一抹金对每个接近祁箫檬的女人都采取同样恶劣的恐吓手段？

原来，祁箫檬之所以果断离开一抹金，九头牛都拉不回来，不仅仅是因为一抹金在经营上不择手段。这个女人有着变态的占有欲、控制欲和征服欲，而祁箫檬潇洒惯了，从来不受拘束，在这场恋爱角逐中，祁箫檬若即若离，说走就走，这让一抹金十分受挫。

他越是干脆地离开，她便越是抵死纠缠。如果他不回头认错，那些接近他的女人便要代他承担惹怒她的后果。

一抹金偏激、狠厉、残忍，男人光是听见她高跟鞋的声音都会不寒而栗，难怪祁箫檬无法享受与她结出的爱果。

我下意识瞥一眼祁箫檬，他一脸凝重地看着我，故作轻松道：“怕了？是谁告诉你我有大把大把的女朋友？因为她，就没有女人愿意冒险接近我。你要想自保，最好躲得远远的，反正你本来就讨厌我。”

我心里虽然怕得要死，却也深深懊悔自己曾为一抹金而指责祁箫檬，便强出头，冲前面的女魔头喊道：“你给我站住！”

一抹金一怔，缓缓回过头来。

我快步走过去，向她扬了扬手中的照片，不卑不亢道：“一抹金女士，我不喜欢陌生人摸我的胸口，就算是女人都不可以。至于这张照片……我实在欣赏不来，但谢谢你的分享，我会尽快移交到警察局。我不接受你的恐吓，我相信警察叔叔也不会接受，这张照片上有你我的指纹，日后我要真有个三长两短，至少保证让你成为头号嫌疑人。另外，我和谁交朋友不需要得到你的允许。你曾经说过，你的世界必须由你主宰一切，我有必要善意地提醒你一下，你的世界也就只有萌葩星那么大，得意不可忘形。”

祁箫檬驻足在我身后仅一米之外，怔怔地看着我，惊诧的眸光中透着一丝难以遮掩的喜色。

我朝他走去，挽着他按原路返回别墅。一路上，他移不开眼般肆无忌惮地打量我，与过去不同，此刻的他似乎褪去了在我面前的所有伪装，不加修饰地流露自己的情绪。

我忍不住打趣他：“你这样痴情地看着我干什么？”

祁箫檬无可奈何地叹息道：“怎么办，我感动了。”

我莞尔一笑：“要真感动的话，以后在我面前可得老实点，你其实挺可爱的。”

许是不太喜欢我用“可爱”这么女气的词语赞美他，他一扭腰身闪到我面前，直勾勾地盯着我：“要是我不想老实怎么办？”

话音未落，他便一伸手将我拉进怀里，他的胸膛挡住了身后的夜景，这一瞬间，我什么都看不见，只看见他那双认真的眼。

我一心想要推开他，他却不愿放手，低头抵住我的脑门，笃定而坚决道：“我不会让她伤害你，谁都不能伤害你。”

一阵急促的脚步声传来，我尚未来得及推开挡在面前的人看清来人，祁箫檬便已被一拳打倒在地上。

裴俨杀气腾腾地冲来，此刻的他犹如一头被彻底激怒的狮子，不论是谁胆敢接近他一步，他都要拼尽全力与之决斗。

裴俨身后，米竹惶恐不安地紧追而上，手足无措地与我对视一眼，试图上前拉住他。裴俨却拨开了她的手，一双布满了妒火的眸子向我投来怨恨的目光：“你就那么缺男人吗？”

我气结。他干吗要一副被横刀夺爱的表情，祁箫檬又没吃米竹的豆腐！

我无心与他对峙，一脸同情地走去扶起祁箫檬。裴俨一个箭步冲上来，扼住我的手腕冲我怒吼："我打他，你应该先关心我的拳头痛不痛！"

我没好气地想要甩开他，他却越发用力地扼住我的手腕。

我吃痛，冷冷地盯着他："你放手，你凭什么打人！"

"凭他吻你！他凭什么吻你？你为什么不推开他？"裴俨抓住我双肩，眸子死死盯着我。

我不由得一怔，余光瞥见不远处，米竹煞白的脸上透着几分我无法解读的情绪，她猛地一扭头向别墅走去。

我急了，恶狠狠地警告裴俨："你最好赶紧去追米竹，在你失去她之前。"

裴俨却不管不顾，凶神恶煞地瞪着我："你最好远离所有男人，在我彻底失去理智之前。"

他紧盯着我的唇，脸上有种受伤的痛苦："他凭什么吻你？我都没有吻过你。"

我心里惦记着米竹，便听不进去裴俨的话，拼尽了全力将他推开，把心一横道："你想知道祁箫檬凭什么吻我？就凭我允许够不够？是我允许他这么做的！既然你有了米竹，又何必在乎谁与我相好？学长，我只是你的学妹而已，你以前不要我，以后也别管我，我不要你管，我不要你了。"

我把话说绝了，他是不是就能不再为我操心，一心一意留在米竹身边？

他如果不爱我，又何必养成照顾我的习惯？

我撇下裴俨，拉着祁箫檬私奔似的快步跑走。

我像个当替身的临时演员，正牌到场了，我也该谢幕了。

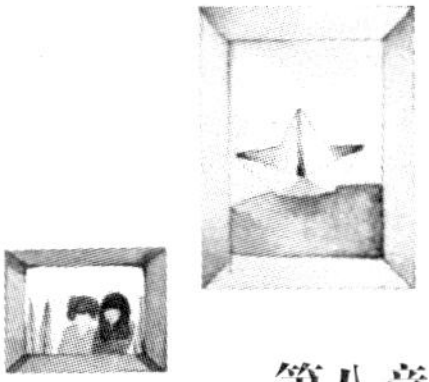

第八章
守护初吻有功

上车后，祁箫檬不怀好意地瞅我一眼，笑着说：“贾橙，我总不能让你家学长白白揍我对不对？”

我索性把脑袋凑到他面前：“你要实在气不过，我可以代替我学长挨你一拳，来吧，速战速决。”

祁箫檬没好气地推开我的脑袋，一把将我按回到后座：“谁稀罕揍你啊！我意思是……要不咱俩干脆坐实这名头，改天当着他的面表演一回真正的接吻如何？”

我当场气不打一处来，推门便要下车。祁箫檬自知玩笑开大了，立刻向我求饶：“行了，算我错了，我不该跟你开这种玩笑。原来禁欲风还能传染啊，你和你那位学长待久了，浑身上下都透出一种传教士气息。”

“……”

我和祁箫檬去了一趟公安局。祁箫檬作为我的人证向警方提供有关一抹金的全部线索，并证明我所言全部属实，而那张照片作为物证交由警方存档。至于警方能不能顺藤摸瓜，找到一抹金收买的歹徒并一网打尽，就要看他们的本事了，至少我做了自己力所能及的事。

我从未想过一抹金居然恶劣至此，手段更是残忍至极，她借他人之手将另一个女人毁容，毁掉的是一个女人的一生。我不会成为那个不幸的女人。

一抹金肯定不会想到，我说到就到，说报警就真的报警。

走出公安局后，我和祁箫檬下馆子吃了一顿夜宵，回到公寓楼下时，已是凌晨时分。我面露倦色与祁箫檬互道晚安，然后转身上楼。

只是走出电梯时，我被吓了一跳，因为裴俨居然坐在我家门口！

他似乎已经等了许久，帅气的脸上透着明显的焦虑，皱巴巴的领带卷成一团，被抓在他手上。看见我后，裴俨急切起身走到我面前，恶劣地问："你和他去了哪里？"

我何必要告诉他事实，平白惹他担心？他是米竹身边的男人，我的一切再与他无关，当断则断。

我避而不答，勉强挤出淡淡的笑意，若无其事道："学长，这么晚了，你找我有急事？要是米竹知道你凌晨跑到另一个女人家门口，可不见得会宽容大量，你赶紧回荔枝湾去。"

我掏出钥匙开了防盗门，余光瞥见裴俨仍一动不动站在那里，丝毫没要离开的意思。我扶着门深吸一口气，略带责备道："学长，我很累，有什么事以后再说。另外，我不想再引起不必要的误会，希望以后，你不要再在这种时候出现在我家门口，如果非要出现，也不应该是你自己一个人。晚安。"

我走进公寓，顺手带上门，然而不管我如何用力，门怎么也关不上。裴俨站在门外，像拔河似的跟我较劲，骨节分明的白手为了拉住门险些被夹伤。

论力气，我又怎么比得过一个一米八的高个儿？我终败下阵来，掌心一滑，门便开了。

裴俨霸道地闯进我公寓，“砰”的一声摔上门，然后一把将我抵在门后，双眸透着说不清道不明的妒忌情绪：“我听庄园的保安说，你是坐祁箫檬的车离开的。你八点半就走了，为什么现在才回来？我要知道，你今晚和他到底去了哪里。”

“反正没去酒店。”我冷冷地回应一句。

裴俨却不肯罢休，我被困在他两臂之间，他的脸近在咫尺，他的气息急促传来，一双怒目向我投来怨怼的眸光。我略感心慌，眼下他在气头上，要不……我服软试试？

我心虚地别过头：“学长，如果今晚我又惹你担心了，我跟你道歉，对不起。”

裴俨掐着我下颔，霸道地把我的脸扳正，气势越发咄咄逼人：“我等了整整三个小时，你别指望用一句敷衍的‘对不起’就把我打发走。你今晚到底去了哪里？你真就那么喜欢他？”

伴随他一声怒吼，裴俨一拳砸向我的门，“砰”的一声在我耳边真切地响起，我不禁浑身一哆嗦，伸手一把推开他。

强烈的疲惫感使我莫名烦躁起来，我再也按捺不住，也提高声音朝眼前的男人怒吼：“是，我喜欢他！那又怎样？男未婚女未嫁，我喜欢他不也很正常吗？你在我家苦等三个小时的理由是什么？你是我学长，只是我学长，以后我和谁在一起、做了什么、去了哪里，都和你无关，你没权利质问我！请你离开！”

我想打开门把裴俨扔出去，裴俨却牢牢抓住我，重新将我抵在门后，极具压迫感地靠过来，他的额贴上我的额，逼着我与他对视。

这样的贴近让我恐慌，我握着拳头，狠狠捶打他的胸膛。裴俨寸步不让，眼睛死死盯着我：“贾橙，除了我，你谁都不能喜欢！”

话音未落，他的唇便霸道地印下来，一切发生得太快，我的大脑登时一片空白。

我震惊得无以名状，圆睁着双眼惊慌失措地看着他。裴俨双手捧着我的脸，舌尖掠过我牙齿与我缠绵。

我总算迟钝地反应过来，再次推开了他："学长，我不是米竹！"

"谁说我想要米竹了！我想要你！"裴俨彻底被激怒了，怒气如狂风暴雨卷席而来，他再次将我撞上门后，他的唇带着一种掠夺的攻势将我擒获，吻得比上次更热烈、更悠长，仿佛我是他的氧气筒，他贪婪无度地索取着。我无处可躲，又不愿顺从，便只得主动迎战，用力咬住他的唇，企图拦截他猛烈的攻势，可他明明吃痛，还不肯挣脱，甚至闭上眼将我紧拥怀中，放纵我伤害他，仿佛只要我在他怀里，他便心甘命抵。

我尝到一丝腥甜，暗道一声不好，立即松开他。我的齿印在裴俨的唇上清晰可见，那几点刺眼的血红让我不忍直视。我不安地别过头，实在想不通事情怎会演变到这步田地。

他却满足地浅笑一声，伸出舌尖舔舔唇上我留下的伤口："你的初吻给了别的男人又怎样？我的初吻给了你，就可以了。"

我哑然，惊愕地抬头瞪他。

他……是初吻？是第一次？他没吻过米竹？

"学长……"我茫然，"你今晚究竟怎么回事？"

"就是这么回事，我已经被你逼疯了。"裴俨不给我回避的机会，偏头贴过来，额头又轻轻与我的额头碰撞，他双臂紧搂着我，仿佛要拼尽今晚全部力气，把这个迟到四年的拥抱偿还于我，"我为什么要答应出席酒会？因为米竹说会邀请你，我想见你，我想念你！今晚我为什么要穿着这身西装，你还不明白吗？我究竟要有多在意你，你才能看见？我到底还要多没出息，你才肯留在我身边，只爱我，只看我，只和我打闹？"

我直冒热汗，全身滚烫。仿佛被一股电流击中，我动弹不得，每个细胞都不听使唤，只知道双目呆滞地注视着近在眼前的男人。

他真的知道自己在说什么吗？

裴俨越发逼近，他的鼻尖贴上我的鼻尖，他的双眼就在我眼里，目光炽热、执着，近乎疯狂。

“我害怕看见你和别的男人走在一起，不仅仅是祁箫檬，还有元思。除了你，我再没有亲近过别的女人。你是我第一个拥抱的女人，也是我第一个亲吻的女人。我已经向米竹坦白了，我和你一起住过。”

什么？裴俨已经告诉米竹我和他一起住过？所以……米竹已经知道我和裴俨曾经同居？

在重度刺激下，我的大脑总算重新开机。

她肯定会误会！一阵负罪感涌上心头。

我心生怨怒，声色俱厉地指责道：“学长，我和米竹是很要好的朋友，我和你同居的事……既然是纯洁地开始，为什么不能纯洁地结束？你为什么非要给米竹想象的空间？”

“正因为不想给她想象的空间，我才坦白。”裴俨面无愧色，坦荡荡道。他握着我的手按上他的胸膛，他的心跳剧烈地拍打着我的掌心，真切而贴近，每一下都让我随之悸动。我下意识想抽手，裴俨立刻收拢拳头，将我的手紧攥在掌心：“我没有办法和你纯洁地结束，是你先开始的，就别指望轻易终结。我承认，我对米竹有过和对别人不一样的感觉，在我眼里，她依然是个赏心悦目又与众不同的女人，她让人心动，但我不曾真正动心。是我愚不可及，才误当欣赏是喜欢，直到你让我妒忌、痛苦，甚至失去理智向另一个男人挥出拳头……总之，我不会放过你。米竹那边我会妥善处理，你放心，她深明大义，不会不要你的。当然，不管她要不要你，你都是我的。”

我心里乱成一团毛线球，六神无主地看着裴俨，心心念念着的都是米竹。

眼下这局面，我进退维谷，我该如何补救？

昨晚，我撇下裴俨径自回房，一靠上枕头便沉沉昏睡过去。许是接二连三的事早已超出我的心理负荷，我感到前所未有的疲惫，竟一觉睡到第二天下午。我勉强睁开眼时，窗外天色渐暗，已近黄昏。

我蓦然想起昨晚被我扔在客厅的大魔王，立刻下床走出房间。看见客厅空无一人，我顿时松了口气。

幸好他走了。

他是什么时候走的？在我回房之后，还是今天早上？

我下意识抬手摸一摸唇，思绪不禁飘回到凌晨时分，我和裴俨有过的那场对峙。

他吻过我，用力紧紧地拥抱过我。

我不敢细想，猛摇头止住汹涌的回忆。

接下来好些天，我足不出户，手机关机，切断与外界所有的联系。我把自己锁在公寓里，除了送外卖的小哥，谁都别想见我，包括米竹，包括裴俨。

我还没做好充分的准备面对新世界。

这时，门铃响了，我透过猫眼确认上门的人是不是亲切可爱的外卖小哥。

不是。

门外的人有着一张和善而干净的面孔，我在Voodoo开会那天曾见过他一面，他是裴俨的阳光男秘书。似乎料定我就在屋里，他手捧着文件，耐心等候我开门。

既然是工作的事，我当然不能怠慢，我还欠着大魔王好多钱呢。

“请你稍等。”我冲到洗手间梳洗一番，然后换上一套干净衣服开了门，“抱歉，让你久等了，请进。”

阳光男秘书摆了摆手，谦逊道：“谢谢贾小姐的好意，我在门外待着就行。裴总监警告过我，只要我的脚敢踏进您家门一步，我将永久失去秘书工作。”

“……”

阳光男秘书朝我微微一笑，露出好看的贝齿，若无其事地将一封律师函送到我手上："贾小姐，您可以叫我孔望，这封律师函由我代裴总监的法律顾问转交给你。在贾小姐失联的这一周里，Voodoo高层开了紧急会议，做出了一个重要决定。我们决定采纳贾小姐您的建议，项目产品将在今年内上市。于是……还是在贾小姐失联的这段时间里，您消极不配合的工作态度耽误了整个项目进程，由此给Voodoo造成的损失，裴总监将酌情予以一定追究。"

"啊？"我手里拿着律师函，心里诅咒着大魔王，嘴上问道，"既然Voodoo做出了新的工作部署，你们应当及时通知我，请问我哪里消极，哪里不配合了？"你们居然还想告我……

孔望一脸无奈地摊摊手："贾小姐，您手机一直关机，我们实在联系不上。另外，裴总监明天下午两点有个会议，希望您可以准时参加。如果今后您能够有效地配合Voodoo完成项目工作，裴总监说不定会考虑撤诉。"说着，孔望把怀里一份文件交到我手上。

我打开查阅，那是一份会议记录，裴俨细心地用红笔给我画上了重点，还在空白处给我手写了几点建议和几个注意事项。

我满腹委屈，咬咬牙收下律师函和会议记录。孔望仍然笔挺地站在门外，似乎没有要立即离开的意思。

我探了探头，不明所以，问："还有什么事吗？大魔王……啊不！你们裴总监还有什么损招要出？"

"没了。"孔望无辜地摇摇头，"我只是想看看贾小姐有没有什么话要我带给裴总监。"

带话？我低头看看手里的律师函，没好气道："你们裴总监简直是个不折不扣的浑蛋。"

孔望淡定地点头，不慌不忙地掏出了手机……

"喂，裴总监，贾小姐的话您都听见了？哦，好的。"

他挂断电话，抬头对我又是浅浅一笑："抱歉，贾小姐，裴总监要求我全程开启手机免提，我的使命已经完成，就不再打扰了。哦对了，裴总监刚刚在电话里说，希望明天您能当着他的面再骂他一遍。”

“……”

我不能否认，律师函给我了，我不得不收拾心情，整装出发。除了大魔王和我爸，还有两种人我惹不起，警察和律师。

翌日，我起了个大早，捧起搁置已久的设计图，根据会议记录里Voodoo高层的最新指示调整构思。

不知道是裴俨极力推荐的原因，还是这个产品项目真的很被看好，Voodoo高层予以了足够的重视。

下午一点五十分，我走进Voodoo总部，坐电梯直上二十层。

电梯门还没完全打开，我便看见孔望已经守在外头迎接。有过之前两次短暂的接触后，我突然意识到这个表面和善阳光的大男孩实则精干聪明，难怪深得大魔王信任。

“贾小姐，裴总监在办公室等您。”

我不由得一怔，看了看手机时间，距离会议开始还有五分钟：“不是两点开会吗？”

孔望点点头：“是的，裴总监在办公室等您，这次会议的参与者只有您和裴总监两人。”

“……”

我走进办公室时，裴俨正煞有介事地坐在大班椅上批阅文件，并未刻意抬头看我。

裴俨的办公室空间宽敞，比我公寓还大。根据他的办公室配置，可以看出他在Voodoo的地位。

孔望将我领到办公室右侧的沙发上，如同第一次见面时那般客气而热情地询问我：“贾小姐需要喝点什么？咖啡、茶，还是可口可乐？”

“橙汁。”我善意地向对方递去一个眼神。

直到孔望在我面前摆放好一杯浮着橙肉的新鲜橙汁，然后默默退出办公室并顺手带上了门，裴俨才从文案上抬起头，幽幽瞥我一眼。

我立即堆起满脸职业笑容："裴总监下午好。"

"过来。"他冷声命令。

我迟疑了下，壮着胆子走过去。

这不过是一场关于工作的面谈而已，和那晚的事没有一丁点关系，我紧张什么呢！

许是被我明显的犹豫态度激怒了，裴俨霍然从办公椅上站起："很好，这提防我的架势如果也能用来对付祁箫檬就更好了。"

裴俨迫不及待地冲过来，扣住我的手将一把我甩到办公椅上，我来不及跳起，他便欺身上前，双手撑着转椅扶手，虎视眈眈地将我压在了椅背上。

"学长，哦不，裴总监，这是办公室！"

"是的。"他邪魅一笑，"这是我的办公室，我爱怎么欺负你就怎么欺负你。"

话音未落，他便一如那晚，不让我躲避，不让我退缩，极具侵略性地吻下来。

我猝不及防，浑身僵硬地瞪着他，连一丝挣脱的力气都使不上来。

他同样没有闭上眼睛，就这样注视着我，舌尖温润地触上我的，一开始只是轻缓地亲吻着我，像是某种试探。我反应迟钝，没有推开他，也没有回应他。许是被我这种消极应战的态度惹怒了，他一把将我从办公椅上扯起，紧紧将我纳入怀里，他的唇也随之用力，他的吻越发热烈。

我呼吸不畅，试图推开他。他闷哼一声，将我的手拉到他腰后，逼我搂住了他。

"学……学长。"我抬手捂住他的眼睛，我害怕从他瞳孔里看见自己惊慌失措却脸红扑扑的样子。

裴俨的眼睫毛在我的掌心下扇动了几下，随后他的手轻轻握住了我的，将我的手从他眼上挪开。我紧张得立即扭头躲开，下意识抿了抿唇，被他吻过的唇竟有些发麻。

裴俨紧盯着我深吸一口气，意犹未尽地舔了舔唇，目光灼灼，想索取更多。他逼近我，低声控诉道："我在上班，你为什么要逼我吻你？"

什么？！被扑倒的明明是我，我才是被强吻的那个好吧！

我气结："学长，你为什么要这么对我？我们又不是那种关系。"

一丝妒意在裴俨眸中闪过，他抬起指尖在我唇上轻轻摩挲："你和祁箫檬也不是那种关系，你为什么要允许他吻你？"

"我没有。"

再不告诉他真相，估计他真要把我吃了，爆炒那种。

"那晚我和祁箫檬只是单纯地抱在一起，啊不，是他抱我，我并没有回应他，而他根本没有吻我。"

"没吻你光抱着你也不行！"裴俨冷不丁扯高嗓音，"他碰都不能碰你，同样，你多看他一眼都是死罪。别以为你没有回应他，我就会放过你！你把我当什么人了？我有这么大方吗？！"说着，裴俨又霸道地将我拥进怀里，像是为了报复我，他一边吻我，一边轻轻咬我。

我吃痛，闷哼一声，怎么都无法挣开他的拥抱。

"真想吃了你。"良久后，裴俨勉强松开我，嘴角却分明浮现出失而复得的满足笑意，"哼，念在你守护初吻有功，今天我姑且饶恕你。"

哼，什么叫姑且？我的初吻是我的，又不是他的！

我极力稳住情绪，眼观鼻，鼻观心道："裴总监，能不能别浪费时间了？有公事就谈公事，我来这里可不是为了被你……被你教训的！"

我涨红着脸迅速转身，从办公桌的另一端绕开，快步走到单人沙发上坐下。

裴俨从办公桌上拿起一个文件夹，紧随而至在我身旁的长形沙发上坐下，随手将文件夹搁置在茶几上：“很好，你居然称呼我裴总监。”

某人敛了笑容，学着我的语气公事公办道：“既然贾小姐想谈公事，那我们就来谈公事，我希望从今天开始到项目完成，贾小姐的手机能够二十四小时保持畅通。”

我硬着头皮点点头：“好，我知道了，没问题。”我实在怕他。

裴俨拿起文件夹递到我面前，我不敢怠慢，立刻伸手接过。文件夹里放着一组时装设计稿件，那是参考我的“大魔王”宠物系列而构思的，风格自然大同小异，与我的宠物时装刚好可以组成人类和宠物的“主仆装”。

“感觉如何？”裴俨靠在沙发上，耐心等候我看完设计稿。

我谦逊道：“时装方面我是个外行，一切由裴总监定夺就好。”

“哦？”裴俨端起咖啡品尝一口，似是不经意地瞥我一眼，阴晴不定道，“看来贾小姐仍对我怀恨在心。我承认我低估了贾小姐的才能，你的确是个人才，不过把你从Voodoo的终极面试上刷下来这件事，我没有做错，你在宠物时尚方面更显露灵气。”

我气结，忍不住给他一个白眼：“我没说你做错了，也没有对你怀恨在心，我没那么小气。”

“哦，那最好。”某人不走心地应和一声，然后放下咖啡杯，将我看过的设计稿件重新装进文件夹里，然后又递给我，“这些设计稿件，是我在贾小姐闭关不肯理会我的这段时间里赶出来的，烦请贾小姐带回去替我修改完善。我的风格太硬，比不上贾小姐风趣可爱。”

我什么时候闭关不肯理会他了……过去一周，我明明是不理会整个世界。

我不屑反驳，面沉如水地收下文件夹，转而一想，不对……

“裴总监，您刚刚说，这些作品是由您亲自挂帅参考我的系列而设计的？”

“是。”某人笃定颔首，直勾勾地盯着我，炯炯眸光散发着暧昧不明的热度，“我将这个主仆组合时装系列命名为‘小情人’，贾小姐喜欢吗？”

小情人……我脸颊一热，委实不敢恭维：“裴总监，我个人更倾向于忠犬八公那种感觉，小情人暧昧气息太重。”

“哦。”某人挑挑眉，“那……改成‘挚爱’怎么样？”

“这个……更肉麻、更直接，哪里忠犬八公了？”

“哦，忠犬八公……那改成‘天天守候’、‘后知后觉离不开你’、‘你在你是一切，你不在一切是你’、‘我在原地等你陪我天荒地老’怎么样？够不够忠？”

我咬咬牙，忍不住狠瞪他一眼：“你能不能好好说话？”

某人一脸无辜，竟还道貌岸然地控诉我：“贾小姐，我一直在好好说话，我在专心致志地和你谈工作，请你不要掺杂个人情绪，否则接下来的工作咱们很难开展。”

我反驳不过，索性认栽：“裴总监是项目负责人，这个组合产品您爱叫什么就叫什么，我没有异议。”

“那是当然，我并没有问贾小姐的意见。”某人语气冷冷地发号施令，“这不是一道问答题，这是一道选择题，麻烦贾小姐在以上几个选项当中选出最合心意的一个。”

说着，他竟从西装口袋里取出一张仅巴掌大的字条，煞有介事地递给我。

我硬着头皮接过，果然，上面罗列了所有他刚才提到的项目命名。看来是我小人之心了，他肉麻至此只为工作，他真是蛮拼的。

虽然我已认清裴俨的真实意图，可当我的视线落向他苍劲有力的笔迹时，我还是忍不住心跳加速、脸颊滚烫，感觉之微妙犹如当着他的面默读他写给我的情书……

“怎么样？选哪一个？”某人催促道。

我咽了咽唾沫，盯着字条举棋不定。

裴俨索性从我手中夺回字条，又从西装口袋里掏出一支签字笔，一边奋笔疾书一边慢条斯理道："看来贾小姐都不喜欢。没关系，推翻重来，我最近特别想恋爱，有的是爱的灵感。"

"不用推翻重来，辣眼睛，我选这个！"我的指尖随机落向"挚爱"二字。

裴俨心中得意，龇牙朝我笑了笑："好，那就'挚爱'了，我也最喜欢这个。"

"……"

彼时，有人叩了叩办公室的门，我刚一抬起头，便看见米竹推门而入。

她的秀发一如重聚当天，随意地散落在瘦削的肩膀上，眼角眉梢有着说不尽的风情万种，笑靥如花的脸庞从渐渐推开的门缝里显露出来，她的出现立刻成为这个办公室里最亮丽的一道风景。

显然，她不曾料到我会在裴俨的办公室，看见我后微微一怔，略显意外的眸光里透出一抹愠色。

她看也不看我，眉眼冷淡地对裴俨道："既然你在忙，我晚点再来。"说着，她便要关门退出去。

我来不及细想为什么米竹可以随意进出大魔王的办公室，为什么她说来就来、说走就走，为什么她对他的态度能够这般自如，为什么她会在上班时间跑到Voodoo……反正看样子，这已经不是她第一次进出大魔王的办公室了。

我手忙脚乱地抱起文件夹，背起背包，急匆匆起身，喊道："米竹，我……我这就走，你留下。我只是来开个小会，已经结束了。"

我作势要走，裴俨却伸手拉住我，一把将我按到他身旁的位子上，神情凶恶地对我道："还没有结束，你老实在我身边待着。"

然后，他变了副罕见的和善面孔朝米竹客气地笑了笑："进来吧，等你许久了，会议早就开始了。”

我难以置信，难道米竹也是上来开会的?

自打米竹出现以后，我便像个迷弟一样移不开眼地看着她，许是心里有愧，许是怕她再不要我这个朋友了。

裴俨没好气地晃了晃我的肩膀唤醒我：“贾小姐，相信不用我多作介绍了，米竹是‘挚爱’系列的特邀时装模特。”

“真的吗？”我喜出望外，瞳孔放光，然而当我触上米竹那一双黯然的眸子时，心中那份欢欣便褪去了一半，方才惊觉，此刻的我正紧挨着裴俨而坐，距离过近。

我立刻挪了挪位置，裴俨有所察觉，竟使坏贴过来，不让我从他身边逃离。

我再无谈工作的心思，索性起身走到米竹面前蹲下，略显胆怯却又无比恳切道：“米竹，对不起，我要怎么做你才肯原谅我？相亲的局我是有心安排的，我意思是……那真的是一个相亲的局，那时候我是真打算放弃学长，和别的什么人谈别的恋爱。”

“嗬。”米竹目不斜视地看着我，一针见血道，“所以呢，你现在还打算放弃学长和别的什么人谈别的恋爱吗？”

这个问题委实刁钻，我不禁有些迟疑。

“好吧！”我信誓旦旦地点头，紧紧握住米竹的手不肯放开，本还想多说几句温暖话哄哄她，身后，有人拽了拽我，硬生生把我和米竹分开。

裴俨紧扣住我的手，威风凛凛地挡在我面前，略带责备地对米竹道：“玩笑别闹大了，咱们一开始不是说好只是吓吓她吗，怎么到这就变成你教唆她抛弃我了？”

米竹瞬间破攻，“扑哧”失笑出声，偏头朝我眨了眨眼，然后回头对裴俨道：“学长，你就这么害怕？贾橙刀子嘴豆腐心，不会真的不要你的。”

我回过神，总算明白是怎么回事，便立刻从裴俨的掌心里挣脱出来，急切地扑到米竹面前：“你不怪我？”

米竹亲昵地揉了揉我的脑袋：“你这么傻，我怎么舍得生你的气？这些天你躲着不肯见人，学长急得像热锅上的蚂蚁，他到处寻救兵，于是找到了我。他恳求了我好些天，给我打了好久的电话。他说，要是我不帮你解开心结，你会封锁自己很长时间，可他等不及了，他急着和你在一起呢。”

他等不及了，他急着和我在一起？

我心中莫名有些感动，却也张皇失措，犹如被敌军解救的俘虏，面对伸出援手的人，我不知该鞠躬感激，还是该卸下铠甲、交出武器，然后狼狈逃离。

裴俨竟为我恳求米竹？

身后，我感觉到，裴俨的手悄悄伸向我的手掌，然后轻轻握住了我的手。

米竹见机行事，向我身后的男人递了一个眼色，然后飞快闪出了办公室。

突然间，这偌大的空间又剩下我和裴俨独处，四周似乎一下沉寂下来，安静得我能听见自己的心跳声，和裴俨的呼吸声。

我不敢回头去直面那个轻易便左右我思绪的人。

“学长，我撂下工作整整一周，这周我得勤奋点熬熬夜赶赶进度，我先回去了。”我撒腿就跑，可腰间猛然一紧，裴俨从身后箍住了我，然后霸道地将我纳入怀里。

我浑身一僵，犹如被美杜莎石化的人像，半天不敢动弹。

“学长，这是……工作时间……”

“那又怎样？”他俯身贴向我，略带责备的话语透着幽怨，“难道你不是只有工作时间才肯见我？”

我默然。

他启唇轻咬我耳朵，又浅浅地吻了吻我的脸颊，用更低的声音道：“我的情书你都看进去多少？米竹的话你又听进去多少？”

我下意识瞥一眼茶桌上的字条，裴俨熟悉的笔迹犹如他在我耳边的呢喃，每个字都让我眷恋。

我紧张地抿了抿唇，用几不可闻的声音说：“我都看进去了，也都听进去了。”

他却放心不下，扣住我的十指，越发用力地抱紧我：“哪怕是一天我也等不及了，我想和你在一起，我想待在你身边，或者换你待在我身边也行。”

我不禁浅笑一声，抬头朝他眨了眨眼：“真的一天都等不及了吗？这哪里是情书，这分明是最后通牒。”

“这是你的终身判书，这辈子你注定在我手里，别想逃脱，也别想东张西望。”裴俨凝眸注视我，抬手轻抚我的脸庞。他的指尖在我唇上温柔地摩挲，略显冰凉的唇霸道地吻过来，殷切而热烈，悠长而贪婪。

有过大魔王那天告白的实锤，现在我非常确定自己已经和他在一起了。然而，我总觉得“在一起”和“谈恋爱”之间有着微妙的差别。

如果说为我做饭，无微不至地照料我的生活，时不时说一些俏皮话撩动我心弦，随时随地向我汇报行踪，告知我他几点下班、几点回来、几点出门就是在一起的话，那我大概在很早以前就和他在一起了，早在我住进荔枝湾的时候。

我不确定这算不算恋爱，我总感觉缺少点什么。

裴俨要我搬回荔枝湾，我考虑再三还是拒绝了，我没信心他能一直和我在一起。我怕他会有天生厌，我又要从那个视作终身归属的地方撤离。

这种患得患失，源自我对感情的怯。我当然不计较付出，我怕的是深陷以后无法自拔，又害己害人，成为他人感情的债。

大抵住在城里的人各有各的负担与忙碌，邻里之间便都老死不相往来。而我，每周只出一趟门到Voodoo参加项目会议，然后便一天接一天地宅在家里。

住我隔壁的是一个大龄女青年，我和她只在楼道里偶尔碰过几次面，从未有过只言片语的交谈。

今天她家不比平常，动静特别大，翻箱倒柜的嘈杂声伴随着交谈的喧哗声不断地刺激我的耳膜，我完全静不下心修改设计图。

看了眼脚边的垃圾篓，也是时候该清理了，于是我在垃圾袋上绑一个结，然后提着出门。

邻居家门大开着，我好奇地张望一眼，发现屋里堆满了纸皮箱，搬家公司的人正一个接一个把纸皮箱往电梯运送。

不经意间，我瞥见一个再熟悉不过的身影。他手捧着一杯咖啡沉着地站在窗前，观察着进进出出帮忙搬家的魁梧大汉。在他身旁，我的女邻居喋喋不休、絮絮叨叨，似乎对他有说不尽的话。他静静聆听，不时点头，尽管附和对方的态度没有温度，却不失风度。

任我脑洞再大，我也实在想不通我家大魔王是什么时候和我家女邻居攀上交情的。

既然想不通就不想了，我扭头走进消防通道，将垃圾袋投进了垃圾桶。

消防通道的门“吱呀”一声开了，我淡淡回头，裴俨捧着咖啡走进来，轻轻一勾手便搂住我的腰，一把将我纳入怀里。

“我在你女邻居家里，你怎么一点不生气？你至少应该瞪瞪眼、跺跺脚，给我一个愤怒的暗示，好让我有点解释的必要。”

我撇撇嘴：“喜欢你的人多着呢，我算老几！”

“你算老大。”

“那谁算老二？”

“我们的女儿或者儿子？这取决于我的祖传染色体。”

我的脸"唰"地一下红了，我没好气地朝他干瞪眼："那……那老三是谁？"

"没有老三了，其他人的喜欢我高冷拒绝。"裴俨呷一口咖啡，然后低头便要吻我。我连忙阻止，朝他指了指身后的垃圾桶，然后拉着他走出消防通道。

"现在可以了。"我伸手搂住他颈脖，踮起脚主动迎上去，浓厚的咖啡如暖泉淌进我心里，我舔舔嘴角，意犹未尽道，"嗯，咖啡很好喝。"

裴俨低头蹭了蹭我鼻尖："你也很好吃。"

他习惯性地牵着我的手，带我走进女邻居的家，彼时，搬家公司的人还在里里外外地忙碌。

裴俨无视女邻居色眯眯的双眼，自顾自带我在客厅里绕一圈，然后指指墙角对我说："我打算把床放到这里，反正平时我都待在隔壁，到深夜才过来睡觉，干脆把客厅变成卧室，免得和你之间隔那么多扇门。"

我错愕地瞪了瞪眼，他要住这？

"那荔枝湾呢？"

"空着。"裴俨抬手捏了捏我脸颊，"不然怎么办？你不愿意回去，那我只好搬过来了。你又不允许我进你卧室，那我只好睡你隔壁了。"

女邻居仍守在窗前朝我这边不住地观望。我飞快瞄她一眼，压低声音问裴俨："怎么这么巧，她刚好要搬走？"

裴俨似乎也注意到女邻居正旁若无人地对我们左右打量，便索性背向她，一把将我抱进怀里，他的胸膛刚好挡住我前瞻的视线，也挡住了女邻居向我投来的八卦目光。

他贴到我耳边轻声道："贾小姐，你男朋友为了尽可能离你近些，竟然死皮赖脸地说服别人搬走。她也没搬很远，还在这个小区。作为对她的补偿，头三个月的租金和搬家费用将由我承担，不过我觉得很值。我运气不错，一开始我也没想过对方会真的答应，于是我就很开心地搬过来了。等客厅整理好了，你陪我去接萌点。”

我说“好”，心里有几分愧疚，却又倍感温暖：“其实，荔枝湾离这里也没有很远，你没必要……”

“有必要。”裴俨分外坚持，“我的女人就应该待在我身边，这样我心里才踏实。我说过，我要和你在一起，如果我们之间隔了好几个交通灯，那就不算。我要能够听见你在家里走动的声音，能够在你不小心被热水烫手的时候第一时间来到你身边，能够没有时间观念地和你腻在一起，能够在每次约会时一起出门、一起回家，这才算在一起。”

我看着他认真的双眼，竟有一瞬间的失神。

裴俨抿了抿唇，忽而浅笑出声：“就是这副痴迷表情，你四年前就是这么看着我，四年后还是这么看着我。”

我立即敛了眸光，不甘心地别过头：“你才痴迷呢，你浑身都痴迷！才隔几个交通灯就受不了，非要分分钟监视我，这哪里是恋爱，这根本就是婚姻生活。”

话一出口，我便恨不得咬断自己的舌头，我瞎说什么呢！

我偷瞄一眼大魔王，这举动被他逮个正着，他霸道地扳正我的脸，与我互相瞪眼，再次开口时，语气里蒙上了一层说不清道不明的决绝意味：“就是婚姻生活。往后，你的全部人生都将在这种日子里度过，所以你最好提前体验、提前适应、提前习惯，你没有任何离开我的机会。”

所谓稳稳的幸福，大概就是触手可及的陪伴与可以预知的未来。所谓可以预知的未来，便是我清楚知道并坚信我会和一个怎样的人厮守终身。我虽不知我老去的模样，却抓得住陪我白头的人的手。

未来，似乎在我眼前渐渐清晰了。

我贴上裴俨的胸膛，搂住他的腰回应他的拥抱，轻声而笃定道：

“没有任何离开的机会，这个我和你共勉。”

就这样，裴俨在我隔壁稳定住了下来。尽管如此，他每晚都试图赖在我沙发上度过一宿，然后每晚都被我面红耳赤地赶走。

事实上，我总觉得他是为了萌点才租下隔壁公寓。这样一来，他可以一边守住我一边兼顾他的爱犬，而不必来回从我公寓到荔枝湾两头奔波。

萌点极少到我公寓来，裴俨总把它留在隔壁。我问及原因，他便煞有介事地告诉我，打从萌点出生那天起他便开始养它，它陪他走过十四个春秋，如果用人类年龄换算，它已是六七十岁的高龄，且还单身，抱着敬老之心，他不愿意虐狗。

因为裴俨每天要朝九晚五地上班，所以遛萌点的责任便落到我肩上。每天下午五点，我总会带着萌点在小区附近散步，而这恰好是裴俨下班回来的必经之路。每次看到他的车驶进公寓停车场，我才会带萌点上楼。

我已经养成这个习惯，即便是刮风下雨，我也会给我自己和萌点罩上雨衣外出遛几圈，直到裴俨回家。

这天下午，窗外下着绵绵细雨，我穿着白色紧身裤，上身配一件紫色卫衣，然后再罩上一件长及脚踝的透明雨衣，一如既往地带着萌点高高兴兴地出门。

它老人家宝刀未老，总爱与我相互追逐。而今天，它似乎格外享受这场小雨带给它的温润触感，它放飞自我在雨中沐浴奔跑，伸出舌头舔尝水珠的味道。

我拉着狗绳在后头步步紧追：“你老人家能不能慢点啊！”

萌点朝我“汪”两声，警告我别懒惰，动起来，别给它拖后腿。

三个人影突然从停在路边的一辆面包车里闪出。一个朝我迎面撞来，那人不偏不倚将我撞倒。另一个手里握着剪刀，在我摔倒的瞬间，他伸手剪断了狗绳，我和萌点的联系立刻中断。第三个男人手臂粗壮，他一抡胳膊便兜起萌点，然后抱着它一跃上了面包车。我尚未来得及惊呼出声，对方便已扬长而去。

我难以置信，跌坐在地上死死盯着前方，面包车车尾上的车牌号码已被人用蓝布刻意遮挡。

萌点为什么被劫？它被劫是因为它是狗，还是因为它是我遛的狗？

如果是前者，那多半是无良偷狗贼，那些人会向饭店高价出售狗肉；如果是后者……

不可能，萌点是裴俨的狗，而我只是负责遛它的人。可是，如果那些人以为萌点就是我的狗，要向我进行报复……我该怎么向裴俨交代？它是他的心头肉！

我冲出马路拦下一辆出租车，在十分钟内抵达距离公寓最近的公安局。

当我拿着报警回执失魂落魄地回到公寓楼下时，已近晚上八点，这正是我和裴俨还有萌点的饭点。

我的手机上有三十六通未接电话，可我一个都不敢回。我不敢上楼，不敢推开公寓的门，不敢面对裴俨。

他养了它十四年，这是什么概念？这是十个手指头都数不过来的漫长岁月。它看过他年少时的每个模样，那是我缺席的他的美好时光；它见证他一天天长高，从稚气未退的少年长成血气方刚的青年；它与他追逐打闹，陪他看四季更迭；它用自己的老去陪伴他走过青春。它本可以在他给的温暖窝里安度晚年，却无端被陌生人强行掳走，如今下落不明、生死未卜。

我真恨我自己。

在我十三岁那年，我爸从外面捡回了一只流浪狗，我爸给它取名为风洞。

我爸是脾气那样火爆的一个人，却耐得住性子给风洞洗澡，陪风洞玩耍。可我爸从不陪我玩耍，他只会嫌弃我吵闹。

我以为，只要我讨好风洞，便能融入我爸和风洞的小团体，于是我将得来的巧克力分给风洞一半。我哪里会知道狗消化不了巧克力，风洞吃过之后不久便去世了。

为此，我爸狠揍了我一顿，在往后的三个月，他拒绝与我交谈，甚至缺席我的生日会。

从那时起，我再不吃巧克力，再不与狗为友。我百般自责，却又满腹委屈。我并不想伤害风洞，可我实实在在害死了它；我并不是蓄意为之，却难以被宽恕。

裴俨对萌点爱之深切，不亚于当年我爸对风洞，我爸待我尚且如此，更何况裴俨？风洞陪伴我爸仅仅三个月，我爸便百般不舍；萌点和裴俨相互依赖十四年，裴俨又怎么割舍得下？他真能原谅我吗？

我不知道，但有一点我可以确定，他一定会对我很失望。我真恨我自己，如果我不接近萌点，就不会给它招来杀身之祸。

我步履沉重地回到案发现场，那个萌点被劫走的地方，蹲在地上失声痛哭。雨一直下，瓢泼大雨从夜空汹涌坠落，转瞬将我的视线模糊了。

它还活着吗？

它如果活着，又能活多久？

警方能在它遇害之前解救它吗？

对于这些，我毫无把握。

我不知道自己在雨中忏悔了多久，总有好心的路人前来问候，给我递伞，而我只是迟钝地摇摇头，木讷地看着他们无奈地转身。

滂沱大雨就像一颗颗子弹击打在我身上，我全身麻木，泪水混进雨水里，又被雨水冲刷走，随着夜色流向街灯无法照亮的深沟。我开始胡思乱想，想着裴俨会因为萌点和我分手，想着也许是什么人为了报复我而伤害萌点，算是给我点颜色看看，对我予以警告。

我想到了一抹金。她是唯一会对我怀恨在心的人。

我拿起手机，已顾不上抑制不住的浓重哭腔，一边给一抹金打电话，一边试图拦下一辆出租车。

下雨天的晚上，出租车总不缺搭客，我心急如焚，便又索性冲到马路中央，而电话已经接通，一抹金尖酸刻薄的声音在我耳边响起。

她明知故问："哪位？"

我直截了当道："是你找人劫走了萌点吗？萌点是我学长的狗！它和我没有半点关系！"

一抹金的尖笑声刺耳响起："看来你丢了很重要的东西啊！请问贾小姐报警了吗？上回你拿着一张照片寻求警方保护，听说祁箫檬还是你的证人呢，我很好奇，这次你打算拿什么指控我。我们的通话录音吗？看来明天我又得和警方打交道了？贾小姐，麻烦你下次上警局带点有力的证据，否则警方很难把你当回事。哦对了，贾小姐，我不得不说，你拥有这世上最令人心碎的哭声，我很喜欢。"

"我愿意和祁箫檬断绝所有联系，我保证！"在我眼前飞驰而过的车辆不停地朝我鸣响喇叭，迎面投来的车灯使我睁不开眼，被轮胎击起的雨水飞溅到我身上、脸上、眼里，我在浓黑的夜色里朝电话对面的人吼道，"只要萌点能够毫发无损地回来，我愿意离开这个城市，换掉号码！我保证，祁箫檬不会找到我。他也不会找我，我和他本来就是泛泛之交！当我求你，我求求你，把萌点还给我！"

事实证明，在一抹金这种女人面前，哀求分文不值，眼泪不过是她的战利品，她无情地笑道："啧，你居然求我？那晚在匪匪庄园你不是很狂妄吗？现在后悔了？既然要道歉就必须拿出点诚意，容我想想……嗯，这个好，你直播下跪道歉怎么样？眼泪要流满一公升，哭声要达到现在这种歇斯底里的效果，内心戏也要十分充足，你要真心实意地向广大网友承认你不过是个横刀夺爱的小三，如果以上你都做到了，我说不定可以利用一下自己的人格魅力，然后再发动一下朋友圈的力量，帮你找到那条老态龙钟的狗，怎么样？”

果然，萌点的失踪和一抹金有关，不然，她怎会知道萌点老态龙钟？

有一点她算准了，我确实留了一手，打开了通话录音。天知道以后能不能用上！如果萌点不能活着回来，这点微不足道的证据说不定能为它报仇。

我愧疚，我害怕，我愤怒，我深感不安，但我还没有完全失去理智。

彼时，驶过的车辆又充满敌意地朝我鸣喇叭，一个狂躁的车主冒着雨把头探出车窗对路中的我咒骂：“你是不是找死啊！”

我已无力反驳。

一个黑影从对街焦急地朝我跑来，他浑身湿漉漉的，小心地避开川流不息的车辆后，终于来到了我面前。他一把夺过我的手机，只瞟了一眼屏幕，便毫不犹豫地挂断电话。

这一瞬间，我的泪水更汹涌了，我声嘶力竭道：“手机还我！我在打电话！我要和那个女人通话！”

裴俨一言不发，又拖又拽，好不容易把我带回到人行道上，然后押着我往公寓方向走。

我拼命挣脱，哀求着索回手机：“我要继续和一抹金通话，她在等我的答复！把手机还我！我要我的手机！”

裴俨面色冷峻，我的任意妄为终于击溃他尚存的最后一点理智，急促的脚步骤然停下，他抓着我的双肩拼命摇晃，在这个失去人情味的雨夜里冲我怒吼：“你是不是疯了！”

“我是！你别管我！”我推开他，眼里透着无法掩饰的恐慌，我害怕失去他，却又不得不面对他，“萌点没了，因为我，萌点没了，我没有把它看好，都是我的错！你可以不原谅我，你不必原谅我，如果它再也回不来了，我会自觉从你眼前消失！我对不起你，我无颜面对你！”

我扑向裴俨，试图从他的口袋里抢回手机。萌点尚有一线生机，我不能放弃，我要争分夺秒地救它。

我想起那个被一抹金毁容的女人，那张我看过的血腥照片，一抹金对另一个女人竟能如此狠辣、残忍，更何况对萌点。

“学长，当我求你，把手机还我！”我声泪俱下，眼前的人在我的泪光里渐渐变得模糊。

裴俨抓住我后脖狠狠将我按在胸膛上，他拼了命地抱紧我，因为过度用力，他的胳膊和肩膀正微微战栗。

“你冷静点，当我求你。我爱你。”

我彻底安静了。

裴俨哀伤的脸埋在拥着我的双臂间，在这短暂的一瞬，我猛然意识到他也有不知所措、害怕失去的时候。

雨，一直倾泻而下，裴俨的声音伴随着雨声在我耳边低沉地响起：“萌点丢了，我很难过，难过得要死，但这不是你的错，是一抹金对吗？你折磨自己就是摧残我。我在等你和萌点回家吃饭，萌点回不来了，你至少要回来，对吗？总不能丢下我一个。如果你一定要丢下我，那之后的每个晚上，我不过是重复这个雨夜里所做的一切，满大街疯狂地找你，逢人便问起你的去向。”

我依偎在他怀里，感受着他想要牢牢抓紧我的那股力量。

“对不起，我不知道该怎么面对你。你在疯狂地找我，我也在疯狂地找萌点，我以为你会不要我了。”

裴俨沉重地舒口气，掌心温柔地摩挲我被雨水打湿的发：“不要害怕，失去我没那么容易。”

我很想就这样站在雨夜里，拥着心爱的男人号啕大哭，但我不能，现在还不是能彻底崩溃的时候。

我用掌心轻扫裴俨的背，暗示他我的心情已经平复了些，可以条理清晰地向他叙述整个事件的前因后果。

裴俨知道我有一肚子话要说，便不舍地松开我，牵着我从这个风雨飘摇的黑夜回到亮着暖灯的家里。

我和裴俨各回各的公寓洗了一个热水澡。我从浴室出来时，他已经换上一套干净衣服，浑身透着沐浴露的清香，窝在我的公寓沙发上，咬牙切齿地听着我和一抹金的通话录音。

我不由得一怔，我的手机密码就这么轻易被他破解了？

如果他能从我手机里翻出通话录音，大概也已经查看过我的手机相册，那里有我及时拍下的面包车照片。

裴俨犀利地瞥我一眼，见我愣愣地站在浴室门前，便硬邦邦地命令："过来。"

我怯怯地走过去，他一伸手将我拉进怀里，我蜷缩在他两膝之间，斗胆抬头仰望他帅气而冷冽的面孔。

他指指手机，质问我："你刚才在外头非要索回手机，我倒想知道，你打算怎么善后。打着堂堂未来裴太太的名号给她直播下跪？"

我略感心虚，顿了顿，坦白道："我不知道，情急之下我很有可能会做出无比愚蠢的决定。不过你放心，不论我做什么，都只会以我个人名义！"

必定是我的措辞不太中听，裴俨的脸色越发难看，他冷冷地盯着我，浑身透着危险气息。之后他忍不住低头朝我肩上猛咬一口，我吃痛，惊呼出声。裴俨毫不怜惜，冷漠地责备道："痛也得忍着，我也痛。我闹分手了吗？"

我无言以对。

裴俨静默片刻，盯着我的手机，无奈地长叹一声，然后紧了紧抱着我的手臂，眸子里透着难以言表的绝望，神色凝重道："我们都要做好心理准备，萌点很有可能已经遇害了。"

我直打哆嗦："不……不会的，它还有回来的可能！只要我……"

"只要你下跪认错，哭够一公升眼泪，以及承认她扣到你头顶的小三帽子很适合你的脑袋？”裴俨厉声打断，“你是我女朋友，就算你和祁箫檬之间真有点我看着别扭的事情，那也是祁箫檬一厢情愿，你只撩过我一个男人。”

“是……是的。”我不敢反驳。

裴俨揉了揉太阳穴，若有所思道：“我们的对手不是个懂得宽容的人，所以她才会提出那样丧心病狂、没有底线的要求，你越是放低姿态，她便越要把你往泥土里踩。你不要冲动犯傻，我不需要你做这种伤害自己的事换回萌点的归来。”

我知道，我当然知道。

“但我们总得做点什么。”

裴俨沉重点头：“是的，我们当然得做点什么，一切交给我，和祁箫檬。”

祁箫檬？我惊诧地睁了睁眼，这两人向来针尖对麦芒，是什么时候放下了成见守望相助的？

裴俨淡定地从茶几上拿起两张报警回执，我当然都认得。

他缓缓道：“还记得那晚我在门外苦等你三个小时吗？之后你不愿理睬我，径自回房睡觉了，然后……嗯，如果你真心不想让我看你的手机，密码就不该设置为我的生日。我很高兴你没有在手机里留下和别的男人的欢乐自拍。也正是那晚，我无意中看见你包里有一张报警回执，我用你的手机和祁箫檬打了半个小时电话，大概了解了事情的原委。”

我咋舌。

万万没想到，那晚在我没心没肺昏睡过去以后，裴俨竟一个人继续战斗。他不仅轻而易举地破解了我的手机密码，还向祁箫檬探明了我当晚的去向？难怪后来他没有再深究。

夜越来越深了，这晚，裴俨没有离开。

我们相拥而眠，在漫漫长夜里暂时放下失去的苦痛投入睡梦中，明天还有明天的事。

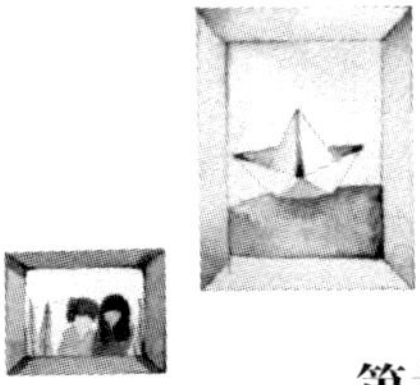

第九章

爆发虐狗门

事实证明，裴俨很清楚我们面临的是一个怎样的对手。他说得不错，一抹金是一个不懂得宽容的人，不论我会不会直播下跪，她都不会心慈手软，她甚至不给我喘息的机会。

凌晨三点，裴俨被不断打入的电话唤醒。他挣扎着爬起来关掉来电铃声，本打算到客厅接听，刚试着翻身，我便伸手揽住他的腰，用接近梦呓的微弱声音道：“就在这里说。”

“好。”他拿着手机重新躺下，另一只手宠溺地揉了揉我的脑袋。

他静静听着对方阐明情况，结尾只低声应一句“好，我知道了”便挂断电话，然后良久地盯着手机屏幕出神，大概是在查阅对方发给他的信息。

我知道，一定有很重要的事情，才会让他在深夜里保持清醒，只可惜我无力睁开眼睛，竟又不知不觉沉睡过去。我再次睁眼时，身边的男人已经离开，床头柜上贴着一张便笺：

我很快回来，在家等我，哪也不许去。

我不由得纳闷：他应该去找萌点了，怎么会很快回来呢？

我登录手机微博，私信和评论铺天盖地而来。我云里雾里，难道我一夜之间成网红了？

我点开私信，一千多条全是咒骂我全家的。我又点开评论，七千多条超过八成是各种污言秽语和暴力言论，这些言论以每分钟数百条的频率增加，刷爆我的眼，轰炸我的大脑。

一时间，我感觉耳边嗡嗡作响，四肢发麻，遍体生寒。我彻底陷入了沉默，由于惶恐，由于惊慌，我从未想过自己有天会招来全世界的谩骂。

我哆嗦着手查看微博热门话题，我的名字带着“#”号，上了热搜，还波及了Voodoo，连累了裴俨。热搜榜上前四条最热话题全与我有关：

#贾橙#

#贾扒皮虐狗#

#抵制Voodoo#

#裴俨滚出Voodoo#

尽管害怕，我还是鼓足勇气搜索了“贾扒皮虐狗”这个话题。

导语：近日，一只年迈萨摩耶活活遭受扒皮而死，扒皮者在杀害萨摩耶后竟拍下血腥图片向亲友炫耀。据知情人士透露，扒皮者是一名新锐宠物时尚设计师，该名设计师甚至和国际一线奢侈品牌Voodoo签订了合作协议。

话题下，不少微博大V联名声讨我。这些大V甚至向广大网友爆料，说我曾在萌葩星工作过，后因作风问题被公司开除，而像Voodoo这样极具国际影响力的大品牌之所以会与我这种丧尽天良的设计师签订合约，是因为Voodoo的某位高管与我是恋人关系。

微博文字下，大V们的九宫格配图堪称“铁证如山”：

配图一，是我昨天下午冒着小雨遛萌点时，气喘吁吁追着它拼命奔跑的照片；

配图二，是萌点遇害前最后一张特写照，它被粗绳捆绑着全身，嘴唇大张，明显是在极力呼救；

配图三，是一个女生的背影，那个背影与我极为相似，尤其是发型，她穿着一身与我昨日外出时完全一致的服饰——白色紧身裤、紫色卫衣和透明雨衣，即便是我本人看了照片，都以为那是我自己；

配图四，是萌点被掐脖之后奄奄一息，眼珠子里透着最后温度的照片，这张照片足以激起民愤；

配图五，是萌点遇害后的惊悚照片；

配图六，是一双十指沾满鲜血的手；

配图七、八、九，是聊天记录截图，在这些截图里，有人扮演着我得意忘形、不知廉耻地向所谓好友炫耀“壮举”，更让人不能容忍、义愤填膺的是，聊天截图里“我”竟还邀请友人到家里来围观萌点的遗体。

别说是不明真相的网友，即便是我本人看完这些图片和伪造的聊天记录后，也都莫名被激起一身戾气，恨不得将聊天截图里的“我自己”痛打一顿。

这一次，我大概跳进黄河都洗不清了。我以为一抹金手段残暴，没想到她竟卑劣至此，居然伪造新闻将我推向道德舆论的风口浪尖。

原来，劫走萌点只是个开始，一抹金的真正目的是要借萌点之死诋毁我人格，诬蔑我声誉，让裴俨陪我一起遭殃。

她为什么要祸及裴俨？因为他挑战了一抹金的权威，不惜与一抹金撕破脸也要把我从萌葩星的霸王条约里解救出来？

也许是吧。在一抹金极其自我且妄自尊大的世界里，她绝不容许任何人忤逆她的意思。她绝对忍受不了，我身为她的棋子，最后竟然不受控地被人从她的棋盘上强势带走，而偏偏那人又是她很看重的合作伙伴，而偏偏我又和祁箫檬关系匪浅。

以上各个热门话题里，还有疑似水军的所谓知情人士在评论里向网友透露，说我不仅对狗残忍扒皮，而且在萌葩星工作期间勾引上司男友，简直罪加一等。

呵呵，虐待动物、横刀夺爱，这两条罪名加起来足以让我名声尽毁。“小三”和“暴民”是当代网友最爱打击的对象，而我现在被贴上了这两个标签。

我尚未从萌点遇害的噩耗中缓过一口气，便又迎来汹涌的社会谴责，说我刷新了人渣的下限。

网络上人人扬言要替天行道打死我，甚至企图人肉我父母的联系方式。后来我才知道，我的手机之所以没有被打爆，是因为裴俨早在出门之前，便贴心地给我设置了拒绝陌生人来电。

我万般焦虑，我自己被诬蔑、被唾弃甚至被暴打一顿都不要紧，可我父母该如何面对他们的朋友？裴俨又该如何面对Voodoo董事会？他是不是也被那些网络暴民骚扰了？他的职业生涯会受到多大影响？

我知道我应当第一时间打电话向我的父母解释，可我心里早已乱作一团，实在无力再面对双亲的一连串盘问。

解释，是感情关系中最让人心累的包袱。

门铃突然响了。

一定不是裴俨，他有我公寓的钥匙。会是谁呢？

我寻思着会不会是某个有能耐的网友获悉我的公寓住址后，终于按捺不住要上门扒我的皮为萌点报仇。

我颤巍巍地走到猫眼后，我爸那副冷面罗刹一样的面孔赫然出现。我猛打了个激灵，又意外又惊讶又纠结，在喜忧参半的心情中莫名感到紧张，又莫名感到轻松。

我喜的是门外汉不是陌生人，忧的是我爸他老人家的颜面都被我丢尽了，不知待会儿他会揍我还是揍我。

我惴惴不安地开了门。

“爸。”我怯怯地招呼，“你居然来了……”

“我也不想来。”我爸没好气道，“今天一大早，有个年轻小伙子上我家按门铃，说他是什么裴总监的秘书，叫什么来着？我忘了。他说你此时此刻很需要家人的陪伴，然后我就被带到机场送到这儿来了。我倒想问问，那位裴总监到底是何方神圣？他的秘书在飞机上可没少念叨，说他千叮咛万嘱咐，要我和你见面之后务必温柔待你，啧。”

我不由得“唰”地一下红了脸：“爸，裴总监就是我学长，上回你和他在焕城见过一面。”

“哦，就是那个背着我给你买茶点的高个儿？原来他只是你学长。”

“不只是学长。”我硬着头皮道，“他是对我很重要的人，他是我男朋友。”

我哪里好意思正视我爸，低头侧身退到一边，让出过道让我爸进屋。我爸拖着拉杆箱径直到了客厅。他好奇地环顾四周，略带疲惫的双眼透出一分关切之意。

许是裴俨的叮嘱起了作用，我爸并没有怒发冲冠朝我吹胡子瞪眼，更没有劈头盖脸对我一顿呵斥，他像个没事人似的，随意将行李搁到茶几旁，然后泰然自若地走到沙发旁坐下，淡淡瞥一眼愣在一旁不愿靠近又不敢抬头的我，道：“怎么，有男朋友就不欢迎我了？来了也不赏口茶喝？”

“给给给！”我喜得一个逃避片刻的机会，立刻蹿进厨房，用了将近半个小时才煮好一壶白茶。

虽然我害怕在这种时候面对我爸，但我不能否认，在看到他之后，我心里某个包袱落下了，我再不必猜忌我父母对待虐狗门事件持怎样的态度。

我由衷感激裴俨，他全心全意地为我着想，甚至连我父母都考虑到了。

我将茶壶和茶杯放到托盘上，正要端到客厅，我爸的怒吼声突然响起，透过厨房虚掩的门清晰地传来。我忐忑地溜到厨房门后朝客厅张望，只见我爸正握着手机面红耳赤地讲电话。

“我不认识你，请你别再一个接一个地给我打电话。是哪个混账东西把我的号码泄露给你的？我女儿不道德？小伙子，像你这种宅男网民只会打骚扰电话，还妄想谈道德？我女儿绝对不会干出那种事情，她是我见过最优秀的孩子，我以她为荣。什么！你见到她就要扒她皮？小伙子，不管你是谁，你最好先确认自己能不能打过我和她男朋友。你要敢动她一下，就算我肯放过你，我女儿的男朋友都饶不了你，你知道不？”

说完他狠狠摔掉手机。

我躲在厨房里，透过门缝清清楚楚地看见我爸那副忧心忡忡的神情，这与刚进门时那故作轻松的样子截然不同。

原来我爸在假装，他明明很为我担心。

我顿时眼眶一热，是我又给我爸添麻烦了，我从小就爱给他添麻烦。

我仰起头，让泪水倒流，然后若无其事地回到客厅。我爸已经整理好情绪，面无表情地端起茶杯小抿一口，避重就轻道：“听你妈说你现在工作很自由？我呢，无所谓你回不回去，反正你回去也是天天给我添堵，可是看在你妈的面子上，我就忍忍呗，你以后常回去看看？”

我默默地点点头。他刚刚明明在电话里说，我是他见过最优秀的孩子，他以我为荣，可面对我，他总是不善于表达父爱。

原来他只是不善于表达，我却误以为他不爱我。

我也学着他的模样，不露声色道：“爸，你刚刚在和谁打电话？你好像很生气的样子？”

我爸沉默了一下，端起茶杯猛喝一口，然后道：“只是一个神经病，非要跟我学赛车。我肯定不教啊，你是唯一得我真传的人。要不……你跟我回去玩赛车？宠物时尚设计师有什么前景啊？和猫猫狗狗打交道多无聊啊。”

他明明是那么的爱狗。曾经他为了他的爱宠，三个月拒绝和我有任何交谈，当时我甚至怀疑，那条狗才是他亲生的，现在他却为了我，装作淡然的样子。其实他看到了网上那些血淋淋的照片，也一定是很愤怒的吧。

那些血淋淋的画面霎时间涌入了我的脑海……萌点……萌点真的，死得好惨啊……

我心口一痛，不由得抖了抖手，茶壶“哐当”一声摔碎了。

我立刻蹲下，哆哆嗦嗦地伸出手拾起那些碎片。我爸看到我如此害怕，心口不一地对我厉声责备：“瞧你，做事冒冒失失的！一个人到一个陌生的城市打拼是需要实力的，实力这东西你有吗？我劝你还是趁早收拾跟我回家，看在你妈的面子上，就算你什么都做不好，或者什么都不想做，我也愿意让你啃老。”

泪水在我眼中不停地打转，我终于没忍住，轻轻地抽泣起来。

我爸略显不安，沉默片刻，继而放缓语气道：“怎么，才说你几句就受不了了，是谁把你惯得这么娇气？”

“爸。”我索性跌坐到地上，抬手抹一把泪，将积压多年的委屈一并哭诉出来，“我不想伤害风洞，你那么爱它，我很羡慕、嫉妒，但没有恨，我真不是故意的。我也不想伤害萌点，它陪伴学长十四年了，我和学长才认识四年啊。可怎么办？风洞死了，萌点也遇害了。我没有对萌点做过那种事，可它的确是因为我才惨遭扒皮的！”

我越说越激动，越说越悔恨，索性放声大哭起来。一想起在微博上看到的那些图片，我就恨不得掐着一抹金的脖子问她，她真不怕遭报应吗！

门外响起开锁的声音，裴俨推门回来了。一看见坐在地上痛哭流涕的我，他连鞋子都来不及脱，甚至没顾得上向我爸问好，便万分紧张地冲到我身边，还胆大包天地朝我爸投去一个责备的眼神。

我爸见状拉下了脸，没好气地对裴俨道：“你那是什么眼神？我可没欺负她，是她自己说着说着就来气了，气不过就瞎哭。”

我点点头，又摇摇头，连忙伸出双手握住裴俨，想开口跟他解释，奈何心情太糟，我一时难以平复，越想冷静表达，眼泪便流得越凶。

裴俨会心一笑，忍不住将我拉进怀里，安抚似的拍拍我的背，柔声道：“我知道了，爸爸没有责骂你，是你又忍不住责怪自己对不对？”

我紧贴着他的胸膛点点头，那里每一下心动的心跳，都向我证明他有多在乎我。

见我一副一蹶不振的样子，裴俨已没了和我爸客套的心思，他一把将我抱到沙发上，然后伸手到茶几抽出两张纸巾，一边替我抹泪一边缓声安慰道：“从起床到现在，你什么也没吃对吗？你昨晚就没有吃饭，我先去做饭，你什么都不要想。我们都知道你是被人诬陷的，萌点知道，爸妈也知道，今早我派人去接他们的时候，也让秘书说明了情况，你不用再有心理负担。而今天骂过你的人，总有一天会打自己的脸。我说过，一切交给我，这个事件有点棘手，我需要点时间，但真相早晚会浮出水面。你有我保护，有祁氏撑腰，还有警方支持，我们都站你这边，你怕什么？”

“可是……萌点……”

裴俨将纸巾揉成一团扔进垃圾篓，握着我双手略显气愤道：“萌点枉死，我不会放过她，但你要放过你自己。你要牢牢记住我的话，萌点的死不是你的错，你同样是这个事件的受害者。我已经没有保护好萌点，我一定要保护好你。”

我乖巧地点点头。

也许，正因为我在萌点被劫之后第一时间报了警，并提供了可以提供的一切证据，所以才会有裴俨刚刚提到的警方支持。

而祁箫檬……为了帮我昭雪，大概动用了祁氏的一切资源。祁箫檬比我更熟知一抹金的手段，她是他的祸水，他注定有此一劫，他必须迎风直上，才能彻底摆脱她无休止的打扰。

从事发到现在，我崩溃过无数次，可我从未对祁箫檬有过微词，哪怕一点点埋怨都不曾有过。可我想，他大概也像我责怪自己这般，深深责怪过他自己。

也许，裴俨说得没错，萌点的死不是我的错，更不是祁箫檬的错。是一抹金过分强求，不惜以死相逼。祁箫檬的离去多少让她受了点伤，而善于报复的她便让伤口成茧变成铠甲，变作武器，然后扩大伤害面积，让那些给她带来不快的人比她更不好过。

学不会放手的女人真可怕。

学不会原谅的女人真可怕。

一味寻求报复快感的女人真可怕。

一抹金乐于看见别人痛苦，尤其是这种痛苦还是她造成的。

这一天的剩余时光，裴俨和我爸都对我寸步不离，特别是裴俨。我爸明明是他派秘书接到红棉市来的，可自从他和我爸见面以后，他便总是有意无意地避免我爸和我独处。

我总感觉他在提防我爸，每次我爸和我妈打电话，我都分明看见他竟竖起耳朵留意别人两口子话家常。

我隐隐察觉到裴俨对我爸存在敌意，至少，有一点我敢确定，他一直暗中观察我爸。他到底想干吗？

另一方面，我爸同样举止古怪。他一旦和我妈通话便有意躲避我，似乎不愿让我听到谈话内容，一整个下午，我爸不止一次企图支开裴俨。

“裴总监，你是总监，不用上班吗？”

“我向董事会请了几天事假。”

“哦？那我建议你明天回去销假，别因为贾橙耽误正事，这时候公司肯定更需要你。”

“不销假，贾橙比公司更需要我。”

“贾橙有我照顾，问题不大。”

“贾橙有您照顾肯定问题不大，问题是我想照顾她。”

“……”

我爸在公寓里来回踱步，不时看看这个，摸摸那个，像个不甘平静的孩子，冷不丁回头问我：“贾橙，我难得来红棉市一趟，你带我出去转转？”

裴俨立刻放下手机，一副随时待命奉陪到底的架势，抢先开口道：“可以呀，爸想去哪，反正我有车，特别方便。”

我分明看见我爸翻了个白眼，略显沮丧道：“我突然又不想去了。”

说着，他瞪裴俨一眼，不甚友善道：“裴总监，我没有这么好的福气有你这么帅气出众的儿子，你喊我叔叔或者伯父就好了。”

“好的，爸爸。”

“……”

这两人暗中较劲，各怀鬼胎，我夹在中间能明显嗅到一股硝烟味道。他们之间，似乎有不为我所知的误会。

好不容易熬到傍晚时分，我爸转了转眼珠子，脑袋瓜里不知又打什么主意，他拍着肚皮堆起满脸歉意道：“裴总监，我饿了，你对贾橙这么照顾，我请你吃顿晚饭？”

裴俨马上起身：“爸您别破费了，我这就去做饭。”

这正中我爸下怀，他不禁得意地点点头：“那有劳你了，谢谢。”

“不客气。”裴俨诡谲地笑了笑，伸手将我从沙发上拉起，“你也进来帮忙，爸大老远赶来探望你，你总得亲自下厨为他烧一道菜吧？”

我爸急眼了，忙说不要。

裴俨坚持：“要的，有贾橙这个好帮手，我们四十分钟内肯定可以开饭。”

不等我爸阻止，裴俨便推着我走进厨房，顺手带上了门。

我总算得到一丝喘息的机会，不禁长舒一口气，猛一抬头，便迎上裴俨一双忧郁的眸子。

他欺身上前，霸道的吻如疾风骤雨般落下，他双手在我腰间紧扣，身体与我紧密相依。我要安慰他，我任由他处置，他想要的热吻我尽情给予，他想要的拥抱我用力配合，他想要的温柔我全部交出。

虐狗门事件裴俨也是受害者之一，萌点是他的爱犬，他同样需要安慰，可他不能像我这样想哭就哭、想闹就闹，任意宣泄心中情绪。

也许，因为他是男人。

良久后，裴俨意犹未尽地松开了我，眸子里竟透出几分哀恸：“不许离开我，任何时候都要待在我身边，你听见了吗？”

他似乎正在为某种事情而担心、而害怕。

我不安地皱了皱眉，伸手拥住他：“你和我爸……发生什么事了吗？”

裴俨摇摇头：“现在还没有，但早晚要发生的。我派秘书去接你父母过来，可只有你爸来了。发生这种事，你妈明明要急疯了，却非要留在家里，我秘书怎么请都请不来，你知道原因吗？”

我沉默了一下，细细打量眼前的男人，我终于明了，他对我爸存在的似是而非的敌意主要源自于某种顾虑。

我从头上扯断一根短发，颇有仪式感地缠在裴俨无名指上，然后抬头朝他笑笑：“我向你求婚，只要你不推开我，我绝不擅自从你身边走开，如果将来出于种种原因，我必须要暂时离开前往某个地方，也一定带上你。”

裴俨紧盯着缠在指间的短发，过了许久才缓缓抬头，目光炽热地注视我，嘴唇微启，跃跃欲试道：“老婆。”

我紧抿着唇，被这个突如其来的称呼惊得不知所措，心底洋溢着难以抑制的欢欣情绪，令我止不住扬起嘴角。

这种幸福感，这世间能够给予我的只有裴俨一人。

我稳住了裴俨的情绪，却忽略了我爸，他是个急性子。

晚饭时间，我们三人凑到饭桌上，我爸坐我对面，裴俨在我手边。桌上的饭菜仍冒着热气，那是裴俨再忙再累也坚持用心做好的晚饭。

裴俨分外沉默，我爸也分外沉默，于是我也分外沉默。一顿饭吃得像宫心计似的，我恨不得直接把饭菜塞喉咙里就躲进卧室。

终于，我爸按捺不住开口道："你妈特别担心你，今天给我打了好几通电话。"

我淡定地咽下一口鱼肉，沉住气问我爸："裴俨让秘书去接你们俩过来，妈妈怎么不来呢？她一个人在家不怕无聊？"

"她在家等你。"我爸直截了当道，"她千叮万嘱，要我尽快带你回家。我们明天就走，你今晚收拾一下，别落东西了，以后老老实实待在家里，哪儿也别想去。"

我爸看了我一眼，无视一旁脸色凝重的裴俨，他终于摊牌了。

裴俨轻轻放下碗筷，无比严肃道："抱歉，伯父，我不同意贾橙明天跟您走。"

我爸满不在乎："你同不同意不重要，贾橙是我女儿，我要带她走就谁也拦不住。发生这种事，她应该回家，家人才是她的依靠。"

"我也可以给她依靠。"裴俨沉着应道，"遭受这种无妄之灾，伯父伯母为她担心我很理解，所以我才特意安排秘书坐最早的航班赶到萌湖市接你们过来。目前，我们这边还有很多事情要处理，她必须留下来，等事情都处理妥当了，我一定会带她回去探望您和伯母。"

我爸摔掉碗筷，暴脾气"噌"地一下上来了，指着裴俨的鼻尖疾声道："我不是在问你的意见！我说要带贾橙走，就绝不会自己一个人回去，我说要明天走，就绝不会留到后天！"

说着，我爸怒气腾腾地瞪我一眼，厉声警告道："你必须跟我走，现在就回房收拾行李！"

我不愿与我爸正面冲撞，近来发生的一连串祸事已让我拿不出更多力气与家人争执，我干脆默默吃饭，心里已经打定主意，今晚我索性和裴俨私奔回荔枝湾。我不能撇下他，更不能在这种时候撇下他，让他独自承受各界压力。我必须在他身边，即便我什么都做不了，但至少我可以陪伴他。

我爸并不指望我会和他同一阵线，又回头看向裴俨，冷声责备道："年轻人，你一个外人最好不要插手别人的家事，贾橙到底是你女儿还是我女儿？"

"爸，裴俨不是外人。"我听不下去了，沉声反驳道。生怕我爸会说出更过分的话刺伤裴俨，我放低声音对裴俨道："你先回房，我和我爸单独聊聊？"

"不用。"裴俨神色阴沉，伸手握住我的手，明明气恼却又不失礼貌道，"伯父，贾橙是您的女儿，但她是我的女人，未来我在哪她就在哪，谁都不能从我身边带走她。"

"嗬。"我爸冷笑一声，"年轻人，贾橙和你不过是男女朋友的关系，什么女不女人的？我带她离开后，你转眼就可以换一个新的，她也可以。"

"我不可以，她也做不到。"裴俨越发用力抓住我的手，仿佛他一不留心，我便会被人从他掌心抢走。他目光笃定地直视我爸，恳切而赤诚道："伯父，她必须和我在一起，这是个原则问题，我没有办法妥协。我只爱贾橙一个，而她也只能爱我一个，我不会允许她和别的男人相亲相爱。只要她愿意，我随时可以和她领证结婚，我只是不想逼得太紧，怕进展太快吓到她。伯父，如果您非要带走贾橙，那行，麻烦您多带一个，明天我也跟您一起走，手头上的事情我会想办法委托别人。伯父，我听贾橙说，您一直想要个儿子，以后我就是您的儿子，不论您嫌不嫌弃，我都会把您当作自己的父亲对待。”

我在一旁听得出神，完全不敢相信一个男人竟能对另一个男人如此真诚地告白……

我偷瞄我爸一眼，他正嘴角抽搐，冷漠的脸似有绷不住之势，果然，下一秒，他便朗声大笑起来，指着我问裴俨：“年轻人，这虎崽子有什么值得你喜欢的，喜欢到即便当着她父亲的面，你也能毫不羞耻地说出那么多肉麻话？”

我爸不过是随口一问，岂料裴俨分外上心，无比认真地答道：“我爱她不仅要让她知道，更要让她的父母知道，否则伯父您怎么放心让她跟着我过一辈子？当然她有很多优点，但她坏毛病也不少，而这恰恰是我离不开她的原因。她太会闹腾，我怕她闯祸了没人替她善后；她不会做饭，不爱打扫，不愿出门，还不喜欢打扮，万一她和别的人在一起，我怕她会被嫌弃受委屈；她太善良，太心软，我怕我不在她身边，她会被人利用暗算，自己被卖了还替人数钱。”

裴俨的话似乎说到我爸心坎里去了，我爸莫名叹息一声，语重心长道：“还有一点，她不善于忘记，儿时犯过的错，她一直耿耿于怀。这怪我，过去对她苛责太过，我从不是一个善于宽容的父亲，让她受委屈了。我很高兴她选择了一个和她父亲完全不像的男人。”

“爸……”我双眼湿润。

我爸忽而探手拍拍我脑袋：“虎崽子，我是真答应你妈要把你带走，她不肯来就是为了让你回去。看来，我这辈子要破例放你妈一回鸽子了，可我又有什么办法呢？”

我爸摊了摊手，一脸无奈道：“我女婿太厉害了。我就知道他会百般阻挠，所以下午一直想找个机会和你私下商量，明天大清早偷偷走，给总监大人来个人去楼空，没想到被他识破了。他那双眼睛啊，打从进屋开始就没有离开过你，好像他一眨眼我就能把你拐跑似的。我看得出来，他比我更懂得照顾你，也比我更懂得如何爱你。”

我想点头又不敢点头，又惊又喜道："所以……爸，你同意啦？"

贾先生不置可否。

裴俨在我身旁，仍紧抓住我的手不放："谢谢伯父成全，我会全心全意对贾橙。"

我爸侧目，佯装恼怒地瞪裴俨一眼："怎么突然就一直喊伯父了？下午不是死皮赖脸地要喊爸爸吗？就因为我说要带走你女朋友，你就不认我啦？刚才谁夸下海口，说自己以后就是我儿子了？"

"是我。"裴俨拉着我起身，绕过饭桌到我爸跟前突然跪下。我震惊不已，呆若木鸡地看着他。他紧了紧握住我的手，学着我爸的语气抬头催促道："虎崽子，跪下来，咱们给爸磕个头。"

"哦……"我"扑通"一声在裴俨身旁跪下，颇具仪式感地和他一起整齐地向我爸磕了一个头。

许是错觉，我猛一抬头时，似乎看见我爸眼角泛起了泪光。

"得了。"我爸连忙伸手想要扶起裴俨，罔顾同样跪在一旁的我，道，"男儿膝下有黄金，你快起来。"

裴俨没有立即起来，将我爸的手放到他和我十指紧扣的手背上，让我们三人的手叠在一起。

裴俨目光坚定道："爸，贾橙的事您和妈都别担心，万事有我在。"

我爸深感信任地点点头："我知道了，我看得出我女婿是个很有担当的汉子，也是个细心体贴的男人，我观察你一整天了，没毛病。都快起来。"

虐狗门事件爆发当天，Voodoo董事会和裴俨开过一个紧急会议。董事会和裴俨之间有了前所未有的分歧，他们多半希望能够搁置"挚爱"组合项目进程，而裴俨坚持不受舆论干扰，要求全速执行项目任务。

董事会向来看重裴俨的意见，所以尽管他们心里不认同，但项目搁置的正式通知尚没有发布。

裴俨向Voodoo请了三天假，一是为了照顾我，二是为了拖延董事会的决定。

而我，身为“挚爱”的项目合作人，甚至是整个项目最重要的设计师，Voodoo董事会并没有对我表现出应有的风度和尊重，好像他们留下我或是枪毙我都与我本人无关似的。

裴俨结束三天短暂的假期，大清早爬起来陪我爸一起吃过早餐后，换上一身笔挺的军色西装准备出门。我也已然穿戴整齐，提着一壶热水在电梯间等他。

虽然我爸已经认可了裴俨，但这些天他不知是为了捉弄裴俨还是捉弄我，坚决反对裴俨在我公寓留宿，于是裴俨便只好灰溜溜地回到隔壁过夜。而我爸甘于当个随遇而安的沙发客，在沙发上一连睡了四晚，不论裴俨如何浪费唇舌要与他交换位置，他就是不肯上当。

“你提着热水壶要去哪里？”看见我后，裴俨皱了皱眉问，手习惯性地伸向我。

我一缩手避开他，先他一步走进电梯，刻意让热水壶悬在我们之间：“今天董事会肯定会抓着你开会，身为项目合作人，我理应出席会议。既然你们都不通知我，那就由我来通知你们好了，我将出席今天所有关于‘挚爱’的项目会议。”

裴俨脸色一沉，低头看了看我手里的热水壶：“你参加项目会议，带上热水壶干吗？”

我笑而不语。

裴俨再三向我确认：“你确定你要提着热水壶回总部开会？”

我笃定颔首，眸光幽幽扫过裴俨俊逸的脸庞：“你嫌我丢人？”

裴俨耸耸肩，低头在我额上落下蜻蜓点水般的一吻：“我只是觉得有点莫名其妙，但我不嫌弃。就算你提着一个火锅走进会议室，我也能从容不迫地帮你揭起锅盖。”

裴俨退到我身后，冷不丁从后头拥住我："之所以没人通知你开会，是因为我极力阻止。我担心董事会那些老狐狸会拿你开涮，他们可不会像顾虑我一样顾虑你。你真要去？"

"去。"我应允得爽快。

这些天，裴俨一直为我而战，我是时候该为自己挺身而出了，我可不是软柿子。所幸这些天身边有裴俨和父亲陪伴，经过一场大痛之后，我化悲愤为力量，算是满血复活了。

二十分钟后，车子抵达Voodoo停车场。

我刚提着热水壶下车，便有一群记者从四面八方朝我蜂拥而至。裴俨眼尖地瞥见有人鱼目混珠，手里竟提着个鸡蛋篮子。他拉着我加快脚步往电梯间跑，生怕我在混乱中被鸡蛋投中。他用后背充当我的掩护，示意我跑在他前头。

身后，有人尖声咒骂："就是那个女人，她就是贾扒皮！"

岂有此理！

我索性打开热水壶，抡起手臂便朝那些记者凶猛地泼去。他们没料到我有此一招，吓得立马收住前冲的劲头，连连向后倒退几步，生怕被热水烫伤。

一瞬间裴俨也看呆了，但他很快便回过神，拽着我闪进了电梯间，然后飞快关上门。

我和他倚在门后，喘着气相视一眼，忍不住捧腹大笑。

"原来这就是原因。"裴俨满脸宠溺地把我搂进怀里，笑声不绝，道，"原来热水壶还能这么用，你真是个鬼灵精。"

他如获至宝，低头碰了碰我的唇，从轻慢浅尝渐渐放纵热吻，半晌才肯抽离。

我佯装恼怒地责备道："裴总监，下回开会之前你能不能稍微控制一下你自己？等下我还有大场面要应付，你突然这么热情，很影响运动员情绪。"

某人握住我的手，一副心满意足的样子，道：“这叫爱的鼓励。未来裴太太，我希望以后每天出门为你打拼的时候，你都能以同样的热情回馈我的努力。”

“嗯，这个建议值得考虑。”

“没得考虑，你必须为我做到，不然我为什么要努力成为你的丈夫？”

“……”

我不禁有些纳闷，即便是裴俨，也是离家时才知道我要随他回Voodoo参加会议，在停车场埋伏的那群人消息怎会这么灵通？从我公寓到Voodoo仅二十分钟车程，他们在如此短暂的时间内便已完成集结，展开埋伏并企图向我砸出一篮子鸡蛋？

我瞟一眼裴俨，他同样一脸凝重，似乎在与我思考同一个问题。

电梯载着我们直上总部二十二层，走出电梯时，裴俨若有所指道：“只有参加这次会议的人知道你会出席。”

很好，也就是说暴露我行程的人此刻就在会议室里？到底是谁找人朝我扔鸡蛋？

动机是什么？破坏我的心情？让我挂着一身蛋黄在董事会面前出洋相？还是让我嫌弃自己脏乱臭从而缺席本次项目会议？

走到会议室门口，裴俨侧身推门让我先进去，然后一迈步追上我，照料周到地为我拉出一把椅子，我甚至不必为自己应该在哪儿就座而纠结。

我坐下后，裴俨自然而然在我身旁坐下，一副“这个女人是我的”的架势。也许是因为有过刚才那一段小插曲，裴俨此刻的面色不太好看。

董事会的人早就到齐，裴俨正式向我介绍：“这是胡董事，这是霍董事，这是王董事，这是蒋董事，这是董事长，也是Voodoo的创始人，他还是我的伯乐，当初就是他把我从美术学院带进Voodoo的职场。而他身旁的这位年轻女士，是他的女儿，万云萱万小姐。”

万云萱有一张白里透红的瓜子脸，笑起来时眉眼弯弯，尤其是看向裴俨时，那双望穿秋水的眸子波光潋滟，我忍不住多看了她两眼。

“俨哥哥。”她樱唇微扬，旁若无人地亲昵地打招呼，略显意外的眸光有意无意地朝我瞥过来，“这位就是人人喊打的贾扒皮？果真闻名不如见面啊……”

我淡定地笑了笑：“如果我真如网上所说那么血腥残暴，万小姐又怎会敢找人朝我扔鸡蛋？”

大概是我的开场白太过惊人，会议室里转瞬弥漫开了一屋火药味，各位董事的眸光在我和万云萱之间徘徊。

我不打算给任何人留面子，因为坐在这个会议室里的人没一个给我面子。

万云萱没料到我会当场拆穿她，不禁失措地紧握双手，瞪大眼气急败坏道：“你……你有什么证据证明那些人是我找的？”

“我没有。”我摊摊手，笑眯眯地朝她眨巴眼，“我不过是诈你，没想到你这么经不住考验，一下就露出了马脚。我可没告诉你有多少人，你怎么知道是‘那些人’而不是‘那个人’？”

“你……你……”万云萱恼羞成怒，“你血口喷人！”

“是的。”我像看跳梁小丑一样幸灾乐祸地看着她，“万小姐别生气，我只是跟你开个玩笑，你别那么较真嘛。事实上，并没有人朝我扔鸡蛋，我刚刚在停车场里看到的都是鬼。”

“你……”

大仇已报，穷寇莫追，我不屑再理会这野蛮千金，佯装不曾听见那一声娇媚、魅惑的“俨哥哥”，落落大方地向各位领导微笑致敬：“各位领导好，我是贾橙，请各位别见怪，我这人就是爱开玩笑。”

当然，我不忘朝某人抛去一个犀利的眼神。难怪他不想我参加项目会议，原来这里坐着一个美娇娥。

裴俨心领神会，紧张地凑到我耳边，压着嗓音解释：“真不是因为她，是我太想保护你。看来是我多虑了。”

嗬，做贼心虚。

我心里有把无名火，便怄气般地拉开与裴俨的距离，将椅子往另一侧挪了挪。岂料他穷追不舍，我挪动一分，他便移动一寸，偏要挨着我坐，甚至不顾如此庄重严肃的场合，偷偷在会议桌底下伸手牵住了我。

作为惩罚，我用力将指甲嵌入他的手背，他神色一紧，转瞬又舒展眉头，明明吃痛，却故作从容。他轻轻用大拇指挠挠我掌心以示求饶，我紧抿着唇强忍笑意，姑且放他一马。见我态度略有松动，裴俨立马变了个坐姿，朝我这边靠了靠，肩膀暧昧地贴着我。

董事长双手合十，托腮静坐，沧桑的面容透着几分机深的模样。

他真沉得住气，刚才我和他的宝贝女儿有过交手，他竟忍得住不为她辩驳。在他的人生里，大概不存在关心则乱这码事。他理智得不近人情，面无表情地对我道：“贾小姐，虐狗门事件我们深感遗憾。”

“我也感到很遗憾。”我知道自己在这群老狐狸眼中不过是个不谙世事的毛丫头，与其含蓄拘礼，不如直接坦荡，我壮着胆子道，“听说Voodoo想搁置‘挚爱’项目，我想知道这个‘搁置’具体是怎么个搁置法。是永久搁置，还是暂时搁置？”

董事长睫毛动了动，眸子一沉，不露声色道：“目前，贾小姐是个颇具争议的人物，为了不影响Voodoo的声誉，我们希望暂时搁置‘挚爱’项目，等这场风波过去了，Voodoo将会选一个合适的时机再次启动。我很理解贾小姐的心情，但Voodoo是一家跨国企业，不能为了让贾小姐有个好心情，而冒险投入大批人力物力，实施一个被消费者强烈抵触的产品项目，这样的赌博我们毫无胜算。”

裴俨很想开口为我辩驳，我及时捏了捏他的大拇指止住他，不慌不忙道：“Voodoo当然不能为了个体利益而损害集体利益，同理，我也不能因为大我而牺牲小我。我恳请与Voodoo解除合约，我希望要回我所有的设计图纸，并退还Voodoo事先预付的定金。等这场风波过去了，Voodoo又对这个项目感兴趣了，我再挑个合适的时间重新考虑与Voodoo合作。可以吗，董事长？”

一时间，会议室里鸦雀无声，董事会人人面面相觑，刚刚驱散的火药味又重新聚拢而来。

裴俨同样为我的决定感到意外，可他的嘴角分明带着笑意。

万云萱冷冷地盯着我，显然仍对之前的事怀恨在心，不甘寂寞地对我讥笑道：“贾小姐，没想到你会提出解约。我之前还担心你会像块牛皮膏药一样，怎么甩都甩不掉呢。”

我竖起食指摇晃两下，慢条斯理道：“谁是牛皮膏药还不好说，我个人力量微薄，再怎么累赘也拖不垮Voodoo，可Voodoo这艘巨轮就不一样，虽说又大又稳，但也只有上船的人才安全，掉在海里的人分分钟会溺死。我与其眼睁睁看着自己的设计被雪藏，还不如弃车保帅另寻活路。话已至此，我希望董事会各位领导、各位前辈给我这个晚辈留一条活路，彼此都不耽误，也是一种契约精神。”

显而易见，万云萱参加项目会议不为正事，大概只为多看某个人两眼。她不时看看裴俨，又回头看看我，眼里透着掩饰不住的妒意：“贾小姐，有一个问题我感到很好奇，网上说的都是真的吗？你之所以能和Voodoo达成协议关系，是因为你和俨哥哥是恋人关系？”

我下意识瞥一眼裴俨，他向我比画一个“请”的手势，示意我畅所欲言，那我就不客气了。

我保持微笑，坦荡荡回应道：“万小姐，网上的爆料不全是假话，至少有一点那些大V说对了，我和你俨哥哥确实是恋人关系，但我是不是仗着这层关系和Voodoo达成协议……”

我刻意顿了顿，然后半虚半实接着道：“你是不是太低估你俨哥哥的职业操守了？想当初，我到Voodoo应聘男装设计师，他还铁面无私地把我刷下来了。不知道这点算不算资本，但我好歹是一抹金最看重的摇钱树，正因为我绕过她和Voodoo正面合作，所以她对我怀恨在心，才导出一场虐狗门血腥戏报复我，顺便打击你俨哥哥，因为你俨哥哥当面拆穿她用枪手作品，处事不公。”

我面向董事会，视线扫过每一个人，最后定格在董事长身上，不卑不亢道：“其余的我就不多说了，无论是继续合作还是终止合约，对我来说都是佳音，我等着，还请贵司尽快答复。”

说完，我便起身要走。我试着甩开裴俨的手，岂料他坚持握住不放，紧随我而离座，当着董事会所有领导人的面与我十指紧扣。

我不禁侧目，忍不住向他投去一个责备的眼神。他却视而不见，面向董事会微微一鞠躬：“各位领导，贾橙向来心直口快，如果她言语有失，我代她道歉，失陪了。”

他一只手牵着我，另一只手替我提着热水壶，不疾不徐地走出了会议室，然后带着我向电梯间走去。

我压低声音问他：“你打的什么主意？刚才那是会议场合，你居然这么明目张胆地和我秀恩爱？”

裴俨面无愧色，一伸胳膊搂住我：“我不这么做，怕别人不知道我有多在意你，到时候你醋坛子打翻了，又要和我闹别扭。”

“嗬，别人？你指那位万小姐？”

裴俨高深莫测一笑：“恐怕不止。而我只想当贾霆霆先生的女婿。”

原来，董事长之所以对裴俨百般栽培，是另有目的？难怪董事会其他董事对裴俨颇有几分忌惮，原来他们都把他当作董事长的未来女婿呢。

电梯门开了，裴俨搂着我的腰走进去，身后，一道熟悉的女声疾声喊道：“俨哥哥！”

我心下一沉，抬起手拼命按关门键，奈何万云萱四肢纤长，穿着高跟鞋的秀腿往电梯一伸，便轻巧地抵开了门，然后一侧身挤进了电梯。

万云萱罔顾我和裴俨手拉着手的恩爱状，双眼透着掩饰不住的深情，一如当年我注视裴俨的着迷模样，柔声细语道：“俨哥哥，我有话要和你说。”

裴俨生怕惹我不快，万云萱紧盯着他，他便紧盯着我，声音清冷地对万云萱道：“你说。”

万云萱咬牙瞪我一眼，仿佛我才是这个电梯里不该有的电灯泡。她娇嗔着跺跺脚：“人家要和你单独谈！”

裴俨不再回避，淡然迎上她的目光，俨然一副长辈口吻道：“在我看来，这就算是单独谈了，反正无论你对我说些什么，我都会一五一十地向你嫂子禀报，你还不如让我省点工夫，让她旁听。另外，扔鸡蛋的事既然你嫂子已经当众教训过你，我就不另外找你麻烦了，希望你好自为之。”

“……”

看着万云萱那似曾相识的痴情模样，我不由得动了恻隐之心：“算了，我可以不旁听，也不会向你俨哥哥打听你们之间的私密谈话，你们好好聊聊。”

我虽是个醋坛子，且对万云萱毫无好感，但念在董事长对裴俨有知遇之恩，我应对她予以宽容，但事不过三。既然她想和裴俨单独谈话，我愿意回避，这点风度我还是有的。

恰好，负一层到了，我快步走出电梯，甩了甩手示意裴俨松开我：“我自己开车回去就行，五点半我来接你下班。”

“我送你回去。”裴俨不肯松手，对万云萱不管不顾，紧跟着我走出停车场。

我没好气道：“这是上班时间，你理应留在公司，更何况我车技比你好。”

裴俨满不在乎，一副耀武扬威的样子道：“车技好有什么用，最后还不是得做我老婆！未来裴太太，我坚持送你回去，并对你刚才故作大方的行为嗤之以鼻。”

“……”

第十章

报告，我想多囤几本结婚证

董事会执行力很强，当天下午便做出与我解约的决定，我总算松口气。彻底解除与Voodoo的合作后，我可以利用自己的设计经营自己的宠物时尚品牌。

有过一抹金的霸王条约和Voodoo的捆绑合作后，我深深领会到一点，自己的创作宁愿死在自己手里，也绝不能把主权交出去任人摆布。如果这次不是仗着裴俨有几分薄面，我的作品保不准要被Voodoo雪藏多久，而我什么都做不了。

这晚，裴俨又在我公寓待到深夜，直到我爸关掉电视拉下老脸催促他离开，他才不情不愿地拉着我的手走到公寓门口。

我爸坐在沙发上冷冷地朝我们瞥一眼，阴阳怪气地叹息一声，道：“现在的年轻人真是矫情，明明各睡一晚明天就见面了，隔着几扇门而已。少在我面前作秀，我是不会心软的，都给我回房去！”

我脸色一沉，摆摆手示意某人赶紧离开。他凑到我耳边轻声道：“回房后给我发视频，我要看着你睡。”

我说“好”，然后无视某人哀怨的脸，狠心关上门。

我回到沙发边，抱起抱枕坐到我爸身边，开门见山地问：“爸，明人不说暗话，你如此用心良苦地从中作梗，是不是担心我未婚先孕，不得不奉子成婚？”

我爸正端着茶杯喝热茶，冷不丁听见我一番奔放露骨的言辞，一口热茶险些从口腔喷出。

我爸连忙放下茶杯，回头狠瞪我一眼：“你说什么呢！我一个字都不想听懂。我要睡了，你赶紧回房去！”

我放下抱枕起身，没好气道：“爸，我学长是个好男人，有些事你实在想多了。”

“喃，你等着。”我爸蹲到行李箱前，从里头东摸西找拿出户口本，我不明所以地接过，不解地看着他。我爸难得一脸慈祥，苦口婆心道：“虎崽子，你好好听着，只有出现在户口本里的人，才是你家人。就算是我和你妈，都会有离开你的一天，更何况是别人？你不要轻易把全身心交出去，我怕你以后会受伤。这是你第一次恋爱，你心瘾重很正常，可万一发生什么，你要我拿什么安慰你？”

我不以为意，撇撇嘴道：“爸，你和我妈年轻时不比我现在疯狂多了？怎么现在事情到我头上，你会变得这样瞻前顾后？”

我爸干脆抬手拧住我耳朵：“虎崽子，还敢顶嘴？你说你老爸为什么这么瞻前顾后？疼你呗！我当年就觉得生个儿子省心，结果你偏偏是个女孩。我和你妈别的不怕，就怕你被人骗了感情，伤心难过，寻死觅活。尽管小裴为人好像挺正直，但越是信任的人到最后往往伤你最深，你绝不能掉以轻心，要时常提防他，直到他光荣地成为我的女婿。”

我心里暖暖的，尽管眼前的老爸摆着一副凶恶相。我随手将户口本放到茶几上，然后回房钻进被窝，捧着平板电脑和心爱的他视频。

裴俨目不转睛地看着我，过了许久都不说一句话，翘长的墨色睫毛微微扇动，深邃的眸子在一闭一合间涌动着无法言说的深情。这双眼有我无法抗拒的魔力，让我整颗心随之而变得柔软。

他的眼睛，是世上最亮的星。

我躺在床上笑眯眯地问他："想聊会儿天再睡吗？"

裴俨靠在枕头上一动不动，唯有眼睛对我一眨一眨。我静静地看着他，在这漫长黑夜里，除了陪他沉默，我已找不到任何一种更美的诉说。

我们就这样一言不发地看着彼此的眼，在模糊的视线里渐渐睡去。忽然间手机响了，我顿时惊醒，立马伸手拿起手机。

——我想见你。

裴俨给我发来短信。

我第一时间把头探向平板电脑，果然，QQ在我熟睡以后掉线了，视频突然中断。我立即向裴俨发送视频邀请，他很快便接了，那双令我心动的眸子立刻出现在屏幕里。

我向他微微一笑，眼皮不知不觉又压下来。手机铃声突然又响，我立刻睁开眼，条件反射地看向平板电脑。视频通话仍在继续，裴俨静静地看着我。不知是不是错觉，他的眸子竟染上一抹忧色。

我拿起手机一看，裴俨又给我发来了第二条短信。

——想见你。

我不得不让自己保持清醒，轻声问他："想聊天吗？"

他拿起手机按了几下，紧接着我的手机便又来了一条未读短信。

——想见你。

裴俨没有再放下手机，我这边如同遭到黑客入侵一样，短信一条接一条地疯狂涌入，我不得不关掉铃声，然后打开信箱逐条查阅。

想见你

想见你

想见你

想见你

想见你

想见你

想见你

想见你

想见你

……

“我去趟洗手间。”我对视频里的人说，然后翻身下床，小心避开平板电脑摄像头正瞄准的角度，然后从书桌上拿起一串钥匙，蹑手蹑脚提心吊胆地出了房门。

我甚至没有穿鞋，我怕惊醒在客厅里沉睡的另一只大魔王，我老爸。

我冒着挨揍的危险贼兮兮地打开公寓的门，然后猫腰钻出去，再小心翼翼地关上门。我不能让我爸有所察觉，更不能让隔壁老裴有所察觉，我要给那个坏蛋一个惊喜。

我拿起手里的钥匙，插进隔壁公寓的锁孔。我才推开门，躺在床上的男人便难以置信地坐起。

为了让我在视频里能够清楚看见他的脸，这些天晚上他一直没有关灯入睡。他在突如其来的惊喜中呆呆地坐在床上，等着我朝他飞扑过去。

我没有让他久等，伸手关上客厅的灯后，便快步向着床的位置走去。

一只温暖的手在黑暗中扣住我的手腕，紧接着我便跌进一个同样温暖的被窝。裴俨从背后拥住我，我能感受到他剧烈的心跳，仿佛就在我耳边响起，仿佛就在我心间跳动，真实得如同这长夜里的拥抱。

“是你自投罗网，别指望我会放你走。”他紧拥着我轻声道。生怕我趁他熟睡后溜走，他要我转身，谨慎地将我的胳膊枕在颈下。

我与他相视而眠，更近更真切地看着那双在视频里让我着迷的眸子：“我不走，反正明天有你陪我一起挨骂。”

裴俨不住地向我靠拢，明明已和我相当贴近，他仍然不满足，直到额头贴上我的额头，他才肯消停。

“未来裴太太，我想问你一个很幼稚的问题。”

哦？我极为好奇：“你问，让我看看到底有多幼稚。”

裴俨略显迟疑，半天才下定决心：“你……爱爸爸多一点，还是爱我多一点？”

我错愕地瞪了瞪眼，倦意顿时一扫而空。他竟会在意这种事？

裴俨见我迟迟不答，略显慌张，立刻又道：“或者……爱爸爸和爱我一样多也行，就是不可以……”

“我最爱你。”我斩钉截铁道，伸出舌尖，舔舐他略显干涩的嘴唇，接着道，“我爸最爱的人是我妈，我妈对我爸也是一样的心情，他们有彼此陪伴共度余生，我一心一意爱你就好。我爸妈是我的亲人，他们和我血浓于水，而你……”我抬手轻抚他的额、他的脸庞、他的唇，忍不住探头亲吻他的眼睛，“你是我的爱人，我和你之间有着超越血缘的关系。这辈子，我再不会像爱你这样爱别人，我最害怕的就是失去你。”

裴俨翻身压住我，借着阳台漏进来的朦胧月色仔细端详我，眼角莫名有些潮湿。我心口一紧，抬手替他擦拭眼角，指尖才触上他的皮肤，他便一把握住我的手，俯身与我缠绵热吻。

他身体的热度透过掌心传进我的掌心，他慢慢松开我的手，双手抚上我脸庞，炙热的眸光蕴含着无限柔情，低沉的话语里流露出说不清道不明的哀伤：“萌点已经远去了，请你不要离开我，请你健健康康、平平安安、老老实实待在我身边。我现在巴不得上班都带着你，一看不见你我就心神不宁，总担心你会不会又被人恶整。”

自萌点遇害以来，裴俨每天为我忙里忙外、奔波劳碌，不论是我的心情，还是我的工作，甚至是我的家人，他无不照料周到。他全心全意为我，却忽略了他自己。

生怕我再次因为内疚而责难自己，在我面前他只字不提萌点的事，甚至小心隐藏自己的情绪。今晚大概是到了临界点，他再也绷不住了。

他急需一个宣泄的缺口，而我欠他一场号啕大哭。

我伸手搂住他的颈脖，试着将他的脸庞尽可能拉近，嘴角带着浅浅笑意："未来老公，你敢在我面前掉眼泪吗？"

裴俨淡淡勾起嘴角，挑衅道："要是我不敢，你能拿我怎么办？"

我不语，合上眼酝酿情绪，一桩桩往事变成一幕幕场景在我脑海里重现。再次睁眼时，我眼里闪着泪光，裴俨温柔地伸手企图替我抹掉，我冷不丁一翻身将他压在身下，低头轻轻抵上他的脑门，眼里的泪水一如当天，我满怀期待带着萌点外出散步，天空下着绵绵细雨，那场小雨打湿了我的雨衣、我的头发、我的脸庞、我的眼眶，缓缓流进我的身体里，酿成一个无声无息的雨夜，从我的眸子流向另一双眸子。

我的眼睛下着小雨，四周寂静的黑刺激着受伤的灵魂挣脱坚强的外衣肆意释放，这场泪雨越发滂沱，犹如我害怕失去他的那个暴风雨夜，终于淹没了他同样无助的双眼。

我分不清他眼里的泪是我的泪还是他的泪，他终于不再压抑自己，将亏欠萌点的眼泪全部偿还。

"找到萌点的遗体了。"他低声倾诉，"在市郊一个垃圾站里，它被人用黑塑料袋裹着。我找人做过基因鉴定，确认是它。"

我心口迎上沉痛一击，紧咬着唇固守沉默，静静聆听他的悲伤。这是裴俨第一次在我面前不再掩饰自己的难过，这是我第一次看见他的脆弱。

他很安静，极度安静，比任何时候都安静，他甚至放轻了呼吸，只任眼泪肆意地淌。

不知是为了安慰我，还是安慰他自己，他轻吁口气，道：“至少它不知道自己最后遭遇了什么，至少它知道我有多爱它，至少它感受到我的女人真心待它。你每天风雨不改地带它散步，和它一起在公寓楼下等我下班，在它最后的日子里，它很幸福，而你给的陪伴甚至超越我。它知道我拥有你，它知道我不再孤单，它走的时候一定很舍不得，但也一定毫无顾虑。”

我极力遏制住抽噎，声音微弱地问：“什么时候找到它的？”

“今天下午，确认是它以后我马上安排了火化，它的骨灰我已经带回荔枝湾。我本以为自己可以不露声色，可当我一个人回到这个公寓的时候，我就知道自己必须投降，我很需要你。”

“你应该让我陪你一起去。”我忍不住轻声责备。

裴俨坚定地摇摇头：“你已经崩溃过一次，我不想再看你崩溃第二次。我怕你不肯原谅自己，会再次推开我。”

“对不起。”我低头吻了吻他，“我不会再畏罪潜逃，不会再推开你。”

他一把将我搂进怀里：“知道就好，不许当逃兵。”

我累了，趴在裴俨的胸膛上渐渐睡去。

翌日。

强烈的光线唤醒了我，我勉强睁开眼时，裴俨已穿好那身我为他设计缝制的深蓝西装，安静地守在床边等我。

我尚未完全清醒，便看见他手里正拿着我的户口本。我连忙坐直身子，揉揉眼睛，不明所以地问：“我的户口本怎会在你这？”

裴俨笑而不语，伸手从床尾拿起一袭事先为我准备的白色旗袍。旗袍上绣着精致的青花瓷图案，长度及膝，款式简单而隆重。

“换上。”他命令。

我茫然地接过旗袍。

他一脸凝重地对我上下打量，似是在思考什么人生难题，静默许久后才分外严肃地问我：“我有必要躲到别处等你换好再出现吗？还是我可以留在这里……”

“你出去。”我没好气地打断道，伸手指了指门口，冷冰冰地瞪他一眼，“你脑子里都在想些什么，还没过门就想拆礼物？”

“哦？”某人邪魅一笑，伸出食指挠挠我下颌，然后看了看表，若有所思道，“这才八点，我们还有两个多小时的时间，应该来得及。”

我继续茫然：“来得及干吗？”

“拆礼物。”某人不慌不忙地脱掉西装外套，解开领带，神态自若道，“然后到民政局注册礼物专利，在你的名字前加上一个夫姓。我预约了十一点登记。”

十一点？

登记？

今天？

我震惊不已，目瞪口呆，尚未回过神，某人便已爬上床，转瞬将我推倒。我连忙伸手抵住他的胸膛：“学长，怎么这么突然？”

“不突然，我都硕士毕业一年有余了，还是童子身，太悲壮了。”

“……”

“我我我……我不是这意思！但是我不否认，这惊天大爆料让我万分欣喜。我爸他人呢？昨晚我悄悄离开，他有没有生气，有没有揍你，有没有朝你大吼大叫？”

“并没有。”某人沉着应答，手落向我的腰，“咱爸愉快地外出玩耍了，具体情况等我办完正事再向你一一禀报。”

办完正事……

我咽了咽唾沫：“学长，咱们有必要统一一下思考的方向，你所指的正事是……”

“结婚登记，灵肉结合。”

“……”

“等等！我们这么做，我爸知道吗？”

“当然知道。你昨晚偷偷溜过来，咱爸确信你已非完璧，我一说要拿户口本他就同意了。咱爸骨子里是个很传统的男人，正中我下怀。”

他的眼神越来越炽热，一双修长好看的手渐渐伸向我的领口……

我穿着裴俨为我准备的那身青花瓷旗袍出门，比预约时间提前了二十分钟抵达民政局。四周格外肃穆，一对对爱侣紧握着彼此的手紧密相依，耐心等候屏幕上弹出自己手中的号码，笑脸上洋溢着甜蜜的幸福。

宣读结婚誓词时，裴俨冷不丁从口袋里掏出手机放到我们中间，压低声音对我道：“念誓词时声音要尽可能嘹亮，要是录音不清晰，我会要求重新宣誓。我这么做完全是为了你。”

“……”

我咬牙瞪他一眼：“我可没要求你这么做。”

某人点点头：“你确实没有开口要求，可我一直都很体贴不是吗？我怕你婚后不老实，要敢再看别的男人，我就把这段录音放给你听，以免你管不好自己的眼睛。”

“……”

我干脆拿起手机，瞄准传声器的位置朗声宣誓：

“我们自愿结为夫妻，从今天开始，我们将共同肩负起婚姻赋予我们的责任和义务：上孝父母，下教子女，互敬互爱，互信互勉，互谅互让，相濡以沫，钟爱一生！今后，无论顺境还是逆境，无论富有还是贫穷，无论健康还是疾病，无论青春还是年老，我们都风雨同舟，患难与共，同甘共苦，成为终生的伴侣！我们要坚守今天的誓言，我们一定能够坚守今天的誓言！”

念完誓词后，我如释重负地将手机递还给裴俨，他心满意足地接过，放到嘴边，出其不意地柔声呢喃："老婆，我爱你。"

然后才结束录音。

颁证员用看两个神经病一样的眼神打量我们，淡定地堆起满脸职业笑容，将两本结婚证交到我们手上："恭喜两位，祝愿你们长长久久，终身幸福。"

"一定会的。"某人较真附和，如获至宝地接过两本结婚证，彬彬有礼地询问颁证员，"冒昧地请教一下，结婚证我们可以多要两本吗？"

颁证员笑容一僵。

我瞬间石化，很想假装不认识身边的男人。

面对周遭嫌弃的目光，某人丝毫不受影响，立场坚定、一本正经、言之凿凿道："抱歉，我知道我的请求很唐突，但我太太总是丢三落四，像结婚证这么重要的东西，我认为很有必要多囤几本。"

颁证员满脸黑线："抱歉，裴先生，我们不能因为你太太是个丢三落四的人就破格给你们这组家庭颁发四本结婚证，这是前所未有的事情。"

说着，颁证员向我投来一个求救的眼神，意思是——裴太太，麻烦你赶紧带上你的神经病老公离开！

我不敢耽搁，挽着裴俨急急忙忙奔出民政局。

我略显气喘，抬眸瞥了瞥某人，他满脸不悦地盯着我，完全没有自己有错在先的觉悟，反过来责备我："这么着急离开做什么？结婚证我还没要够呢！"

我连忙竖起三根手指，拍着胸脯夸下海口："我保证，像结婚证这么重要的东西，就算我有熊心豹子胆也不敢弄丢，我保证，我会保管好结婚证，我发誓！"

"那好吧。"某人一脸慈悲为怀、宽宏大量的表情，很是勉强地点了点头，"既然你这么自信，我没有理由不相信你。"

我长舒一口气，放眼眺望暴风雨停歇后万里无云的天。我再不会允许任何人从我身边带走我的至爱至亲。

穿过民政局的门再走出来时，我心里的感受难以言表。我抬眸看看身边的男人，他同样在看我。紧了紧握住我的手后，他凑到我耳边，声音压得极低，冷不丁问："还痛吗？"

我咬咬牙，傲娇地别过头："我不想和你探讨这种内在问题。"

"那我今晚自己探讨。"

"……"

我万万没想到，离开民政局之后，裴俨没有直接带我回公寓，而是绕道去了匪匪庄园。

原来在昨晚，裴俨和祁箫檬有过通话，所以今天一大早，祁箫檬便高高兴兴地到我公寓接走了他的偶像，贾霆霆先生。

如果是平时，我老爸一般不愿意跟外人走，可是祁箫檬用跑车引诱他，他也在公寓里闲了好些天，早就坐不住了，便心甘情愿地跟着祁箫檬外出兜风。

我和裴俨抵达匪匪庄园时，祁箫檬正和我爸在庄园农场里参观羊驼。

今天阳光正好，风也不大，我的四周被一片绿茵茵的草地所环绕，一道道木栅栏犹如画者落下的每一点、每一线，在天幕下勾勒出一道道美好的风景。羊驼懒洋洋地躺在栅栏里晒太阳，不时一脸疑惑地朝我投来目光，然后又别过头，向隔壁奶牛圈眨巴眨巴眼，仿佛是在思考奶牛和斑点狗撞衫的原因。

我爸和祁箫檬似乎很投契，祁箫檬不知在对我爸说些什么，我爸听得出神，甚至没有察觉到我和裴俨已经走近。

"爸，在想什么呢？"裴俨主动向我爸招呼。

我爸回过神，视线看似不经意地扫过我那身青花瓷旗袍，嘴角扬起若有若无的笑意，语气淡然地问裴俨：“事情都办好了？”

裴俨会意一笑：“当然，贾橙跑不掉了。爸，这个上午玩得开心吗？”

我爸伸手拍拍裴俨的肩膀：“我很满意你的安排。”

祁箫檬在一旁围观，先是旁若无人地对我上下打量一番，好像我穿上旗袍是一件很神奇的事一样，然后不服气地撇撇嘴，冷眼瞅了瞅裴俨：“你喊谁爸爸呢？”

裴俨挑挑眉：“喊你偶像。”说着，他从西装口袋里摸出结婚证，像个喜得大奖的孩童迫不及待地向亲友炫耀。

祁箫檬愣怔了下，错愕地回头紧盯着我：“你嫁了？”

我点点头。

他表情微妙地睨裴俨一眼：“算你狠！”

裴俨一脸自豪：“总之，你没有任何逆袭的机会，但我岳父你可以随便亲近，我不吃这坛子醋。不过我还是很好奇，在我们来之前，你和我爸在谈些什么？”

祁箫檬目光闪烁，分明偷瞄了我一眼：“我们也没谈什么。”

我爸在一旁神补充：“只谈了一位叫一抹金的女士，当然，免不了提起贾橙。我终于知道事情始末了。”

我恶狠狠地瞪了祁箫檬一眼：“你告诉我爸这些做什么，徒惹他担心！”

我爸也恶狠狠地回瞪我：“不知道才担心！我来了这么些天，你和我女婿嘴巴就像粘了强力胶似的，什么都说，就是不说实际情况。”

彼时，我注意到一辆货车驶进农场，三只羊驼正被饲养员牵着送进栅栏。

祁箫檬冷不丁道：“这是之前贾橙向我借走的三只神兽，我要回来了。我本就不是真心想帮一抹金的忙，况且最近又出了这么一桩事，我担心她会对我的……”

祁箫檬及时打住话头，不安地瞥了瞥裴俨，突然话锋一转："该吃饭了，我带你们到别墅吃顿好的。依我看，这周末你们都留下来？反正我家有的是地方。我认为你们需要一个新的环境摆脱苦闷的心情，匪匪庄园有蓝天、有白云，还有这样一大片绿油油的草地，很适合散心。"

我毫不犹豫地说"好"。

祁箫檬表面上吊儿郎当，但终究是个善良的人。

我略担忧地看了看裴俨，他的眼中闪过一抹不难察觉的忧色，稍纵即逝。

他还需要时间放下，我也需要，换个环境对我和他都有帮助。

不知出于什么原因，我爸围观完羊驼和奶牛以后便执意要离开，态度之坚决让我无法理解。我追问理由，他便搪塞说惦念我妈，既然已确认我身边有人照顾，而我的事也有人为我奔波，而为我奔波的人又都很靠得住，他使命结束，功成身退，是时候该回家复命了。

彼时，车子已经停在祁箫檬的别墅门前，我爸却说什么也不肯进去，突然对周遭的人和环境充满戒备。

说不清为什么，我隐约察觉到我爸似乎一接近别墅便莫名紧张，我动之以情，晓之以理："即便要走好歹先吃顿午饭，何必急于一时呢？"

可他怎么都无动于衷，并希望趁早离开，越快越好。我无可奈何，只好妥协，打算先送我爸回公寓收拾，然后送他去机场。可这边祁箫檬又百般劝阻，非要我和裴俨留下过夜，甚至表示可以派司机送我爸离开。

祁箫檬过分热情，我不由得对他生出几分怀疑。裴俨早已有所察觉，拉下脸冷冰冰地质问："除了治愈我的心病，你最好给出一个我们必须留下且站得住脚的理由，否则免谈。我们又不是一家人，没必要非得住一起。"

祁箫檬没辙，摊了摊手，坦白招了："好吧，我承认，让你们留下实际不是为了你们，是我想送万延森一个惊喜。听我爸说，他这周末要过来做客，而且还要留宿，我寻思着有你们在，一定会更加热闹。"

万延森？不就是万云萱她爹，Voodoo的董事长？

我咋舌。

裴俨不由得锁起眉头："我怎么不知道董事长和你们家也有交情？"

祁箫檬不屑地冷哼一声："交情算不上，只是我在英国念书的时候和他女儿就读同一所高中，后来我因为作风太狂放被学校开除了。而这个万延森……他好像知道我在利用我爸的人脉追查贾橙的事。你们说奇不奇怪，他好像不太乐意我追查下去，为此，这已是他第二回要亲自登门拜访我爸。"

裴俨神色一凛，冷冽的眸光里透出几分狠绝。

当晚，我和裴俨还有祁箫檬一起送我爸到达机场，然后又返回匪匪庄园。

如果一切正如祁箫檬所说，万延森不太乐意祁箫檬为我的事追查下去，那么很有可能，追查下去的结果会对万延森不利，否则他有什么理由阻止？

难道万延森和虐狗门事件有关？

他必定有什么事不愿意被外人所知，又或者是……不愿意让裴俨知道。

翌日傍晚。

我和裴俨被别墅的用人带到二楼饭厅时，我虽没看见万延森，但很肯定他已经到了，因为我看见了他家野蛮千金万云萱。

她和祁箫檬在饭厅里相谈甚欢，一看见我便如一只刺猬，倏忽站起瞪着我，咬牙切齿道："你怎么也在这里？"

我委实被她这副对我不加掩饰的厌恶态度气着了，便勉强自己堆起笑脸，亲昵地靠着裴俨的肩膀，然后又指指祁箫檬，对她道：“假如我说我脚踏两条船，你信不信？”

万云萱声音尖锐地笑了笑：“我当然信，我早就听说过你和祁箫檬关系不简单。”

万云萱下意识偷瞄一眼裴俨，似乎期待他会做出某种反应，然而他一脸淡然，并未对她的话语加以理睬。她便再接再厉，抿一口红酒，继续说道：“我听说贾小姐在萌葩星上班的时候，为了向祁箫檬借点东西，不惜献出自己年轻的身体作为回礼，嗯？”

裴俨不由得攥紧拳头，我轻轻地拍拍他胳膊，示意他别为我轻易动肝火，然后维持一脸笑容试探道：“万小姐，这种狗血剧情你是听谁说的？”

万云萱耸耸肩，一副无可奉告的样子：“听谁说的不重要，我只知道这些都是事实。”

我不屑解释，索性顺着她的话头往下接：“是的，这屋子里的年轻男人都和我有着不清不楚的关系，而万小姐正好相反，他们都和你毫无干系，你记着这点就好。”

万云萱没料到我会当着裴俨的面坦荡荡地承认自己的“罪行”，她的指控竟没有伤害到我，这让她很受挫，而裴俨那副若无其事的样子更让她失望。

祁箫檬唯恐天下不乱，自然乐于配合我，他连忙放下手里的酒杯，佯装惊讶地对万云萱道：“贾橙和我确实有点不为人知的暧昧关系，我还以为我们隐藏得很好呢，你是怎么发现的？太神奇了！我承认，是我死缠烂打，就算贾橙结婚了，我也不会退缩，我不介意拖一拖别人婚姻的后腿。面对爱情，我就是这么执着！”

我嘴角抽搐，偷瞄身旁的裴俨一眼，他双手握拳，青筋都要爆裂了。

祁箫檬有意把娄子越捅越大，干脆离开沙发走到我左侧，一副绅士模样朝我勾起了胳膊，示意我挽着他。彼时裴俨站在我右侧，正微微探头注视着祁箫檬的一举一动，见状，他立刻将我甩到另一侧，然后伸出手臂，不客气地代替我挽住了祁箫檬。

一时间，我们三人紧密地纠缠在一起。裴俨站在中间，一只手牵着我，一只手挽着祁箫檬，画面颇让人想入非非。

祁箫檬一副被骚扰的屈辱表情，嫌弃地甩了甩胳膊，可一时间无法挣脱，便只好压低声音责备裴俨："放开我，你这个死变态，你好恶心啊你知道吗？"

"就当我是，我认了。"裴俨镇定自若，一副大义凛然的样子，道，"如果在我的婚姻里，我们夫妇之间必须有一个人和你不清不楚以满足你的私欲，我宁愿牺牲我自己。你离我老婆远点。"

祁箫檬干呕一声："我很愿意离她远点，你倒是放开我啊！"

万云萱跌坐在沙发上，明显一副看不太懂的样子："你们三人在那嘀咕什么？"

她咬咬牙，因为被忽略而感到不满，快步朝我们走来，狠瞪我和祁箫檬一眼，叉着腰命令道："你们两个都放开我俨哥哥！特别是你！"

"嗬，要是我不放呢？"我仰起头便往裴俨脸上"吧唧"一口。

刚才祁箫檬开玩笑说就算我结婚了他也要横刀夺爱，万云萱大概只当这是假设，压根没把"结婚"二字往心里去。当下她醋意大发，踩着十寸高跟鞋便要扑过来推开我，裴俨立刻松开祁箫檬，搂着我往后退去。

祁箫檬默契地挡在最前，仍嬉皮笑脸地一把将万云萱拉开："万千金，贾橙和裴俨都是我的客人，你可不能对他们动手动脚啊。不过……对我动手动脚没关系，我乐意。"

"你让开！"万云萱气恼得直跺脚，"我对你这种花花公子不感兴趣，我才不会对你动手动脚呢！"

“哦？”祁箫檬不怒反笑，双手抱胸打趣道，“看来你只对有妇之夫感兴趣？那我是不是得赶紧结个婚，才能换来万小姐的青睐？”

“你什么意思！我才不喜欢有妇之夫呢！”万云萱的脸色青一阵白一阵，咬牙切齿地瞪着祁箫檬。

我和裴俨自然都知道，祁箫檬正极力向万云萱暗示我们的最新关系，奈何这野蛮千金正在气头上，听不进大实话。

伴随着一阵交谈声，饭厅的门再次被推开，祁箫檬的父亲祁远达陪同着万延森有说有笑地走了进来。

我顿时松口气，倘若不是两位长辈及时出现，这僵局不知要如何收场。

祁箫檬的父亲祁远达表面上看是一个相当和气的人，他不像万延森那般待人总透着几分疏离。许是久居庄园的原因，祁远达身上散发着几分年轻人的朝气，双目炯炯有神。比起终年固守办公室的万延森，祁远达明显年轻有活力一些。

“祁叔叔。”我主动打招呼。

祁远达和蔼地笑着点点头，热情招呼我们到饭桌前坐下，然后指指我和裴俨，向万延森介绍：“这讨人喜欢的小两口是犬子的朋友，他们俩昨天就到了。哦对了，老万，你和小裴应该是旧相识了？”

“是，小裴是我的左膀右臂。”在别墅里遇见我和裴俨，万延森略显意外，但转瞬又恢复镇定。显然，他从祁远达刚才那一番谈话中敏锐地捕捉到某个关键词，阴沉的眸光飞快在我和裴俨脸上扫过。

裴俨淡定地笑了笑，一如昨日向祁箫檬炫耀喜讯那般，从容开口道：“董事长，昨天我特地请了一天事假可不只是为了到匪匪庄园享乐，我和贾橙领结婚证了，她现在是我太太。”

“什么？”万云萱惊诧不已，甚至罔顾有长辈在场，愤愤然拍案而起，一双水灵灵的大眼睛似能喷出火来，“俨哥哥，这不是真的，这绝对不是真的！你怎么可能会娶这种卑贱的女人？”

裴俨态度漠然地迎上她审视的目光："在我心里，没有比贾橙更可贵的女人，我非她不娶。有长辈在场，还请万小姐自重。"

"万小姐……哈哈哈哈！"许是打击来得太突然，万云萱近乎崩溃，突然歇斯底里地大笑数声，然后端起面前的柠檬水，对准我的脸甩手一泼。

我下意识闭了闭眼，感受着柠檬水敷在我脸上的凉意，内心的怨怒腾腾升起。

万云萱仍没感到泄愤，咒骂声断断续续地传来："俨哥哥，你怎么能娶这种女人！就因为她，你无数次将我拉入手机黑名单。我为了能够联系你，天天换着号码给你打电话，可那又怎样？你一听见我的声音就称忙，挂断电话！和我在一起，你有机会继承Voodoo，而这个卑贱的女人能给你什么？她人尽可夫，到处勾引别人的男人，先是祁箫檬，然后是你，以后不知道会是谁。她只会拖垮你，让你陪她活受千夫所指！"

"你闹够了没？"万延森终于按捺不住，试着伸手按下万云萱。

奈何万云萱娇纵惯了，哪里是一两句话就能够制止的？在某种程度上，万云萱和一抹金是同一类人，她们都很自我。不同的是，一抹金有狠劲和手段，而万云萱有的只是脾气和后台。

她扯高嗓音道："我没闹够！俨哥哥，我给你最后一次机会，只要你马上和这个女人离婚，并立刻娶我，我愿意不计前嫌，Voodoo的股份我有多少你就有多少。"

裴俨置若罔闻，沉住气从饭桌上抽出纸巾替我擦干脸庞，然后二话不说，端起我面前的水杯，出其不意地朝野蛮千金愤然泼去，算是以牙还牙。

一时间，饭厅里彻底陷入沉静。那杯被泼在万云萱脸上的柠檬水浇熄了我的怨怒，我突然一点火气都没有了。

万云萱满脸潮湿，她的咒骂声随之戛然而止，她难以置信地瞪大了眼，脸色煞白地盯着裴俨："俨……俨哥哥……你居然……"

裴俨不屑与对方理论，扶着我起身离座，依然心怀尊重地朝万延森半鞠了一躬，语气里却少了往昔的温度：“董事长，感谢您这些年以来一路栽培，我正式向Voodoo提出离职申请。万千金脾气实在太大，私底下骚扰我我可以默默忍了，可当众诋毁甚至攻击我太太，我不能忍。”

走出饭厅后，我怯怯地瞅裴俨一眼，他板着脸十分严肃，仍然对刚才的事耿耿于怀。

我挤出笑脸，轻声问：“真要辞职吗？”

“当然，我从不虚张声势，凡事说一不二。”裴俨一脸心疼地摸摸我脸蛋，“被人当众羞辱还有闲工夫操心我的就业问题，怕我失业养不起你？”

“不是不是！”我拍着胸脯一脸自信道，“你养不起我，我还能养得起你呢！”

裴俨侧目：“你拿什么养我？你现在也失业了。”

“我可以创业啊！”我充满雄心壮志地握了握拳，目光炯炯有神。

裴俨搂着我回到三楼客房，关上门时，我笑眯眯地问他：“你有没有在万云萱身上看到你老婆的影子？我对你痴情的程度正如她对你。”

裴俨一怔，没好气地朝我瞪瞪眼，推着我走进洗手间：“我老婆和万云萱一点也不像。”

他拿起我的洗面奶挤出一点涂在掌心，然后用温水淋湿指尖，在掌心揉出一圈泡沫，再轻轻抹上我的脸庞。他低沉的话语里竟莫名流露出一番不容忽略的自豪感：“我老婆当年虽然很能折腾，但从不会无理取闹。她进退有度，奇招百出。当年为了让我记住她的名字，她给我送了好久的橙子，但几乎不与我交谈。纵然再想见我，她也只会掐着我的下班时间到我公司停车场默默等我。有时候我要加班，她就一直傻傻地等，从不会打扰我。她也不会因为我对别人有好感而攻击对方，她甚至和那个人成了很要好的朋友。这就是她的可爱之处，她懂得如何尊重人，如何善待人，她从不会被嫉妒所左右。好了，应该没问题了。”

裴俨伸手试了试水温，然后退到一旁让我清洗脸庞。彼时，有人叩响房门，裴俨立马警惕起来，不情不愿地走去开了房门。

祁箫檬扶着门框，颇有造型地站在走廊上。看见我从洗手间里探出脑袋，他一脸幸灾乐祸地问我："裴太太，柠檬水有没有护肤作用？"

我咬咬牙："有，等下我朝你泼够一浴缸的量，保证你明天起来年轻五百岁。"

裴俨对外人惜字如金，不屑于与祁箫檬打嘴仗，作势要关门。祁箫檬及时伸手挡住："难为我一心惦记着你老婆，特地上来看看她是否安好，你怎么一声不吭就关门呢？"

"不用惦记我老婆。"裴俨关门的动作更加决绝。

祁箫檬立马放软态度："好了好了，怕了你了，我只是来通知你们，直播时间到了。"

我用毛巾擦干脸，好奇地走到房门口："什么直播？"

祁箫檬扬起一边嘴角，坏笑道："我爸和万延森的面谈直播呀，别告诉我你们没兴趣。"

祁箫檬带我们上了别墅四楼，他的书房就在他卧室隔壁，而他爸祁远达的书房在别墅五楼，恰恰就在他的书房正上方，连规模、装潢都一样。

祁箫檬带我和裴俨走到书桌边，书桌上摆放了两台电脑，一台手提式，一台台式。

我移不开眼地盯着台式电脑，此刻里头正同步转播祁远达和万延森在五楼书房的一举一动。

我咋舌，祁箫檬这逆子居然在他爹的书房里安装摄像头？难怪他刚才一脸得意地要我们到他书房里看直播！

可我对他这番作为委实不敢恭维："祁公子，你这么做，你家里人知道吗？"

祁箫檬不以为耻，理直气壮道："当然不知道，要知道还得了？这是前晚我趁他睡着的时候偷偷溜进去安装的，等万延森离开后，我再神不知鬼不觉地把摄像头卸了，这样我爸保证打不死我。"

"……"

祁箫檬考虑周到，已事先在书桌前布置好观影位，让我和裴俨可以舒舒服服地坐下。

事关虐狗门，我决定不拘小节八卦一回。

为了可以更清楚地听见监控画面里的谈话内容，我们渐渐放缓了呼吸。

万延森和祁远达表面友好地碰了碰酒杯，酒杯里的冰块被泡在晶莹剔透的黄色液体里，那大概是威士忌。

祁远达和颜悦色道："犬子和裴太太大概是很要好的朋友，不然他也不会留她和她的先生在庄园里过夜。他对裴太太的事确实特别上心，自打虐狗门事件在网络上曝光以来，他日夜为裴太太东奔西跑，简直比忙家族事业还要用心。这段日子他天天嘴里喊着要伸张正义，我还是头一回见他这么热心。身为父亲，我当然要支持他，只是没想到这件事还会牵扯到令千金。"

我不由得心下一沉，难道萌点的事和万云萱有关？难道……她也参与其中了？

想起黄昏时候她一见我就冷嘲热讽，张口闭口就是听说我在萌葩星如何如何，问及她从何处听说她又有意回避……她该不会和一抹金认识吧？

万延森在电脑屏幕里握着酒杯轻轻摇晃："老祁啊，今晚你也看到了，萱萱是被我们惯坏了。怪我啊，她从小就被送到国外念书，一年和我难得见几回，所以不论她提出什么要求我都尽量满足她。你瞧瞧她今晚都做了什么糊涂事！突然遇到一个不肯买她账的男人，那丫头就魔怔了，觉得对方有个性，一头就栽了进去。我看她那样固执，虽说心疼，但又理解，裴俨那小子确实是我近年来遇到的最中意也最优秀的人才，所以我忍不住就想帮她争取争取。今晚她闹，从某种程度上来说是我有意纵容，毕竟事关她一辈子的幸福。我允许她失控，就当是默许她为自己的感情做最后的努力，不论场面有多难看、有多丢人。再说了，我也挺想看看裴俨的态度，让你见笑了。”

“哪里哪里。”祁远达连忙摆了摆手，“年轻人嘛，年少气盛，偶尔有冲撞很正常，比起犬子，令千金算是老实多了……”

我撇撇嘴，恨不得冲上五楼为祁箫檬抱打不平，比起万云萱，他简直是个听话乖巧、脾气又好且心地善良的小少爷好吗！

祁箫檬注意到我的不满表情，忍不住浅笑一声：“别往心里去，我爸摆明是跟别人客气客气，好让万延森有个台阶可以下。”

彼时，有人敲响书房的门，我做贼心虚，不安地看了看祁箫檬，他淡定地应允一句，用人便推着餐车走进了书房。

转眼间，书桌上便摆满了各式各样的美食，有牛排、鸡翅、清蒸蜗牛、海鲜意面、番茄鳕鱼汤，连甜点、沙拉都一应俱全。我看得眼睛都直了，两眼发光地看着祁箫檬，他慷慨地一挥手：“快吃吧，刚才场面太尴尬，你们俩上楼后，我也没了心思吃饭，现在正饿得慌。”

那我也不客气了。我果断捋起袖子，拿起餐具夹起一块蜗牛肉吃进嘴里，然后伸手拉了拉裴俨的衣角，生怕他的矜持会让他错过美食吃大亏：“你怎么不吃？”

某人绷着冷脸盯着监控画面，坚决摇头，将美食抵制到底。

很好，是条汉子。

面对美女坐怀不乱算什么本事，有本事就像他这样，眼前摆着一桌香喷喷的饭菜，他却不为所动，仙气凛然，俨然一副不食人间烟火的样子……

祁箫檬看不惯他这派禁欲作风，便采取迂回战术刺激他：“怎么，别人往你老婆脸上泼柠檬水，你打算搞行为艺术绝食抵抗？”

裴俨冷哼一声，不为所动。

偏偏祁箫檬爱耍小孩脾气，别人越无视他他就越带劲："要不这样，你先回房间打坐禅思八百回合，让我和你老婆轻轻松松吃顿饭？"

"你做梦。"裴俨终于有了反应，目光如冷剑，瞪了祁箫檬一眼。

祁箫檬不甘示弱，冷哼一声："随便你，反正全市最好的厨子就在我家里，谁不吃谁后悔。"

大魔王不屑地耸耸肩："那是因为你没吃过我做的饭菜。"

"是是是。"我立马打圆场，将切好的牛排咬一口然后送到裴俨嘴里。他倒是赏脸，看是我吃过的，便心甘情愿吃下了。

祁箫檬不禁侧目："原来这才是目的？就爱吃贾橙吃过的？"

裴俨坦荡荡地点点头："要是你身边也有这样一个小可爱，你也愿意天天被她围着转。我恨不得自己变成一只袋鼠，把她装进怀里，不让她离开我半步。"

我不由得脸颊一热，忍不住在书桌下朝他轻踹一脚。

祁箫檬佯装恼怒，"哐当"一下丢开餐具："我特地把你们小两口请到书房来是为了让你们观看直播，而不是为了围观你们的恩爱日常，真是够了，放过我行不行！"

彼时，监控画面里的祁爸爸和万爸爸终于结束枯燥无味的育儿经交流，转而回到之前谈论的话题上。

万延森的酒杯已经空了，祁远达拿起酒瓶又给他倒满一杯，然后从冰桶里夹出几块冰块放进他的酒杯里，语气淡然道："祁董，今晚裴先生的反应您也看到了，他非常在意裴太太。而最重要的一点是，他和裴太太的婚姻已经得到法律的承认和保障，令千金再不愿意接受现实也得学着接受。她还年轻，没有什么输不起的，更何况她输掉的只是一场不属于自己的恋爱。"

万延森并非不明事理之人，听祁远达一番良言以后频频点头："那令公子的事就拜托你了，停止追查吧，我不希望我的女儿因为这种事而名声受损，我更不想她遭遇网络暴力的攻击。怪只怪她好胜心太强，妒忌心太重，偏偏又涉世不深，年少无知，才会和一抹金那种无良奸商合谋，干出这种不光彩的事情来。一抹金和裴俨有过的接触不多，要不是萱萱无端插上一手，一抹金又怎会知道裴俨养了一条狗？”

我听着登时气不打一处来。

岂有此理！万延森不想女儿名声受损，遭遇网络暴力的攻击，难道别人的女儿就可以名声受损，遭遇网络暴力的攻击？

但有一点我不得不承认，一抹金果然有手段。就凭万云萱那毛毛躁躁的性格，绝对不是一抹金看得上的密谋同伙，但万云萱是Voodoo董事长的爱女，拖万云萱下水，同等于拖万延森下水，甚至拖Voodoo下水。难怪一抹金那晚在电话里如此猖獗，她和Voodoo现在是利益共同体，就算她愿意向公众招认一切，Voodoo都不会同意。

在我旁边，裴俨铁青着脸，紧攥着拳头，眼看着就要火山爆发，我不得不暂时压下怒火，强迫自己先冷静下来。毕竟这是匪匪庄园，祁箫檬为了帮我昭雪，不惜在自己的老爹书房里偷偷安上了摄像头，我们不能在这时候暴露，否则和猪队友有什么区别！

而在我旁边的旁边，祁箫檬难得严肃，他同样满脸凝重，眸色深沉。他轻轻放下碗筷，沉着地拍了拍裴俨的肩膀，试着极力稳住他，缓声安慰道：“忍着，目前还处于收集证据的阶段，还不是对簿公堂的最佳时机。当时你就是这么劝住我的，要么不做，要做就一招致命。为了贾橙，忍着。”

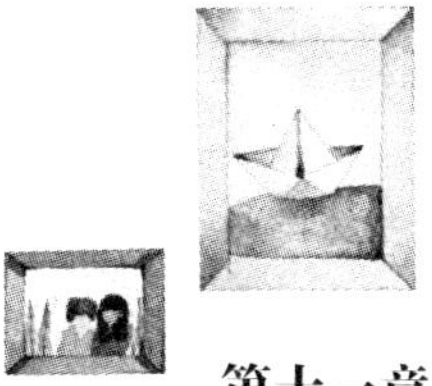

第十一章

金主有本难念的经

不知是不是因为祁箫檬宽慰过裴俨，那晚之后，他们两人对彼此的态度有了微妙的转变，裴俨对祁箫檬似乎更加信任，而祁箫檬对裴俨更加推心置腹。

更叫我惊讶的是，周末已经过去，裴俨非但没有离开匪匪庄园的打算，甚至计划着要在这里小住一阵。

我问及原因，他条理清晰地给我列举了三条站得住脚的理由：一，他已经提交离职申请，结束长达两年之久的高强度工作，理应找个地方好好度假休养生息，匪匪庄园是个不错的选择；二，为了我的事，他和祁箫檬需要经常碰头，他留在匪匪庄园，两人可以第一时间交换信息，比打电话方便多了；三，匪匪庄园是私人庄园，可以让我们免去不必要的骚扰。

以上我每一条都同意，反正嫁鸡随鸡。

裴俨离职的态度相当决绝，Voodoo董事会几番试着挽留他，他都毫不留恋，甚至连工作交接都委托秘书孔望全权负责。

整个Voodoo上下，除了元思和自己的秘书孔望，裴俨拒绝与任何人交谈，包括董事会的各个领导。裴俨只用邮箱和他们联络，他们的来电裴俨拒不接听。

裴俨再没有踏足Voodoo一步，即便董事会终于无可奈何地通过了他的离职申请。

因为我，裴俨彻底与Voodoo撇清关系，他甚至对那个曾经载着他理想的地方怀上了恨意。

不论是在庄园还是在公寓，裴俨都对我寸步不离，如果有要事需要和祁箫檬商议，他也会带着我一起去。

午后，裴俨和祁箫檬约好在四楼的书房碰面，可他们俩男人在谈事情的时候，我身为女人不屑于插嘴，我可以一边监听，一边忙自己手里的事情。

那天我拍着胸口对裴俨说我要创业养他可不是闹着玩的，我早就有创立自有品牌的打算，连品牌名都想好了。

走进祁箫檬的书房后，他们两人在离书桌不远的沙发上坐下，而我则抱着手提电脑径直走向书桌。

裴俨的目光紧追着我："你跑那么远干什么？"

我打开手提电脑，抬头目测沙发到书桌的距离："也没有很远，我要是突然喊救命，你从那边跑到我身边大概用不了三秒时间。"

祁箫檬拉下脸，再次喊停："够了，我到底还要受多少伤害你俩才能收敛一点？"

裴俨得意地朝他眨巴眼："很好，这就是我对付情敌的特殊方法。"

祁箫檬没好气地瞪瞪眼："贾橙已经嫁给你了，再说了，我好像从没说过我喜欢她吧？你以为人人都好你这口？我喜欢丰满的女性。"

裴俨冷不丁回头看我一眼，龇牙笑道："我老婆的身材好不好，只有我知道。"

“你闭嘴！”我即刻喝止，左右扫视俩帅气少年一眼，正气凛然提醒道，“书房是个庄重而神圣的地方，两位请正经点，要谈就谈正事，别谈些有的没的。”

裴俨和祁箫檬终于消停，两人堆起满脸严肃商谈着正经事。他们的话语从不远处传来，动听的男声越发缥缈，我已没闲暇细听，早就投入到企划书的构思中。

我的黄焖鸡创意灵感是裴俨除了他自己之外赐给我最好的礼物，我要好好珍惜，我不会任由我的心血白白浪费，这一系列宠物时装我打算自己出品。

我一边沉思一边敲打键盘，一道阴影出其不意地投到我的电脑屏幕上，紧接着，一道颇具沧桑感的声音便在我耳边响起：“早鸟屋品牌自营计划？”

我陡然一颤，迅猛抬头，便迎上祁远达慈父一样的眸光。

“祁叔叔！”我惊呼一声，立即合上电脑，下意识朝沙发那边张望一眼，那两个帅气非凡的俊美少年已起身向我快步走来。祁箫檬绕到书桌左侧站到他爸身旁，而裴俨绕到右侧回到我身边。

祁远达佯装恼怒地拉下脸，摇摇头不满道：“现在的小朋友还真小气，怎么，怕我看了你的计划书会抄袭你的创意？我们祁氏的F集团卖的是红酒。”

“我不是这意思。”我连忙起身，摆了摆手解释，“我只是不想丢人。我的计划书有诸多不成熟之处，连裴俨我都没好意思让他知道，这份计划书是我背着他偷偷写的，没想到您一不小心就公开了我的小秘密……”

我恼羞成怒，免不了迁怒于裴俨和祁箫檬：“祁叔叔将近一米八的大高个儿，他如此神威地从沙发边经过，你俩都没有看见？呵呵……”

祁远达止不住笑出了声，拍拍我的肩膀，放缓语气安慰道：“你别怪他们，是我让他们保持缄默。我刚送走客人，顺道过来看看儿子在忙些什么。我原以为你是那种特别黏人的小女生，没想到你还挺独立。长辈对晚辈总存着一点好奇心，更何况你又是我儿子很看重的朋友，我有理由对你更加好奇。”

祁远达指了指两个俊朗美少年：“其实他俩也好奇，所以干脆配合我。怎么样，计划书我刚才偷看了一点，再让我看看呗？早鸟屋……是‘早起的鸟儿有虫吃’的意思？”

“对！”没想到祁远达懂我！

我本就城府不深，一高兴便更藏不住心事：“我打算先发展线上业务，等有了一定实力后，再到线下开一所形象店，让顾客对我的品牌更了解。反正我名声不太好，我可以给自己另取个艺名什么的。”

“哦？”祁远达饶有兴味地听着，“你打算取个什么样的艺名？”

“我打算叫……无可奉告！”我总算反应过来，连忙打住话题，“祁叔叔，您老谋深算，偏偏长着一张真诚和蔼的脸，我差点被您的慈父模样迷惑了！”

裴俨在一旁静观我瞬息万变的表情，忍不住抬手宠溺地拍了拍我脑袋：“既然祁叔叔想看，你就大大方方让他看。我们在庄园里白吃白喝了这么些天，祁叔叔可是毫无怨言。刚好书房里有打印机，我马上给你连上，一式三份怎么样？”

我朝裴俨翻了个白眼，毫不犹豫地拒绝：“这份计划书里有提到经营方面的费用预算，我要是让祁叔叔看了，他会误以为我向他要钱投资。”

我回头讪讪一笑，谦逊地对祁远达说道：“祁叔叔，您暂时先别看了，等我把小梦想实现之后，一定与您分享。”

祁远达不依不饶，探头试探道：“要不这样，我保证，看过之后一定不给钱，这总可以了吧？”

我开始动摇了：“您保证？”

祁远达忍不住朗声大笑，越过我坐到书桌前，轻拍着桌面示意我重新打开手提电脑："我活到这把岁数，还是头一回看见有人这么害怕我给她钱，难怪祁箫檬这么重视你这个朋友。"

我撇撇嘴解释："祁箫檬看重我，是因为我爸爸是贾霆霆，并不是因为我有多正直。"

祁远达不由得一怔，定睛看我一眼："原来你是贾霆霆的闺女，难怪脾气这么倔。怎么样，丫头，让我看看你的计划书？"

听这口气，祁远达知道我爸？仔细想想，他儿子是我爸的头号粉丝，他作为父亲对我爸略知一二也是情理之中的事。

长辈再三开口，我不好一再拒绝，便壮着胆子打开了电脑。

祁箫檬俯身探到他爹耳边："爸，沙发那边其实有安装投影仪。"

祁远达情不自禁地竖起大拇指点赞："那再好不过，我书房怎么就没有呢？去把投影仪打开，正好我们可以三个人一起看。"

"不行！只能祁叔叔您一个人看！"

然而，交出去的计划书，泼出去的水，哪里还轮得到我说不，裴俨动作迅速地抢走电脑，快步向祁箫檬指示的位置走去。

试想，连我本人都尚未理清思路的计划书就这样被清晰无码地放大到投影屏幕上，正在研读它的人不是赫赫有名的企业家，就是人人都敬重三分的高管金领，就连祁箫檬这样看起来玩世不恭的浪荡公子，实际上也是个深谙经商之道的企业继承人，在座的人哪一个不比我有经验、有头脑？

我悄声无息地窝在沙发某个角落，仔细观察着每个人的表情。

祁箫檬还是老样子，跷着二郎腿没个正形地坐着，那双眼睛却异常专注。

而祁远达一脸凝重，越看越入神，我无法从他不形于色的眸子里读出褒贬。

裴俨在我身旁静坐，我甚至没勇气抬眸查看他的表情，但我能真切感觉到他浑身散发的气场，一如我进入Voodoo参加终极面试那天，冷漠而疏离，严肃又严厉。

就这样，这三个大人物的审视让我如坐针毡，每一秒我都过得相当煎熬。终于我老脸挂不住了，猫着腰试图从三个男人的眼皮底下跑出书房。

腰间莫名一紧，裴俨及时贴上来，他伸长胳膊把手一揽，搂住我的腰将我拖进怀里。

“哪里逃？”他轻声责备。

我被当场拆穿，顿时满脸涨红，挥舞着手臂要挣脱出裴俨的怀抱，硬着头皮道：“我没有逃，我只是突然想上一趟洗手间。”

“计划书写得不错。”裴俨不肯撒手，紧紧将我抱在怀里，温柔地说道，“就算写得不好也不会有人想揍你，你害怕什么？你的脸是凉皮吗，这么薄？”

我彻底安静了，在裴俨怀里抬了抬头，认真端详他隐藏不住爱意的脸庞：“你刚刚说的‘计划书写得不错’是出于感情还是出于事实？”

“事实。”他语气铿锵，“我不会因为你是我老婆，就违心地赞美你是天仙。做得好就是做得好。不过这仅仅是我的个人意见。”

嗯，这仅仅是他的个人意见，对我来说却意义非凡，我只想要他的肯定，我最在乎他的想法。

意外获得裴俨的认可，我顿时喜上眉梢，整个人马上放松下来。我不再那么渴望逃跑，放宽心朝祁氏父子笑了笑，静候他们的意见。

祁远达再次露出慈父般的微笑，道：“裴太太，恕我冒昧，据我所知，你虽然在不同的两个大品牌公司上过班，但遭遇都比较坎坷，经历也比较戏剧，每次都是美好地开始，遗憾地夭折，我由此推断你的积蓄很有限。现在你计划书有了，品牌名有了，连艺名你都想好了，可以说是万事俱备，只欠资金，这方面你有什么打算？”

我自然而然指了指裴俨：“啊，投资人在这。”

裴俨抿唇一笑，忍不住又抬手按按我脑袋。

祁远达挑挑眉，双臂抱胸打趣道："我还以为像裴太太这么要强的人，会死要面子活受罪，不肯接受亲友的援助呢。"

我深表认同地点点头，手与裴俨轻轻相握，貌似很有道理地说道："我是不接受亲友的援助啊，但是裴俨不一样，他赚钱就是为了让我花啊，花他的钱我没有任何心理负担。"

某人明知自己被当成ATM，却是一脸捡到宝的表情，忍俊不禁道："贾橙女士，那我以早鸟屋品牌投资人的身份正式通知你，你的计划书我审核通过了，创业资金今天内到位。"

我喜出望外，恨不得投怀送抱给某人一个甜腻的亲吻："谢谢金主！我会好好干的！"

裴俨说到做到，当天便转给我一笔勉强支撑早鸟屋度过三个月的营运资金。

我穿着睡裙坐在床头，盯着手机银行的提示信息，不满地朝刚走出洗手间的金主大人冷瞪一眼："哼，小气鬼。"

裴俨会意一笑，熄了房间的灯，然后搂着我钻进被窝："看来裴太太对转账不是很满意？"

我放下手机，贴上他的胸膛，舒舒服服地倚在他怀里："是的，我还以为你会像偶像剧里的霸道总裁一样随随便便丢给我几百万，然后我就可以卷巨款潜逃了。"

"我绝对不允许你骗婚。"裴俨习惯性地把手放到我后腰，稍一低头便吻上我的唇，浅尝辄止，缓声解释道，"早鸟屋三个月之内就能实现盈利收回成本，以你的性格，就算我给你再多资金，一旦盈利你就会设法还我，何必呢？"

我难以置信："三个月？你对我这么有信心？"

"当然，而且这只是保守估计，如果你时来运转，甚至会更快。"裴俨万分笃定地说道。隔着睡裙，他的掌心在我的后背温柔地摩挲，顿了顿，他温声细语接着道：“资金有限，会让你在做决策的时候更加慎重。在创业初期，要的就是小心翼翼、深思熟虑。不一下子拨出大量资金给你挥霍，是对你负责，我不仅要养你，还要培养你、辅助你，所以你不许耍小性子。”

“遵命！”我侧卧着朝他敬敬礼。

裴俨忍不住又吻了吻我，见我神情恍惚，他皱了皱眉，略显不悦道：“这么快就对我失去兴趣了？不许走神！”他微微抬头，轻咬我的肩膀一口。

我缩了缩肩膀，总算回过神，心情忐忑道：“万一……三个月内我无法实现盈利呢？甚至是一直亏损，到时候你会不会对我失望？”

裴俨宽慰地笑了笑，把我抱得更紧、更贴近心脏：“我很肯定，假以时日，早鸟屋会比萌葩星做得更好。你尽管放开手脚去闯，不必瞻前顾后，不要害怕失败，不需纠结万一会发生什么，兵来将挡，水来土掩。你有我，未来是风是雨、是福是祸，我们共同承担。”

一股暖流涌入我心头。所谓幸福，便是恋人充满力量的拥抱及紧紧相握的双手，原来幸福可以这么有质感。

我笑眯眯地抬头蹭了蹭某人的脸颊：“金主大人，有你真好，幸好你没有爱上别人。”

裴俨冷不丁扣住我下颌，印上我的唇与我情深意切地热吻，他的手在我腰间稍一用力，便将我翻到他身上。良久后，他轻轻松开我，柔声问：“你计划什么时候当妈妈？”

我猝不及防，浑身僵硬了下，委实被这提问惊到了，我从不曾考虑过这问题。

“你自己想什么时候做爸爸？”我轻声试探。

裴俨不假思索道：“主要看你，不过我不否认，我十分好奇我和你的孩子会长什么样，但我更希望孩子像你，这样我就可以拥有两个你，到时候我要一只手牵着你，一只手抱着小贾橙。”

我撇撇嘴，心里莫名升起一丝醋意："要是我真当妈妈了，你会更疼孩子吧。"

"我会更疼你。"裴俨捧着我的脸庞与我认真对视，仿佛要让我们在深夜的寂静里看进彼此的灵魂，默然半晌，他才沉声开了口，"就像你的父亲深爱着你的母亲，他不曾因为你的出生而减少半分对你母亲的爱，不是吗？我也会是这种丈夫，我最爱的人永远是你。"

他最爱的人永远是我。

"我最爱的人也永远是你。"我的声音虽然轻，却无比坚定。

在我心里，有一个问题长期困扰着我，或许，我应当趁这机会问个明白？

我迟疑了下，若有所思地开了口："你从没有在我面前提起过你的父母。"

裴俨怔了怔，冷不丁舒口气，略显沉重的叹息声透着几分对人生的无奈："我的父母在我的人生中一直处于缺席状态，我从不提起他们不是因为我不愿意，实在是他们留给我的回忆少得可怜。但我知道，我必须带你和他们见面，因为你是我的妻子。等我们解决了一抹金，我就带你去见他们。他们一个在欧洲一个在北美，我们就当出国度蜜月了。我丑话说在前头，别对他们的品行抱太大希望，他们都是自私鬼。"

大魔王的父母自然都不是一般人。

大魔王告诉我，他父母的结合本身与爱情无关，不过是为了堵上家人催婚的嘴。这对郎才女貌的合伙人合演了一场不走心的婚礼，也就是现在所说的形婚。

婚后，魔王爸和魔王妈同住了一段时间，那段时间两人各取所需，分享着彼此年轻的身体。奈何天意弄人，魔王妈却还是意外怀上了。

当魔王爸和魔王妈得知他们双方终于通过激情酝酿出一个生命以后，他们很快便意识到这场无爱的婚姻是他们犯下的最大的错。他们不愿意一错再错，最后决定离婚。

毫无疑问，双方家长顿时炸开了锅，连夜从外地赶到红棉市，恨不得将这对形婚玩家扒皮削骨。双方家长达成共识，只要孩子们坚决离婚，他们便哪怕敲锣打鼓跑到他们的公司，也要让全世界看看这对年轻男女有多自私、多荒唐、多不负责任、多伤父母的心。

魔王爸和魔王妈在各自的公司都是举足轻重的高管人物，两人都丢不起这人。为此，魔王妈做出了让步，她同意把孩子生下来，但双方家长必须允许她和魔王爸离婚。

在小魔王降临当天，他的身边没有爸爸守着，因为他爸爸根本等不了十个月那么长，便高高兴兴地远赴北美过上无拘无束的新生活了。虽然如此，小魔王身边却满满围着慈祥的老一辈。他的名字是他爷爷给他取的，他爷爷希望他会是一个对待生活严肃认真的人。

小魔王裴俨出生不到三个月，魔王妈便接到公司的晋升任职书。她不假思索就答应了，收拾好行李前往欧洲瑞士，彻底挣脱出婚姻的枷锁。

裴俨的童年是在爷爷家和外公家辗转度过的。虽然他没有父母陪伴，但爷爷奶奶、外公外婆给了他全部的关爱。年幼的他曾经很纳闷，也很好奇，为什么别的同学开口闭口就提起爸爸妈妈，而他对于这两个称呼竟那么陌生，陌生到他甚至不会感到难过。

因为裴俨，裴俨的爷爷和外公成了挚友。

在十三岁那一年，裴俨初尝失去至亲之苦。那年奶奶病逝，不到半年，爷爷又因中风离开，魔王爸终于风尘仆仆地从美国西雅图赶回来。那是裴俨第一次见到自己的父亲，裴锦雨。

那年，裴锦雨已近不惑之年，魅力却不减当年，反而比年轻时更具成熟男子特有的韵味。他潇洒不凡、风流倜傥，是那种一走进酒吧就能成功引起所有女性注意的男人，是那种只要他愿意，便能从酒吧里带走任何一个他想要的女人的男人。

在爷爷葬礼过后不到三天，裴俨便撞见裴锦雨搂着一名年轻女子回家。那晚，裴俨正独自坐在沙发上，看着爷爷最爱的电视节目。

裴锦雨没料到会有人在家，推开门后满脸惊诧地反问裴俨："小东西，你爷爷都走了，今晚你不应该待在你外公家？"

裴俨阴沉着脸，视线不曾从电视画面中移开，冷声道："爷爷头七还没过，爷爷需要陪伴。你，和她……"他头也不抬地指了指那个陌生女人，"都滚。"

裴锦雨被裴俨的小大人气势震惊了，试想他何曾受过这样的气，即便是裴俨的爷爷在世的时候，也不曾这般驱逐过他，他的儿子居然让他滚？

他偏不。

裴锦雨有意和裴俨较劲，搂着怀里的女人径直走到沙发边，刚要坐下，裴俨便厉声喝止："那是爷爷的位置！"说着，他扭头恶狠狠地瞪一眼那女人，"你身上的香水味很臭，你最好马上离开。"

不等裴锦雨出手揍他，他便迅速伸手到茶几，拿起爷爷的黑白照抱在怀里，那是他当晚为了陪伴爷爷看电视节目特地放在身边的。

裴俨双手扶着相框，将爷爷的黑白照举过头顶："爷爷你要保护我，让那些讨厌的苍蝇都从我身边离开。"

裴锦雨不怕自己故去的爹，他怀里的女人却害怕。想着原来这家里刚死过人，她猛打了个激灵，面色煞白地夺门而逃。

裴锦雨气不打一处来，指着裴俨的鼻尖训斥道："小东西，你应该庆幸我是个斯文人，我不打女人，也不打小孩！"

裴俨从容面对眼前这位不称职的父亲，止不住冷笑一声，口齿伶俐地反驳道："居然好意思称自己是斯文人？简直有辱斯文，斯文败类。"

裴锦雨青筋暴起，摔门而去。那晚之后，裴俨再没有见过自己的父亲。

爷爷奶奶去世之后，裴俨依然坚持每周末回到爷爷家打扫、看电视，然后小住两天。这所房子装满了他的童年和亲情，从小便缺少父母陪伴的他格外珍惜。

外公知道裴俨走不出失去至亲的伤痛，为了治愈他，送给他一条可爱的萨摩耶狗宝宝，那便是小胖墩萌点。

身边有了小胖墩的陪伴，裴俨比从前开朗，至少他有了一个可以分享心事的小伙伴。

高考之后，裴俨放弃了北京、上海甚至是国外好几所名校的录取资格，留在了红棉市当地就读大学，这样他便能每周末回家看看外公外婆，和萌点嬉戏打闹。萌点对裴俨而言从来不是宠物，它是他的至亲之一。

在他与我相遇的那一年，外公罹患重病，外婆为了照顾外公积劳成疾，竟走得比外公还早。裴俨试图求助遥远的双亲，但时差和距离使他无法第一时间和父母取得联系，而病危通知书来得突然，他生怕耽搁一秒，外公便早走一天，他是那么珍视家人和亲情。

裴俨打算卖掉爷爷的房子给外公治病，许是上苍怜悯，裴俨在当天收到了两笔父母打来的巨款，荔枝湾才得以保住。

尽管裴俨为了挽救亲人愿意倾尽所有，但最终都没能留住两鬓斑白的外公。那一年，是裴俨继爷爷离开十余年之后第一次痛彻心扉地号啕大哭。

那一年，裴俨小心地隐藏自己的悲伤，他沉浸在对至亲的缅怀中，无力去爱任何人，所以他只远远地看着米竹，所以他推开所有人。

“但我推不开你。”裴俨双臂用力拥着我，温馨的往事使他的内心变得柔软，失去至亲的痛使他变得脆弱。他的声音极低，似情人的呢喃，又似一个孤独者的告解，在这个长夜，他向我倾诉衷肠，终于将积压多年的孤伶感排解而出：

“你总是一副没心没肺、大大咧咧的样子，我以为我不会爱上你，我从未想过自己会有天组建一个新的家庭。外公外婆去世之后，我把萌点视作这世上我最后的亲人，我把爱都给它了，把对生活的热情和全部精力都献给了事业。

“一开始，我确实只把你当作难缠的学妹看待，可是说不上为什么，也不知道是从什么时候开始，我渐渐发现，一旦和你在一起，我就会变得分外放松，也许是因为你太过胡闹，太能折腾，你花样百出，我实在招架不住。

“后来，你为了不见我，宁愿日夜留在萌葩星，那种本来已经消失的失去至亲的彷徨感，瞬间又朝我卷席而来，压得我喘不过气。只要一想到隔壁房间的女人已经离开，我就焦虑不安。那段日子，我一下班就跑到萌葩星楼下，我想找你，想把你抓回来，可这个念头越是强烈，我就越是抗拒，因为我明明不爱你。直到你狠心搬走我才后知后觉，我已经离不开你。那晚你安排我和米竹见面，我就更加清楚，我想要的女人是你。

“米竹很美，也很好，可我满脑子都是你，你穿着卡通睡衣在我身边和萌点打闹的样子；你吃着我做的饭菜，嘴角和指尖都沾满了油渍的样子；你扛着行李投奔我，却被我赶走失望离去的样子；你以为我爱着别人，明明心酸却故作大方的样子；你把我拱手相让，挽着别的男人狼狈离开的样子……我想你，想霸占你。我明明知道你心里只有我，却对别的男人嫉妒得发狂。”

我覆上他冰冷的唇，用悠长而有温度的吻与他交换温柔，用一夜缠绵缱绻让他真真切切地感受着占有……

不想让裴俨失望，我拿着他的血汗钱兢兢业业地投入到创业奋斗中。这段时间，我几乎将一抹金这个名字淡忘。我对她仍然恨之入骨，但我知道自己有比恨她更重要的事情要做。

这段时间，我不知疲倦地往全市大大小小无数家工厂里跑。虽然裴然在身边全程陪同，但他从不参与谈判，只会给我总结我在谈判过程中犯过哪些禁忌。

我们仍然住在匪匪庄园。我们早该离开了，可这一次，执意要我们留下的人不是祁箫檬，而是他的父亲祁远达。

我很是费解，便向祁远达追问我必须留下的原因，他半是玩笑半是认真地告诉我——“因为你父亲是贾霆霆”。

因为我父亲是贾霆霆？出于好奇，我主动联系老爸，可当我在电话里谈及祁远达时，他态度异常决绝，立马矢口否认自己听说过这个名字。

于是我又致电我妈。我妈一阵沉默，过了半晌，却轻声问我：“你怎会知道这个人？”

由此我断定，我父母与祁远达肯定是故知。他们是朋友吧？否则祁远达又怎会因为我父亲是贾霆霆而留我在庄园长住？

我顺藤摸瓜，再三追问，我妈却不肯透露更多，甚至称忙挂断电话，我再打过去，对方已经关机。

难道他们不是朋友？为什么我爸我妈都有意对祁远达避而不谈？难不成……他们和祁远达有仇？

不会。如果他们之间存在宿怨，在我住进庄园这段日子里，祁远达每天都有机会对我下手，但他似乎有意与我亲近，尤其在他获悉我就是贾霆霆的女儿之后。

为了打听清楚双亲与祁远达的关系，我只好厚着脸继续在庄园住下去。

这天，我一如既往地早起，用过早餐后便驾车离开庄园。我需要找到一家价格合理的工厂为我制衣。

裴俨充当我的司机，每天与我形影不离，祁箫檬心血来潮，今天竟也大清早爬起出门。

一个小时后，车子从红棉市南郊驶到北郊，最后停在北羊县某条略显荒凉的街道上。

祁箫檬向窗外扫视一眼，语气里流露出掩饰不住的嫌弃："我还以为有多好玩呢，你天天就往这种地方跑？"

我气结："是的，这种地方刺激，很适合恋爱冒险，你懂什么！"

祁箫檬刚想反驳我，在我身后竟有人抢先开了口："春苗，你干啥呢？"

我皱着眉回头，一个年约二十的年轻男子正朝我迎面走来，看见我的正脸后，他怯怯地低下了头："抱歉，小姐，我认错人了。"

他加快脚步，闪身跑进了通往麦丰制衣厂的楼道。显然，他是工厂的年轻工人。

工厂设在这座旧式楼房的三楼，楼道略显昏暗，台阶两旁的墙壁开始一块接一块地掉漆，一阵嘈杂声从楼上传到楼下。裴俨牵着我走在最前，不时体贴地提醒我："小心台阶，别摔了。"

祁箫檬落在我身后，恶意满满地报复道："是啊春苗，你可别摔了，不然得压死我。"

裴俨寒凛凛地回头："她九十斤不到，压不死你，二狗子。"

祁箫檬不由得一怔，回味过来后登时气不打一处来，以牙还牙，提高嗓音骂道："铁蛋，你骂谁二狗子呢！"

裴俨强忍笑意，不甘示弱地回敬道："你刚刚骂谁春苗呢！我老婆叫贾橙，二狗子。"

"铁蛋！"

"二狗子。"

"铁蛋！"

……

我夹在这俩幼稚鬼中间，揉了揉太阳穴，没好气道："行了，知道你们的爱称很新潮了，能不能稍微闭会儿嘴？"

裴俨略显委屈，回头向我申诉："明明是他先开始的，他喊你春苗。"

"……"

彼时，我们已爬上三楼。

厂长是一位年过半百的先生，早在接到我的电话后他便热心地守在门口等候。看见我后，他主动上前招呼："贾小姐？"

我点点头，伸手与他轻轻相握。

厂长细细打量我，突然问："贾小姐，难道你认识咱们厂里的春苗？我刚才好像听到你们几位在谈论她？"

我笑容一僵，尴尬地摇摇头，将刚才发生的小插曲当玩笑话说予厂长听。厂长下意识朝我后背瞥了一眼，打着哈哈道："还真有点像，春苗和你的身高差不多，仔细一瞧，你和她好像连发型都一样。"

许是为了证明自己的看法，经过车间走向办公室时，厂长特地给我指了指一个穿着紫色卫衣的姑娘，我循着厂长的目光望去，不由得当场怔住。

那件紫色卫衣……我有一件一模一样的！

萌点被劫当天，我身上穿着的便是那件紫色卫衣！

我在惊慌失措间无助地看向裴俨，他立刻伸手牵着我，拍拍我的手背，沉着道："我知道，你的每件衣服我都认得，我们过去瞧瞧。"

我已来不及向厂长说明事情原委，大步流星越过无数正在忙碌的车工，终于冲到那个叫春苗的姑娘面前。她同样在认真作业，缝纫机"嗒嗒嗒"的声音在我耳边不绝响起。

我偷偷拔掉了插头，春苗面前的缝纫机便立马停止了，她一脸茫然地凝眉看我。

我先声夺人："你叫春苗？"

她点了点头。

“你是这里的车工？”

她又点了点头。

“你是不是杀害过一条白色萨摩耶？”

她浑身一僵，脸色惨白，那双恐慌的眼睛已向我坦言一切。

她双手开始止不住地哆嗦：“不……不……”

她霍地起身：“我没有！与我无关！我什么都不知道！不是我干的！”

她撞开我，企图从我眼前跑走，我伸手一把揪住她的头发，狠狠将她摔回到座位上。

“你最好别跑。”我冷声威胁道，“除非你想我报警。只要你好好协助我，我可以保证不把你上交给国家。”

她六神无主地看着我，因过于恐惧浑身颤抖得厉害。四周的工人齐刷刷朝我看过来，一副看热闹不嫌事大的样子。厂长先生见我胆敢对他的工人动手，绷着老脸向我奔来。

“贾小姐，你干什么？”他不明所以，厉声呵斥。

裴俨和祁箫檬分别站在我两侧，两人默契地伸手替我拦住厂长。

我眸底透着怒火，眼睛死死盯着杀狗仇人，头也不回地对厂长道：“厂长先生，我决定与您合作，您去拟定合同吧，我和春苗谈完就到您办公室。您放心，我的教养不允许我伤害她，只是她刚好认识我的狗，所以我很有必要代表我的狗和她叙旧几分钟。”

厂长先生万万没想到我会这么爽快，莫名有些喜出望外，心里一高兴便忘了春苗，乐不可支地回办公室拟合同去了。

“春苗小姐，是谁借你胆子杀害我家的狗？”我句句直击要害，丝毫不给她含糊其辞的余地。我甚至不愿意带她离开工厂详谈，外面天大地大，万一她跑了，我上哪找她去？更何况我需要人证，我需要足够多的人听到这件事。假如四周有十个人可以听见我和春苗的谈话内容，届时即便春苗不愿意配合，我也有十个机会可以向其他听到的人求助。

真没想到我围着红棉市东南西北跑了个遍，踏足过大大小小接近上百家工厂，却在这天遇到杀狗仇人。果然踏破铁鞋无觅处，皇天不负有心人。

“春苗小姐，你最好老老实实、一五一十地向我交代清楚，否则我保证，我不仅会把你交给人民警察，还会送你一张冷冰冰的律师函用来正式起诉你。我会把你送到法庭的被告席上，然后挥金如土把你全家都请到法院围观。”我以前所未有的强势态度说道。

她竟还穿着与我同款的紫色卫衣，竟还留着为了模仿我而修剪的短发，太可恨了！

我从不是那种咄咄逼人的人，可这个春苗委实太令我痛恨了，她是一抹金和万云萱联合操纵的刀，她是刽子手！

许是被我的气势所慑，春苗终于服软，支支吾吾地向我招认了她所犯下的罪行。

春苗家境贫穷，一家五口只靠当屠夫的父亲养活，所以她从小就看惯了屠宰牲畜这样的大场面，也算是个经历过“腥风血雨”的人。

为了供养两个弟弟上学，她很早就辍学了，今年她二十四。这辛酸的十年来，春苗把挣到的每一分血汗钱都寄回了家里，她甚至没有给自己买过一件体面的衣服，所以她舍不得丢弃身上的紫色卫衣，这是目前她拥有的最好的衣服。

前阵子，有个陌生男子找到她，说想拜托她处理一条老狗。因为对方指定的处理方案太过变态，一开始她是拒绝的，可没想到对方竟出价一万，这对她来说是一大笔钱，至少可以保证她的一个弟弟有条件报读大学。

弟弟、狗和她的良心，她毫不犹豫选择了前者。

春苗一边陈述一边落泪，四周的人投来的目光由好奇变得冰冷，最后蒙上了一抹难以掩去的鄙夷。

可怜之人必有其可恨之处，大抵说的就是春苗。

我结束录音，要求春苗随我到银行一趟。她既然办了事，就肯定收了钱，我需要她的银行流水做证据。

她一脸不情愿，毫无半点悔改之心，她的眼泪不过是心虚和恐慌使然。好在有钱使得鬼推磨，别人可以用钱收买她，我也可以。

我主动向春苗抛出橄榄枝：“你父亲光凭一把杀猪刀养活两个弟弟不容易吧？我愿意承担你另一个弟弟上大学的首年费用。”

春苗难以置信地瞪大了眼，乌溜溜的眼珠子险些从眼眶里掉出来：“你愿意帮助我二弟？”

我冷哼一声：“别高兴得太早，我不是慈善家，我有一个条件，你必须接受记者采访，把你刚才对我说过的话，一字不落地向记者复述一遍，并且你要反复强调一点，是你受雇模仿我、嫁祸我。最后也是最重要的一点，你必须向我家狗郑重道歉。”

春苗怯生生地看着我，不敢吱声，态度模棱两可。

我彻底失去耐心了，握拳狠狠捶打缝纫机桌面，声色俱厉地训斥道：“需要我重复一遍你拒绝我的后果吗？我会把你交给人民警察，把你告上法庭，把你父母请来围观你遭现世报的嘴脸。另外再补充一条，我还会把刚刚的录音放到各大视频网站上，让网友一遍又一遍地谴责你！贫穷不是你丧心病狂的理由，你弟弟如果知道自己上学的钱是他的姐姐用那样残忍变态的手段折磨一条狗换来的，不知道他会怎么想？你的所作所为让你的家人蒙羞！”

我恨不得一个巴掌接一个巴掌朝她打过去，可是我不能，我不能出手伤人。

彼时，坐在春苗身后的一个年轻姑娘出其不意地走过来，伸手拍了拍我的肩膀，腼腆地红着脸，略显紧张道：“小姐……您好，我……我愿意为您做证……我很喜欢狗，我可以向警察、法官甚至是广大网友说明，狗不是您扒皮的，是……是春苗……是她干的！这件事……我也听说过，我看过微博，你的……你的照片还被网友人肉了。”

“不只我的照片，”我忍不住笑了，“我全家都被人肉了。”我移不开眼地打量那热心姑娘，莫名有些感动，忍不住抬手亲昵地拍一拍她的脑袋，“谢谢你，我可以知道你的名字吗？”

她羞涩地点点头，告诉我她叫慧巧，然后便飞快回到自己的缝纫机前继续作业。

许是怕了四周投来的责备目光，春苗终于接受了我的条件。

去过一趟银行之后，我返回麦丰制衣厂，信守承诺和厂长愉快地签下了订单，才大功告成，和裴俨还有祁箫檬一行三人离开制衣厂。

回到车上后，我朝坐在身旁的裴俨瞥去一眼，略感内疚道：“对不起。”

许是心有灵犀，裴俨宽慰似的伸出温暖的手掌揉了揉我的脑袋：“为什么道歉？因为你今天做了一件善事，帮了春苗的弟弟？”

我越发心虚：“春苗是萌点的仇人之一。”

裴俨善解人意地替我开脱：“但是春苗的弟弟又有什么错？我知道你心里痛恨春苗，但又心疼她年幼就出来打工帮父母赡养两个弟弟，对不对？”

我猛点头，暗自惊讶于他竟这般知我、懂我、了解我。

裴俨会意一笑：“我当然看得出你那点小心思，裴太太还真是个善良的人。”裴俨打方向盘掉转车头，沿着我们来时的路向匪匪庄园驶去。

我笑眯眯地回头瞅祁箫檬一眼，忽而想起了什么，沉声问：“小檬，你是从什么时候开始接触赛车的？我的意思是，你是怎么接触到赛车的，是一个什么样的契机让你突然对赛车充满兴趣？”——甚至对我爸这样崇拜。

祁箫檬摩挲着下颌试着回忆：“我好像在很小的时候就接触到赛车了，小时候我爸带我到过赛车场，那次之后我就特别喜欢。小檬是什么意思？”

“我们夫妇以后对你的爱称。”我心不在焉，祁箫檬的话让我不由得陷入了沉思。

祁远达那样玩命地忙于事业，竟还会在祁箫檬儿时带祁箫檬到赛车场观看比赛，难道祁远达也是赛车爱好者吗？

“祁叔叔喜欢赛车吗？”我问。

祁箫檬不假思索地摇摇头：“恰恰相反，我爸对赛车厌恶至极，他之所以带我去看比赛只是心血来潮。你怎么突然问起我爸的事？”

“因为……我感觉祁叔叔和我爸好像认识。”我将我的疑虑，以及我和父母通话的情况告诉了裴俨和祁箫檬。

“不可能。”祁箫檬斩钉截铁道，“要是我爸认识你爸，我至于那么大费周章地求你要他的签名？这些年，我从未听我爸主动提起过贾霆霆的名字，每次我兴致勃勃地谈起我最爱的赛车手，我爸都会拉下脸，让我对着墙壁自个儿说去，别烦他。”

第十二章
两只老虎，各有无奈

尽管已经找到杀害萌点的刽子手，但裴俨并不急着联系记者，我催促过好几回，他都只说君子报仇十年不晚，要我一心一意专心事业。

他说，能彻底打击一抹金，从而达到复仇效果的最佳手段，是我不断地自我提升，比她优秀才能真正使她挫败，揭发她不过是给过去一个交代罢了。裴俨鼓励我走温馨路线，让早鸟屋超越萌葩星，成为中国最有号召力的宠物时尚品牌。

我听话地点点头，我丈夫说的都对。

我从满脑子的复仇念头里挣脱出来，全身心投入到早鸟屋的经营当中。这些天，我不断在匪匪庄园和麦丰制衣厂之间来回奔波，晚上又借用祁箫檬的书房熬夜研究网页设计。好在身边有裴俨指点，我虽然压力剧增，却乐在其中。

而另一边，厂长希望能与我长期合作，便特别用心配合我，我的设计制作进展顺利，目前各个款式已全部做出样板，况且又有裴俨亲自替我把关，我无后顾之忧，埋头一个劲儿地往前冲。

这晚，我和裴俨正讨论着宠物模特和时装展示的方案，祁箫檬在一边旁听，很是热心慷慨地建议道：“庄园农场里有奶牛有羊驼，你们可以随便用，需要其他的动物，我的秘书也会在一小时内给你们送来。”

我不假思索地拒绝了，我只想要萨摩耶，一个念头突然冒出来，我越往深处细想，便越发坚定，只是……

我心情忐忑地看了看裴俨，他见我神色闪烁、欲言又止，并没有急于追问，而是淡定地拿起咖啡小抿一口，然后一副冥想的模样，静静盯着咖啡杯出神，半天不肯吭一声。

我终于按捺不住，好奇地探了探头：“你在想什么？”

裴俨将食指放到嘴边，优雅地朝我比画一个噤声的手势。

我索性从他手里抢过咖啡杯，追问：“你究竟在想什么？”

他这才缓缓抬头定睛看我，煞有介事道：“我在想，你到底在想什么，为什么眼神诡谲，犹如做贼。”他鉴定完毕。

我没好气地放下咖啡杯，犹豫再三后还是决定招了：“我有一个大胆的设想……我想……我想请春苗做宠物模特的搭档。”

裴俨不由得一怔，眸光里透着我无法解读的情绪。他神色凛然，再次陷入沉默。

祁箫檬霍然从沙发上跳起，满脸惊诧地看着我，开口时连嗓音都不由得提高了八度：“贾橙，你脑子里都在想些什么？你敢不敢把刚才的话再说一遍？！”

“我说……”我咽了咽唾沫，“我想让春苗，那个杀害萌点的春苗做宠物模特的搭档参与拍摄工作。”

“你还真敢说啊？”祁箫檬气不打一处来，“啪啪”拍打茶几，挥了挥拳头对我做出一个揍我的假动作。

裴俨冷不丁抬头瞪他一眼：“你声音小点，你吓到我老婆了。”裴俨朝他指指沙发，“坐回去。”

“是你老婆气死人好不好？”祁箫檬没好气地白他一眼，强压怒火回到沙发上，“她还真是语不惊人死不休，要雇佣春苗做宠物搭档呢！”

祁箫檬百思不得其解，便微微向前倾了倾身，手肘抵着膝盖，掌心托住下巴，怨气冲天地问我：“你到底想怎样啊？你知不知道为了你的事，我和你那个痴情丈夫操碎了心，你现在居然还打算雇佣她？搞什么？事件营销？”

“没错。”我怯怯地偷瞄裴俨一眼。

他挑了挑眉，伸手拍了拍我的膝盖，用眼神鼓励我往下说，于是我便敞开心扉畅所欲言：“等你们安排过记者采访春苗之后，春苗一定会引起公愤，她所面临的舆论环境肯定比我当时要恶劣十倍。届时迫于舆论压力，春苗肯定会向公众道歉，我还不如给她提供一个忏悔的平台，顺便呼吁大家别再虐待动物。这样一来，我总算可以为动物做点对它们有益的事，萌点泉下有知，肯定会感到欣慰的；二来，说不定能让春苗换回公众的宽容，她虽然可恨，但也不过是被人利用，她十四岁就忙着养家活口，没机会也没条件接受良好教育，这不完全是她的错，至少，她是个顾家的人。懂得爱家的人，一定不会是个十恶不赦的人；三来，早鸟屋能推广出去，至少在短期内，它的声势极有可能会盖过萌葩星。”

裴俨和祁箫檬听得出神，一阵掌声不知从哪儿响起，我们三人猛然回头，祁远达正笑容满面地走了进来。

祁箫檬没好气道：“爸，这是我的书房，您老人家进来之前能不能先敲门？”

祁远达不以为意，一副土财主口吻道：“整个匪匪庄园都是我的，要敢惹我不高兴，我就把你赶出去，竟还敢要求我敲门，你以为你是谁？”

祁箫檬噎了一下，气势瞬间蔫了。

祁远达快步走到我面前，神采奕奕的双眸向我投来嘉许的目光，他的笑容里流露出一份不知从何而来的自豪感。他出其不意地伸出宽厚的大手，亲昵地拍拍我的脑袋："你的事件营销我四脚朝天赞成，真不愧是虎崽子！"

话音一落，书房里所有人包括祁远达自己都震住了。

我惊诧地抬头，一时不敢相信自己的耳朵，难以置信地看着他同样煞白的脸："祁叔叔，您刚刚……您刚刚叫我什么？"

一丝慌乱从祁远达眸中闪过，他急切别过头："没什么。"

他扭头便走，分明有意回避。面对此情此景，我已顾不上礼节，和祁箫檬一跃而上，分别抱住祁远达一条胳膊。

"爸，你怎么知道贾橙是虎崽子？"祁箫檬一脸受到了惊吓的表情，紧张兮兮地追问，"这是贾橙她爸对她的爱称！爸，你和贾橙到底是什么关系？哦对！你也是属虎的！贾橙……该不会是你失散多年的私生女吧？如果是，我现在就要赶她走，我绝对接受不了这么狗血的事情！她会和我争家产吗？"

我气不打一处来，恶狠狠地抬脚朝富二代身上踹去："都这时候了，你还有心思开这种玩笑？"

我朝身后的老公使一个眼色，裴俨立刻迎上来，代替我抓住祁远达的胳膊，和祁箫檬合力将嫌疑人扛起，拖着往沙发走去。

祁远达铁青着脸："你们好大的胆子，居然敢对长辈做出这种事情？你们想干什么？逼供吗？"

"是！"我们三人异口同声。

裴俨和祁箫檬将嫌疑人轻放到沙发上，俩美少年各守一侧，而我站在祁远达面前，笑眯眯地朝他老人家眨巴眨巴眼："祁叔叔，说说看，您和我爸之间是不是有什么不可描述的秘密？"

祁远达被困在中间，明知今晚躲不过去了，竟还嘴硬，紧抿着唇保持沉默，就是不肯对我们透露一个字。

情急之下，我只好把自己胡搅蛮缠的天性发挥得淋漓尽致。我用裴俨的手机给我爸发去一条短信：

爸，贾橙在家突然崩溃落泪，你与妈开视频和她聊几句安慰安慰？我实在没辙了。

我爸原来这么爱我，他一收到短信，便立刻从微信发来视频邀请。

我马上接了，对准摄像头朝我爸微微一笑。我妈和我爸紧挨在一起，见我一副嬉皮笑脸的模样，顿时松了口气，随即她脸色一沉，冷冷地对我责备道："你多大岁数了还玩这种把戏？非要用这种手段检验父母对你的爱？我实话告诉你好了，我们一点都不爱你，我恨不得把你塞回肚子里去，你太讨厌了！"

"我不信，妈你明明很爱我。"我朝他们做了个鬼脸，继而用手机摄像头高清无码地瞄准祁远达那副又是委屈又是无奈的无辜面孔，高深莫测地一笑，道，"爸妈，我绑架了一位叔叔，就因为他无意中无比亲昵地喊了我一声'虎崽子'。请你们确认一下，你们真的不认识他吗？"

视频里一阵沉默。

由于手机屏幕对着祁远达，他眼睛直勾勾地盯着视频，眸光涌动的激动情绪透着几分难以诉说的胆怯，微张的嘴唇半天没有说出一句话，仿佛心里有千言万语不知从何说起，于是便形成千千心结堵住心门，如鲠在喉，开不了口。

良久后，我听见我爸在视频里叹息一声，对祁远达说："我见过你儿子，他要请我到别墅吃饭，然后我逃跑了。"

祁远达苦涩地笑了笑，脸上有着隐忍的难过："你女儿长得一点都不像她妈妈，也不像你，但她骨子里有你那股遇强则强的劲儿。你女儿在我这里逗留了很长时间，她一直想离开，可我设法把她留下来了。我留不住你们，但我至少留住了你们的女儿。"

我爸沉默了一下："你要是不嫌弃，我就把她送你好了，我感觉她就是为了替你报仇才出生的，她跟我一直合不来。"

祁箫檬好奇地探头凑到摄像头前，搓着双手对我爸坏笑道："叔叔，你这么大方，居然肯把女儿送给我爸？那要不……我跟你走好了，我以后叫你爸爸？"

我爸半开玩笑半认真道："不可以，谁都可以叫我爸爸，就你不行。我已经抢走过挚友的初恋女友，绝不能再领走他的心头肉。我把贾橙送你当妹妹了，反正你爸养得起。"

我手一抖，手机便"哐当"一下摔到地上，我连忙蹲下捡起，视频已经中断了。我突然脚发软，一屁股跌坐在书房冰凉的地面上。

裴俨连忙跑过来想要将我扶起，我却频频摇头，不停地摆手，不知所措地看着祁远达，震惊得要当场哭出来。

我妈……我妈居然是祁远达的初恋女友？

我爸……居然横刀夺爱，夺挚友的爱！

难怪……难怪那天他不愿意靠近别墅半步，他是不敢，他何来的颜面面对祁远达？

"祁叔叔……祁箫檬……我……我要走了。"我一分钟也待不下去，我不知道该怎么面对父辈间的恩怨情仇，不知该怎么面对祁远达，又该怎么面对他的宅心仁厚。

祁远达越对我好，我便越觉蒙羞。我爸抢走了他曾经心爱的女人，我爸背叛了他，辜负了他的信任，而他却以德报怨，我和我爸何德何能！

"虎崽子。"祁远达一副恨铁不成钢的样子，起身走到我身边，一把将我从地上拽起，然后不客气地将我按到沙发上，略显失望地摇摇头，"你的脾气和你爸真像，我敢原谅他，他却不敢原谅自己，他和你妈躲了我半辈子，你是不是要跟他们学？你和祁箫檬是不是打算因为父辈的事老死不相往来？"

我下意识瞥了瞥祁箫檬，他站在一旁，若无其事地耸了耸肩，故作轻松地挤出笑容："难怪我总喜欢惹贾橙不痛快，原来是他们家对我们家有所亏欠，啧啧啧……"

"你别笑了。"我干脆地打断，定睛端详着祁箫檬的脸庞，直截了当道，"如果你心里不痛快就没必要强颜欢笑，如果我爸让你失望了，你有权利像个孩子一样难过。"

祁箫檬彻底噤声，一言不发地走到我对面的沙发边坐下。我当然不会忘记，他在这庄园里有个秘密宝藏，那个秘密宝藏有着关于我爸的一切，那个秘密宝藏隐藏着他的另一面，一个如孩子般充满童真的他。

祁箫檬那么爱戴我爸，敬佩我爸，如今却突然得知，我爸竟是个背信弃义的伪君子。

我爸平时那样威风凛凛、气势汹汹，面对自己的过失却只知道逃避，他宁肯躲着挚友一辈子，也不愿向挚友认错道歉，他甚至假装自己从不认得祁远达。

而这性格上的缺失，在我身上可见一斑。曾经我因为摆了感情乌龙而自我封闭，我躲着米竹，躲着裴俨，拒绝整个世界；曾经我因为萌点被劫走便要和裴俨闹分手，面对自己闯下的罪祸，我只想一走了之，像乌龟一样缩进壳里。我为此感到羞耻，这一刹那，我百般厌恶那样的自己，我竟与父亲那么相像。

二十五年前。

贾霆霆和祁远达年轻鲜活，一如现在的裴俨和祁箫檬，帅气的他们走到哪里都招摇。

那年贾霆霆到法国参加车赛，那是他第一次参加国际大赛，他心里有多兴奋期待，便有多焦灼不安，他的内心其实是个怕输的人。

祁远达为了给贾霆霆支持，便瞒着他搭乘晚两个小时的航班从香港飞到巴黎。可是那一场比赛贾霆霆没有赢，他的表现可以说是糟糕透了，成绩倒数。

当贾霆霆心情沮丧地走下赛车，打算到酒吧借酒浇愁时，一个熟悉的身影映入他眼帘。

祁远达古铜色的皮肤在阳光下显得格外健康，他朝气蓬勃，充满活力，他手里牵着心爱的初恋女友，沿着蜿蜒的山路朝贾霆霆狂奔而来。

贾霆霆的第一反应是——逃，必须逃，马不停蹄地逃！

而他真就那么做了。

贾霆霆飞快地打开赛车的门，正要重新爬进去，祁远达及时赶到，从背后一把搭住他的肩膀："贾霆霆先生，一切都来不及了，你输得好难看，我全看见了。"

他在头盔里咬牙切齿，索性用一口不太流利的法语佯装自己是外国人："先生，我不认识你。"

他万万没想到，祁远达居然带着传说中的女朋友来到巴黎围观他一败涂地的惨状，以后他还怎么在祁远达面前耍帅装酷？

贾霆霆推开祁远达的手，执意钻回到赛车上，正要伸手关门，却发现一个气质优雅的黑发女子扶着车门，她长发如瀑，肤色胜雪，眉眼如黛。

她竟朝他吐了吐舌头："贾先生你好，祁远达逼着我陪他坐了那么长时间的飞机，我还以为他要带我看赛车呢，没想到是为了和你赛跑。"

贾霆霆有头盔充当掩护，便有恃无恐地打量眼前的女子，冷声道："让开。"

女子不甘示弱，挑衅似的伸出手，不客气地敲了敲贾霆霆的头盔："纸老虎，你到底是怕输呢，还是怕朋友看见你输？"

女子直戳他要害，他在心里暗暗发誓，这女人要敢不依不饶，到时候别怪他心狠，他可不是谁都撩得起的男人。

祁远达听到女友称呼贾霆霆"纸老虎"，在一旁止不住地笑了，猫腰说道："我打算向乔薇月求婚，你必须做见证人，你给我下来！"

贾霆霆挑挑眉，隔着头盔对祁远达威胁道："我不下去！失败是属于自己的荣耀，今天我打算独自狂欢。带着你的女人离开，否则，作为对不速之客的惩罚，我可要把你的女人掳走了。"

祁远达叉着腰自信满满地后退一步："行啊，只要她愿意跟你走。"

贾霆霆不耐烦地挥挥拳头，向祁远达下最后通牒："纸老虎也是老虎，别挑战我的底线，到时候我会让我们三个人都哭得很难看。"

祁远达不以为意，一副很是放心的样子，摊摊手挑衅道："谁怕谁啊！我从小和你穿一条裤子，见过你光着屁股，没见过你哭鼻子，你尽管试试呗，输不起的纸老虎。"

"祁远达你这个白痴，你今生别后悔！"说着，我爸便扣住乔薇月的手，一把将她搂进赛车，随着车门"砰"的一声被关上，我爸踩下油门扬长而去。

乔薇月跌坐在贾霆霆的膝上，对眼前发生的一切难以置信，心跳却莫名飞快，那是和祁远达在一起时不曾有过的张扬和悸动。

她脸颊泛起红晕，默默低头审视自己。她居然这样亲昵地倚在一个陌生男人的怀里，她甚至不知道他的长相！他居然就这么抱着她跑了？他们好像正往山脚驶去，那祁远达怎么办？

"摘下我的头盔。"贾霆霆冷不丁道。

乔薇月一动不动。

贾霆霆不由得笑了："原来你并不想知道我长什么样。"

"我想知道。"乔薇月壮着胆子靠上他的肩膀，试图观察头盔解扣的位置，她把手伸到他的颈脖小心翼翼地摸索，冰冷的指尖不时触碰到他的肌肤。

"别紧张。"贾霆霆明明戴着头盔，却能一眼把她看透，语气笃定道，"我确实会吃了你，但不是现在，我在开车。"

乔薇月心惊地颤了一下，肩膀微微抖动，像极了一只害怕受惊的小鸟。

她始终没能找到摘下头盔的办法，却误打误撞打开了头盔的镜片，贾霆霆灼热的眸子猝不及防地显露出来，他就这样近在咫尺地打量着怀里的女人，眸光里的温度让她心如鹿撞、方寸大乱。

她读懂了他内心的渴望。

“你会接受祁远达的求婚吗？”

“他是个好人。”乔薇月避重就轻道。

贾霆霆不依不饶：“你会接受祁远达的求婚吗？”

“我会，如果这是你想要的答案。”

“这不是我想要的答案。”

“你闭嘴！”乔薇月厉声打断，不知是为了提醒贾霆霆，还是为了提醒她自己，“祁远达是你的好朋友！”

“他是我的好兄弟。”他沉着应道，语气里透着一抹决绝之意，“可那又怎样？你看见他时，是否也会像我看见你这样失去理智，不顾一切地想拥有？”

乔薇月攥起拳头，狠狠捶打他的肩膀：“你这浑蛋，我甚至不完全知道你长什么样！”

贾霆霆猛踩刹车，赛车在山脚的拐弯处旋转几圈漂移过去，不多久赛车便骤然停住。

乔薇月始料未及，突感一阵眩晕，轮胎摩擦山路所发出的尖锐而刺耳的刺啦声使她惊慌失措。她脸上血色全无，六神无主地蜷缩在贾霆霆怀里，脸颊紧紧贴着他的胸膛。

贾霆霆摘下头盔，透着几分冷酷的俊脸映入乔薇月的眼帘，他低下头，眼神温柔地看着怀里的女人。她心口一紧，迅速别过头。

“不敢看我？”贾霆霆掐住乔薇月的下颌，分外霸道地将她的脸扳正，“你以为你想躲就躲得了？我们都躲不了。”

那天，他吻了乔薇月，在他的橙色赛车里。

当天深夜，祁远达在酒店房间里接到了一通外线电话，乔薇月的声音绝望而微弱地传来："远达，我答应了贾霆霆的求婚。"

她把一切都告诉了他。

挂上电话后，祁远达若无其事地拿起外套离开酒店，独自走在巴黎深夜的街头。经过一家酒吧时，他甚至没有注意酒吧的名字，便推门走了进去。

他找了一个金发女人，云雨了一晚。在那之后，他有过很多女人，他说不出她们的名字，记不清她们的脸。

某天，一个女人挺着肚子出现在他的办公室门口。

她径直走向他，眸子里透着一股不愿低头的倔劲儿。她深吸一口气，终于鼓起勇气向他开口："我知道你不爱我，你很有可能已经忘了我，但我爱你，我忘不掉你。我被家人赶出来了，因为我不愿意打掉孩子。我不求别的，只求你帮我联系一家医院，我……实在是走投无路了，等我把孩子生下来以后，我就可以重新工作，到时候我会带着孩子离开。我保证，不会给你添任何麻烦。"

他娶了她，因为她是第一个说爱他的人。

祁远达冰封已久的心渐渐变得柔软，尽管他仍然无法说服自己，他对那个女人的感情是爱，但他感激她，她给他孤独的人生带来了光彩和温暖，他许久不曾真心实意地笑出声来，可当他知道，这世上竟有人为了他不惜失去所有时，他感到无比幸福，他拼尽全力地呵护她、照料她，善待她和她肚子里的孩子。

四个月后，祁箫檬出生那天，他失去了唯一爱他的女人，而祁箫檬失去了妈妈。同年，我也来到了这世上，载着我父母对彼此炽热的爱。

我们三人围着祁远达，静静聆听他年轻时的各种往事和风流韵事。

祁远达说得投入，双眸时而怨念加深，时而波光温柔，最后他定睛朝我看过来，沉重的话语里透着几分豁达："我和你爸都属虎，我们年轻时曾经许诺，我们的虎崽子要刚好是一男一女，就撮合着你们恋爱。我一直想要个女儿，他一直想要个儿子，没想到天意弄人，更没想到你和祁箫檬居然遇上了。"

说着，他瞥了瞥我身旁的裴俨："你好好对我的虎崽子，要是你对她不好，我就让我的儿子带走她。"

我声音哽咽："祁叔叔，你恨我爸妈吗？"

"曾经恨过，非常恨，恨入骨髓。"祁远达面沉如水，眸光里闪过一丝难以掩饰的落寞，坦荡荡道，"知道你是贾霆霆的女儿后，我总忍不住想和你亲近一些，我也说不上原因。"

"爸，你爱过我妈吗？"祁箫檬冷不丁问。

祁远达怔了怔，扭头对上儿子阴郁的目光，静默了半晌，沉着而坚定地开口道："我很怀念她。儿子，有一点你毋庸置疑，我很爱你，你是我的一切。"

这注定是我漫长人生中另一个备受煎熬的黑夜，我彻夜未眠。

我在想，我的父亲是否也曾有过这样煎熬的内心挣扎，这些年他是否怀念过他曾经的挚友，是否为自己所做的一切而后悔过。

不，贾霆霆不会后悔。他也许煎熬过、痛苦过、怀念过、但他绝不会后悔。他太爱我妈了，爱到不怕背负失信的骂名，不怕遭受良心的谴责，不惜失去唯一的挚友。

清晨第一抹阳光照进匪匪庄园，这本不该是我逗留的地方，却莫名给了我家的味道。

我面向窗台侧卧着，感受着清晨投来的柔和日光，身后，裴俨的手出其不意地覆在我眼上，顺着我的脸庞缓缓游移到我的心脏，感受着它在掌心的律动。

我将掌心放到他的手背上。裴俨的手总是那么温暖，温暖到我一旦握上，就舍不得放开。

“你醒了？”我轻声问。

他说：“我也一夜没睡。”

“是我辗转反侧，吵醒你了吗？”

“是我想陪你清醒着。”

我转过身去，迎上那双略显疲惫的眼睛：“你会不会鄙视我爸？”

裴俨忍不住笑了：“你总是问得这么直接，都说女人心海底针，你却是个例外。我不鄙视咱爸，爱情的事谁又分得清对错？如果妈妈不爱祁叔叔，她迟早都会离开他。如果她总会遇上自己深深眷恋的人，为什么不可以是爸爸？”

“可他俩有点不合时宜。”我耿耿于怀，就是忍不住要为祁远达抱不平。

裴俨眼神温柔，打量我的目光犹如在看牙牙学语的婴童：“正因为他们不合时宜，才有了现在的你我。爱情这东西就像孩子，有时候我们双方都没有准备好，就怀上了。”

我总觉得这比喻有哪里不对，便一脚把他踹下床。

手机突然响了，我拿起一看，是我爸给我发来了短信：虎崽子，我到匪匪庄园了，你们都起来了吗？我会不会来得太早？

我整个人都不好了。我爸来匪匪庄园了？他来干什么？搞事情？

我无情地回复我爸：你躲了他半辈子，现在突然跑来干什么？你走吧，你迟到太久了，原地没人等你了。

我爸马上又凶巴巴地回复过来：你妈也在，谁借你胆子这么跟我说话？信不信见面了第一个揍你！

我猛打了个激灵，向裴俨投去一个求救的眼神。他接过手机看了几眼，催促我立刻换好衣服，然后给祁箫檬拨了通电话，再拉着我急匆匆跑到楼梯口与祁箫檬会合。

我们三人一起冲到别墅一楼时，贾霆霆牵着乔薇月的手，竟从外头推门进来了……

我难以置信："爸你怎么会知道开锁密码？我在这里住了这么长时间都不知道！"

我爸没好气道："你祁叔叔向来喜欢用我的生日和他的生日做密码，没想到这么多年过去，他还是改不掉这习惯。"

也许，祁远达不过是不愿意习惯新的习惯罢了。要改掉一个老习惯，必须要用新的习惯取而代之，有些人怀念过去，便刻意遵循过去的行为模式走到现在，活到未来。

祁远达终究是一个念旧的人。

我一只手挽着裴俨，一只手挽着祁箫檬，将他们俩带到乔薇月面前。她面容有些憔悴，昨晚大概也是夜不成寐。

其实，乔薇月和贾霆霆都不是岁月可以改变的人。贾霆霆年少时又狂傲又冷酷，壮年的他依然如是，而乔薇月一直都是个敢爱敢恨的人，当年她可以为了贾霆霆毫不犹豫地切断过去，而今她同样可以为了他放下一切，开始一段说走就走的旅行。

"妈。"我为她介绍，"我的左手边是裴俨，以前在视频里你们见过。右手边是祁箫檬，祁叔叔的儿子，你肯定听爸爸提起过。"

乔薇月的视线在我们三人身上不断徘徊，最后定格在祁箫檬略显阴郁的面容上，不由得感慨："这是另一只虎崽子，今天总算见到了。"

祁箫檬双眼出神，凝眉注视着她，肩膀颓然一垮，舒展眉头对我道："我就是心地太善良，除了一抹金，没办法再讨厌任何人。"

"你没必要讨厌。"我受裴俨启发，换个角度开导他，"你应该多谢我爸和我妈，如果不是他们俩，今天站在这里的祁箫檬根本就不是你这模样，你说不定连个出生的机会都没有，笨蛋。"

祁箫檬挑挑眉，凝神沉思半分钟，突然一脸喜色，一副醍醐灌顶的模样，豁然开朗道："对哦，如果不是贾叔叔中途带走乔阿姨，我爸的家产肯定落不到我手里了！我怎么就这么傻呢？这都是命！”

彼时，裴俨凑到我耳边，冷静的话语里透着几分明显的愠怒：“你还要这样贪得无厌地挽着两个男人到什么时候？放开他，我的脾气真的很不好。”

我立刻松开祁箫檬，乖巧地绕到裴俨另一侧，朝他吐了吐舌头，用眼神责备他是个小气鬼。

彼时，楼梯处响起了脚步声，祁远达的声音从高处传来：“你们都站在那做什么？到二楼来吃早饭啊。”

话音未落，他便神色一僵，在阶梯上骤然止步。

祁远达扶着楼梯扶手，诧异而愤怒的眼神越过我死死盯着贾霆霆，想不到向来平和的他竟也有如此凶恶的面目。祁远达不再犹豫，加快脚步走下楼梯，三步并作两步冲到贾霆霆面前，寒气逼人，杀气腾腾。

“你不是钻地洞了吗？怎么爬出来了？”他揪住贾霆霆的衣领当头就是一拳。

贾霆霆闷声倒下，很快又从地上爬起，刚稳住脚跟，祁远达又重重挥出一拳，他依然没有躲避，又倒下去，然后又爬起来。

我不禁惊呼出声，裴俨第一时间将我拥入怀里，伸出手掌捂住我的眼睛：“这种场面不是给小孩子看的，你老老实实闭上眼。”

“我又不是小孩子！”

“我说你是你就是！”

“……”

乔薇月审时度势一番，生怕裴俨和祁箫檬会冲过去劝架，连忙走到我们三人面前，不断挥手催赶我们：“他们二十多年没见，难免会情绪激动，姑且让他们打一会儿，我们上楼喝喝茶聊聊天？”

我拨开裴俨的手，没好气地对我妈道：“妈，祁叔叔是斯文人，爸爸会不会忍不住对祁叔叔动手啊？”

“当然会。”我妈心眼大，万分笃定道，“不过你放心，你爸一直打不过你祁叔叔，当年你爸能够顺利逃走，明摆着是你祁叔叔有意让着他，他自己心里最清楚。”

“……”

我们四人上了二楼，留下我爸和祁远达两人在一楼自由搏斗。

在饭桌前坐下后，许是为了转移注意力，乔薇月不禁细细打量裴俨：“女婿，你比视频里更好看呢。”

“谢谢妈。”裴俨谦逊地点点头，眼睛不时朝饭厅门口张望，分明放心不下我爸。

乔薇月似乎读懂了他的心思，淡淡笑着宽慰道：“别担心，能打架就能和好，我就怕他们以礼相待，那就麻烦大了。”

“现在麻烦也不小。”裴俨揉了揉太阳穴，先将一份三明治送到我面前，然后是乔薇月，再是祁箫檬，最后才是他自己。重新坐下后，他拍了拍祁箫檬的肩膀：“我妈刚刚说了，我爸打不过你爸，你别担心。”

祁箫檬若有所思，双眼盯着饭桌某处怔怔出神，喝一口咖啡后说：“我不担心，我只是怀疑楼下那个人到底是不是我爸，我从没见过他那副青筋暴起的样子。在我印象中，他似乎一直都是平和的、亲切的。以前我在国外念书的时候经常闯祸，老师三天两头就给他打电话，难为他能一直忍住没揍我。”

裴俨气定神闲、云淡风轻地点评一句：“那是因为你那点破事还不值得你爸这样深藏不露的人出手。”

得罪完祁箫檬之后，裴俨把一杯热咖啡递给我，另一方面他又生怕我妈会无聊，便有一搭没一搭地陪她说话：“之前我问爸要贾橙的户口本，他特别爽快地给我了，我还以为爸是因为贾橙在我身边过夜，他受传统思想影响所致，原来他是感同身受。”

我咋舌，在桌底下朝他猛踢一脚，用唇语问：你和我妈聊这个做什么？

裴俨一脸的光明磊落："交流一下心得，我觉得爸妈当年很酷。他们俩当时的做法也许在外人看来不过是激情惹的祸，也许祁叔叔本人也是那么看的，然而二十五年过去了，他们依然在一起，而且还有了你，这足以说明是真爱。我真心觉得爸妈很棒。"

乔薇月忍不住"扑哧"一笑，放下吃了一半的三明治，伸手捏了捏裴俨的脸蛋："女婿，你说对了，当年我和你岳父的婚事遭到其他人一致反对，可是我和他还是毅然决然地在一起了。我和你岳父算是白手起家，特别是在我怀上贾橙以后，你岳父为了让孩子过得好一点，玩命地参加各种比赛，哪种比赛最苦、奖金最多，他就参加哪种。过去我每天都提心吊胆，总害怕他会在比赛过程中发生什么意外，丢下我们母女不管。"

彼时，楼下传来一声巨响，我再也无法强装镇定，扔下早餐便夺门而出，其他人紧跟在我身后冲出了饭厅。

祁远达和我爸扭作一团，两人互掐着对方的颈脖，两个面对外界时总是仪表堂堂、韵味十足的男人如今鼻青脸肿、衣冠不整，场面既狼狈又滑稽。

"你这龟缩王！"祁远达反手扣住我爸，牢牢将我爸按到地上，"当年你究竟是什么心态？为什么要躲？嗯？一躲就是二十五年！"祁远达越说越气愤，往我爸腰上猛捶几拳。

我爸半边脸贴着地面，实在难以动弹，便索性抬起后腿，不停用后脚跟踢打祁远达的背："什么叫一躲就是二十五年？我那叫畏罪潜逃！不然我应该怎么做？跟你道歉？爱她是我这辈子做过最正确的事，我怎么跟你道歉？我要不起你的祝福和宽容，我无比自责，但我不后悔。我不能每天带着她在你面前晃来晃去，你心里不舒服，她也不好过，而我更是罪大恶极。带她灰溜溜地走不是最好的结果，却是最不坏的选择。再说了，这些年咱俩谁躲谁还不好说，你只要查一查各种赛车赛事的参赛者名单就找得到我，你不是还特地去赛车场看过我一次？当时你抱着一只虎崽子，我还以为你想和我重修旧好，要找我定娃娃亲呢，结果你一发现我发现你了就转身跑了，你跑什么？怕我魅力无限会把你儿子的魂吸走？”

祁远达冷哼一声：“我什么时候跑了？我那是体贴你！我怕你看见我威武雄壮会瑟瑟发抖，当众出糗！”

说着，祁远达屈起食指用凸起的指节直戳我爸后背，我爸明明吃痛，却紧抿着唇倔强地忍耐着，就是不愿示弱，憋得满脸通红。

祁远达探头看了看我爸一脸痛苦难耐相，幸灾乐祸地笑道：“啧，知道痛了？我想和你重修旧好？你开什么玩笑？我可没这打算。那年我之所以去赛车场，不过是想确认赞助商配给你的赛车是否与承诺相符，不然，就凭你当时那点名气，你真以为自己可以拉到那么大的赞助商？”

“原来真是你搞的鬼！”我爸扭头朝祁远达狠翻一个白眼，不停地扭动身体，试图挣脱祁远达的控制从地上爬起，可终是徒劳。

我爸气不过，咬牙切齿道：“我就说呢，这么大一块馅饼掉下来，肯定有猫腻！谁要你四处给我拉赞助的？你这多管闲事的笑面虎！”

“呵呵……”祁远达一脸不屑，“纸老虎，你别不知好歹，我是怕乔薇月和虎崽子跟着你吃苦！你今天跑来我家干什么，担心虎崽子在我家会吃苦？”

“哦不，我担心你，担心你积愤成疾，心理变态，一夜爆发，伤及无辜。”

我听不下去了，走到他们面前，气沉丹田，厉声喝止道：“两只老虎，你们够了！再不住手我就录视频放到网上去！”

祁远达可是有头有脸有地位的企业家，绝对丢不起这脸，一听便马上撒手，起身后还不忘朝我爸补上最后几脚泄愤，然后整理了几下皱巴巴的西装，飞快扫一眼我和裴俨还有祁箫檬，俨然一副长辈口吻道：“这种场面你们三只最好忘了，真正的我是很优雅的。”

我不禁侧目。

我爸不情不愿地爬起来，看见我后登时满脑充血，扯着嗓门朝我吼："你妈怎么又没看住你？谁让你下来看我丢人的！"

我妈落在我身后，不近不远地朝我爸投去一个犀利的眼神："虎崽子是什么崽子你自己不知道？谁能管得住她？"

"我能。"裴俨冷不丁开口，朝我伸出了手，"你过来。老虎的事让老虎自己解决，我们继续吃早餐。"

"哦。"我立马退回去握住了裴俨的手，老老实实待在他身边。

裴俨旁若无人，搂着我便转身上楼，顺手抓住祁箫檬的手肘，拉了他一把。

"你跟我们走。"裴俨对祁箫檬道。

祁箫檬撇撇嘴，轻轻甩了甩手，却并没真正挣脱，傲娇道："咱俩都是大男人，你拉着我干什么？我可不想做电灯泡。"

裴俨狡黠一笑，眸子里寒光闪闪，一针见血道："你不做我们的电灯泡就得做他们的拖油瓶，趁我还不嫌弃你，你最好马上跟我走，人家仨人还得叙旧呢！"

确实，事隔二十五年，我爸妈和祁叔叔必定有许多话要聊，也许一切正如我妈说的那样，能打架就能和好。

接下来整整一周，我再没有见过我爸和祁叔叔，尽管他俩同住在别墅里。

这些天，祁叔叔和我爸形影不离，两人同进同出，要么把他们自己关在五楼的书房里夜话到天明，要么就带上我妈到庄园农场或是酒窖里消磨一整个午后时光。不论是午饭时间还是晚饭时间，他们都拒绝与我们仨同桌，我们乐得清静，便由得他们抱团潇洒。

今天我外出到摄影棚拍摄，裴俨当然伴我左右，祁箫檬不愿意一个人留在匪匪庄园，便也厚着脸皮跟着我出门了。

恋爱犀牛摄影工作室离荔枝湾不远，仅隔五个交通灯。我们三人抵达时，春苗已经到了。她站在工作室门口略显忐忑地四下张望，习惯了小镇生活的人，总为大城市的喧嚣而感到焦虑。

看见我后，春苗一副自知有罪的模样毕恭毕敬迎上前，从背包里拿出一个白色信封递给我："裴太太，你要我写的检讨书。"

我接过，不失尊重地问："我希望把它公布到我的网站上，你介意吗？"

春苗直摇头："不介意。"

我点点头，一言不发地带她走进工作室。

"裴太太。"春苗加快脚步追上来，怯怯地看着我，低声道，"我知错了，我为我做过的事而后悔，我当时财迷心窍，对不起。"

我略感意外，定睛打量春苗半晌，她目光真诚，大抵在检讨书里她用心地忏悔过了。我吁口气，沉声开口道："你的态度让我很欣慰，至少证明我找你做拍摄搭档的决定是对的。我无法原谅你，因为我无法忘记萌点，但我会努力做到不恨你。而你，要努力做一个好姐姐，不仅仅是养活弟弟，还要以身作则，成为他的榜样。"

春苗双眼通红，默默低下了头。

裴俨一直沉默，面对春苗，他的心情比我更复杂，难得的是，不论我做出什么选择，他都无条件支持我。他搂着我，与我一同走进了摄影棚。

摄影师和我想要的萨摩耶都已准备就绪。这条萨摩耶和萌点一样胖，同样有着蠢萌蠢萌让人想扑过去拥抱的亲切感。它比萌点年轻多了。

"满意吗？"裴俨轻声问我，"我参照萌点的身材挑选的，你的小胖墩。"

我点点头，裴俨最懂我。

我移不开眼地盯着萨摩耶，有那么一瞬间，我恍惚间觉得它是萌点，它穿着我设计的宠物时装，让我情不自禁地想要靠近。

我向摄影师比画一个“OK”的手势，然后向春苗使了个眼色，她会意，走到镜头前的餐桌上，拿起擀面杖在面粉团上滚动起来。萨摩耶趴在桌上，盯着春苗手上的饺子皮，冷不丁一跃扑到春苗身上。

为了接住飞扑过去的萨摩耶，春苗扔掉了擀面杖，紧抱着萨摩耶倒在地上打滚两圈，摄影师不停按动快门，捕捉下萨摩耶从弹跳到着地的每个瞬间。

也许是为了检验春苗的真心，摄影前我只告诉春苗站到镜头前包饺子，并没有提前让她知道萨摩耶会采取什么行动。刚才千钧一发间，春苗的每个反应都是下意识的，都是真情流露。

如果擀面杖也是屠刀，那春苗已经放下了。

今天一共要拍摄十六组图片，摄影结束时，早已过了晚饭时间。

我打算带队收工回家，却怎么也找不到裴俨。这些日子以来，我早就习惯一伸手就找到他，突然发现四周少了他的身影，我很不习惯。

我给他打电话，随着“嘟”声响起，我听见了熟悉的他的手机铃声，一回头，他笑眯眯地从摄影布景后走出来，手里捧着一袭头纱，头纱边沿竟用巧妙的手法别上了星辰花。

星辰花的花语是永不变心。

裴俨缓缓来到我面前，一边驾轻就熟地为我戴上头纱，一边温声细语道：“我很喜欢你找不着我时那副着急的样子，我多想再躲几分钟，看看你找不到我会怎么办，但我又怕你一着急就生闷气，干脆带队走人，到时候我赔了夫人又折兵，那就一点都不好玩了。”

头纱垂落到地上，我扭头往身后扫视一眼，星辰花像一条紫蓝色丝带沿着头纱绵延到地上，我错愕地抬头，看着眼前满眼柔情的男人。

裴俨笑意更甚，不顾在场围满了人，俯身探前吻了吻我：“第一次给喜欢的人送花，总想让她深刻，总想给她惊喜，不想她只收到一束走进花店就能买到的鲜花，所以我只能在包装上做文章。我还特地联系了一位刺绣大师在头纱边沿绣满了星辰花，不过那些刺绣被真的星辰花覆盖了，要等你亲自把它们摘下来后才能看见。”

说着，裴俨握住我的手，单膝在我面前跪下：“贾橙，很高兴有你做我的妻子，我很荣幸成为你的丈夫。”

闪光灯在我眼角闪动，摄影师已按下了快门。

我情深款款地注视着裴俨，缓声开口道：“我也很荣幸成为你的妻子，有你在我身边，我很幸福。感谢命运让我和你相遇，让我深爱的你也深爱我，我很幸运。”

裴俨握着我的手缓缓站起，搂着我的腰冷不丁将我纳入怀里。他似乎忘掉了世间所有人，在这一瞬间与我肆无忌惮地深情拥吻。

摄影师节奏紧凑地按着快门，俄顷，他从摄影机后站直了腰，伸出手向裴俨比画一个“OK”的手势：“好了，裴先生。”

裴俨置若罔闻，不肯从我唇上离开，温热的气息从他唇间传来，我轻轻拍了拍他的胸膛，提醒他摄影棚里除了摄影师，还有祁箫檬、萨摩耶、摄影师助理、春苗……

良久后，裴俨才肯从四处投来的围观目光中放开我，轻声道：“我会把照片放大挂到卧室里。我可以肯定，我们的照片会比那些千篇一律的婚纱照好看。”

“都依你。”我频频点头应和，忍不住抬手摸了摸头顶，“为什么你的手法好像很纯熟的样子？你以前给别的女人戴过头纱？”

我的话语里不经意间流露出几分酸意，裴俨听后不禁得意地浅笑出声，拉着我绕到摄影布景后，里头摆放着一个假模特，模特头戴褐色假发。

裴俨与我驻足在前，一脸无辜地指了指模特：“就怕给你戴头纱的时候笨手笨脚，所以我躲在这里练习了一会儿。”

他探头到我耳边呢喃道：“老婆，你吃醋的样子我很喜欢。”

“我没有吃醋。”我矢口否认。

我们一行人走出恋爱犀牛摄影工作室时，已是晚上十点。我在附近给春苗找了一家不错的旅馆让她休息一晚，明天一早她还要接受记者采访。

安顿完春苗后，我和裴俨带着祁箫檬回到了久违的荔枝湾。我叹息一声，缓步走到窗台前，将春苗交给我的检讨书压在一个萨摩耶陶瓷器皿下，里头存放着萌点的骨灰。

它该安息了，我会一直怀念它。

祁箫檬饶有兴味地在客厅里四处走动，冷不丁回头朝裴俨张望一眼："今晚你们不回庄园了？"

"你也不回。"裴俨从电视机下的抽屉里拿出一串钥匙扔给了祁箫檬，"这是我家里的备用钥匙，你拿着。"

祁箫檬难以置信，盯着手里的钥匙看了几眼，继而惊诧地抬头："你居然把你家里的钥匙给我？"

裴俨笃定地点头，伸手指着一扇门："那里以后就是你的房间，你爱什么时候来就什么时候来，不爱来也可以一直待在庄园与羊驼为伴。"

祁箫檬动了动嘴唇，似乎想说些什么，却终没有开口，然后低下头去不停摆弄手里的钥匙，像个喜得新玩具的孩子。

裴俨从厨房里沏好一壶清香的热茶端出来，阴恻恻地瞥他一眼，没好气地戳穿道："心里得意就笑出来，别忍着了。"

话音未落，祁箫檬便再也按捺不住，朗朗笑出了声："哈哈哈，原来你们夫妇二人这么喜欢我，连家里的钥匙都敢给我？"

裴俨板着脸，淡定地给富二代斟好一杯茶，然后走到我身旁坐下，半开玩笑半认真道："过阵子爸妈走了，我们也该回到市区里住，总不能一直住在匪匪庄园白吃白喝，让祁叔叔养着我们，怕我们一走你就空虚寂寞冷，你要是愿意可以跟我们回来住，你爱来不来，反正以后，我和贾橙周末一有时间就去匪匪庄园探望你和祁叔叔。我对你够好了吧，另一只虎崽子？”

祁箫檬沉默了一下，再次抬头时，眸光里涌动着一丝异样的情绪，许是意外感动，许是感触良多，谁又会知道他和我之间竟有一段这样的渊源？如果当年我爸和祁叔叔能够尽早从往事的无奈中挣脱出来，祁箫檬和我大概便是另一对青梅竹马。

“值了。”祁箫檬淡淡地笑道，“有人愿意带上我过婚姻生活，我当然得参与啊，我终于不再孤独。”

裴俨一脸嫌弃：“我只是客气客气，你还真不客气啊？”

裴俨伸手做出一个要抢回钥匙的动作，祁箫檬立刻将钥匙揣进裤兜，嘚瑟道：“现在后悔来不及了，以后晚上你得多做一个人的晚饭，裴大厨。”

裴俨佯装恼怒，板着脸冷冷警告道：“有一点我必须提醒你，从此以后这里也是你的家，这家里你什么都能碰、什么都能看，除了我老婆。你必须和她保持距离，并且，不许多看她一眼。”

“呵呵，你老婆像个大活人一样在这房子里走来走去，我可以不碰她，但怎么可能不看她，我又不是瞎子！”

我在一旁静静听着他们两人你一言我一语，心里莫名温暖。生活从不辜负勇敢的人，不论漫长人生里会遇到多少困境，能够坚持下去的人总会遇到美好。我想，裴俨和祁箫檬的难得友谊，以及我爸和祁叔叔的冰释前嫌，便是这场灾难里不幸中的万幸。

考虑到明天春苗接受完采访后视频便会被曝光，紧接着早鸟屋必定会成为关注点，所以恋爱犀牛的摄影师和他的助理都特别配合，通宵达旦将我的产品图片全部处理完毕。

我凌晨五点半接到摄影师的电话后，便强撑着睡意爬起来，登录网店首页上传图片。

裴俨也醒了，与我一脸萎靡不振的样子相比，他格外精神抖擞。他一言不发地走进厨房煮了一壶黑咖啡，然后做了几份火腿鸡蛋三明治，放到托盘上端着走出了客厅。

“我来上传吧，你先吃早餐。”

他不容分辩地抢走了电脑，然后将黑咖啡和三明治端到我面前。我像拿到救命仙丹似的，急巴巴端起黑咖啡喝了一口，顿时感觉好受了不少。

我将咖啡杯放到裴俨嘴边，喂他喝了一口，然后又拿起三明治，自己先吃一口，再喂他吃，如此反反复复，我和他终于解决掉一杯热咖啡和一份三明治。这时，门铃意外响了。

我下意识看了看裴俨，他泰然自若，头也不回道：“去给孔望开门。”

孔望？男秘书？他怎么会在这时候到荔枝湾？

我不敢怠慢，立刻起身，裴俨却冷不丁将我按回到座位上：“你去换身衣服，我去给他开门。”

说着他便起身，刚走出一步又折回来，凑到我耳边叮嘱道：“要穿上内衣。”

我觉得又气又好笑，口不择言反驳道：“我偏不啊。”

裴俨的脚步立刻停住，他一点一点地回头，犀利地甩了我一记眼刀：“我保证，要是你敢少穿一件，我会当场让你知道什么是真正的男人。”

“……”

我哪里还敢消极怠工，箭似的“嗖”地一下冲进卧室，老老实实换上一身严严实实的绿色卫衣，当然，我没有忘记穿上内衣。

我走出卧室时，孔望已坐在我的电脑前，接过裴俨的活儿认认真真给我上传图片。他还是那样极具亲和力，抬头冲我和善地笑了笑，双眸神采奕奕。

“嫂子。”他招呼，“我买了些早餐过来，你吃点？”

我说“好”，走到原来的位置坐下。原本我身旁坐着的应该是裴俨，为了让孔望上传图片，裴俨便腾出了位置坐到了对面。

见我竟没有机智地跟随他换位的步伐而坐到对面的座椅上，某人一脸不悦，冷冰冰地瞪我一眼，恶狠狠地提醒道：“裴太太，你老公在这，我坐哪你就应该坐哪，别影响孔望。”

孔望一心只顾盯着电脑屏幕，并没有来得及察言观色，自然而然应和道：“没关系，嫂子影响不了我。”

“她当然没关系，有关系的是我。”裴俨仍然板着脸盯着我，对孔望道，“她离我这么远惹到我了。”

终于，孔望从百忙中抽空抬头，审视了一番我和裴俨之间隔着桌面的距离，明明伸手就可以够到……

孔望咽了咽唾沫，突然明白了是怎么回事，抿唇笑了笑，道：“裴总监，你该不会是妒忌我坐得离嫂子更近吧？你这醋吃得莫名其妙、匪夷所思。”

裴俨的眸光越发怨怼，双眼直勾勾地注视我，催促道：“还愣在那里做什么，连孔望都知道我吃醋了，你还不过来？”

我反应过来，迟钝地起身绕到大魔王身旁。

他从孔望买来的早餐里选出一份艇仔粥，冷着脸放到我面前，分明一副余怒未消的样子，不阴不阳道：“先让你吃饱，今晚再教训你。”

我忍不住抬手捏了捏他的脸蛋：“我又没对孔望做什么，不就在他身边静坐了一分钟吗？”

“啧。”某人的脸色越发阴沉，一双怒目越发犀利，“这还不够？你还想干点别的？”

“不想，我什么都不想干。”

“那就最好，我这叫防患于未然，你觉得我小题大做？”

“不敢……”

“啧，量你也不敢。”

“……”

清晨格外安静，许是我们小声交谈的声音传进了祁箫檬的房间，他的房门突然开了，他睡眼惺忪地走出来：“你们这么早？”

裴俨拍拍右手边的空位：“过来吃东西，有粥，有油条，有叉烧包，还有我做的三明治和黑啡，自己选。”

祁箫檬不客气地坐下，伸手便拿起油条猛咬一口。

裴俨指了指孔望，向祁箫檬介绍：“这是我秘书，以后也是贾橙的秘书。孔望，这位你应该认得，F集团的未来继承人，我以后的伴郎。”

我和祁箫檬霍然抬头，都不由得瞪大了双眼。

“谁说我要当你伴郎了？”

裴俨霸道地抢过祁箫檬手里的油条：“不当就没得吃，回庄园吃新鲜空气去吧你。”

祁箫檬蔫了，顶着一脸屈辱表情瞥了我一眼，不甘心道：“当伴郎就当伴郎，谁怕谁啊！前提是你们的婚期最好符合我的工作档期，本少爷可是很忙的。”

“好。”裴俨郑重地点了点头，信守承诺，将油条还给了祁箫檬。

我仍然一脸惊诧，向前探了探头问孔望：“你以后是我秘书？”

孔望抬头向我露齿一笑：“对，我从Voodoo离职了。裴总监说嫂子你急缺一个得力助手，非我不可，于是我就来了。”

“你来得太对了！”

我忍不住伸出了手，本想着和孔望握一握手象征联盟，千钧一发间，裴俨及时拉住了我，稳住了我激动万分的情绪。

他侧着脑袋托腮看我，目光甚是狡黠，嘴角洋溢着一抹诡谲的笑意：“裴太太，你刚刚想做什么？”

我咽了咽唾沫，一脸被当场抓包的心虚表情：“我……我想……和孔望握一握手，以表达我对他的热烈欢迎。”

大魔王转瞬拉下脸，义正词严道：“你对他的热烈欢迎通过工资单就可以体现出来，没必要有肢体接触。”

我撇撇嘴，没好气地瞪他一眼：“知道了，霸道鬼。”

“知道就好，不要挑战我的底线，我的脾气真的很不好。”

“……”

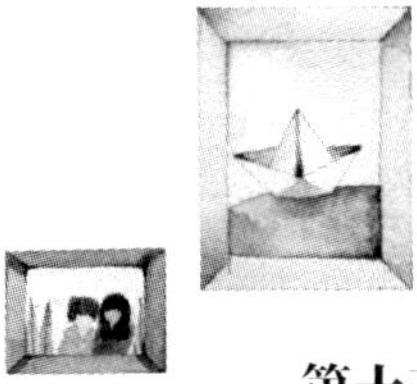

第十三章

三个人的小秘密

春苗接受完采访当天，她的视频便在微博上飞速传播，我和裴俨再次被带上了热搜。

#贾扒皮神反转#
#春苗视频#
#向贾橙道歉#
#早鸟屋#
#检讨书#
#裴俨贾橙结婚照恋爱犀牛#
……

在采访里，春苗坦白招认了萌点遇害的过程及真相。她还出示了银行流水，以证实自己是“收人钱财，替人作恶”。至于那个给她汇款的郑姓先生，我和裴俨当时就料定，在真相曝光后，记者一定会刨根问底，借助广大网友的力量展开地毯式搜查，果不其然，才不过半天光景，那个郑姓先生便被人肉出来了。

网友声势前所未有的浩大，评论栏里十之八九对他喊打，剩下一二表示支持。

王炸炸一杠：太可恨了！这种人应该拖出去赏十丈红！还找无辜者顶罪，当时贾橙被攻击得多惨烈，要不是春苗良心发现，我还不知道自己错怪了人！脸打得疼死了！贾橙我向你道歉，对不起！

JohnWallson291：What！居然还有神反转！感觉后面还有内幕，为什么这个郑先生要无缘无故陷害贾橙而不是黄橙、陆橙、蓝橙或者其他橙？难道只有我一个人表示好奇吗？请各位少安毋躁，问清楚了再打人！我们不能再犯错了！

板栗花母鸡鸡鸡：同意楼上，我嗅到了满满的阴谋味道，坐等更多爆料。各位承让，我的屠龙刀不长眼，郑汇钱你完蛋了！

……

不知是迫于舆论压力还是记者太难缠，那个郑姓先生终于崩溃投降，向记者坦言，他自己和我并无恩怨纠葛，他也不过是收人钱财，替人办事。记者紧咬住不放，逼着他到银行打印银行流水，从中又发现给他汇款的是一个陈先生。

记者顺藤摸瓜，越过一道又一道关卡，终于追溯到这起案件的源头，刘女士。

刘女士，呵呵，一抹金姓刘。

这年头，不论谁做过什么事，不论她怎么掩饰，只要大家有心追究，真相就一定会水落石出。任凭一抹金如何小心谨慎，在她和春苗之间安插了四个代办人做中转，锲而不舍的记者还是找到了真正的始作俑者。

虐狗门事件再一次掀起轩然大波，不到二十四小时，热门话题的搜索词换了一批又一批。

#败犬女一抹金#

#萌葩星滚出宠物时尚圈#

#最无辜的小三#

#萌葩星神枪手#

……

随着真相浮出水面，更多的疑点被网友和媒体深挖，他们并不满足于找到虐狗门事件的真正元凶。网友纷纷猜测，一抹金和我九成九有不可描述的深仇大恨，不然她为什么要对我家狗施以如此血腥变态的虐杀手段。

紧接着便有知情人透露，我曾在萌葩星工作过是事实，但我中途离开不是因为我自身作风有问题，恰恰相反，我退出萌葩星是因为我发现了不为人知的秘密——萌葩星有经营黑幕。萌葩星圈养枪手打造所谓世界一流的宠物时尚设计师，我不甘被摆布操控，所以鼓足勇气炒了老板鱿鱼。

在这个风口浪尖上，狗仔队发挥了他们应有的作风。他们把祁箫檬和一抹金短暂的情史扒了个彻底。当然，狗仔队之所以如此轻易便获得有效情报，是因为祁箫檬暗中出力。

狗仔队指出，一抹金有迷之妄想症，但凡祁箫檬接触过的女性都是她的假想敌。因为强烈的妒忌心和变态的占有欲，她甚至将其中一名曾经与祁箫檬有过亲密接触的女性毁容。之后她变本加厉，不停利用毁容女的照片对祁箫檬身边的女性朋友进行威胁恐吓，而我也是受到恐吓的无辜女性之一，有报案回执为证。

针对狗仔队的爆料，祁箫檬的转发评论促使整个事件走向高潮。

F集团祁箫檬V：曾有水军污蔑说，贾橙在萌葩星工作期间与我发生过不正当关系，而事实上，我将会作为她先生的伴郎出席她的婚礼。在此敢问水军，你们下次能捏造点更逼真的谎言吗？也好让我有点解释的必要。至于我和贾橙到底是什么关系，我愿意回答。我这么说好了，如果我的父亲有提前拟写遗嘱的习惯，那贾橙必定也是继承者之一。当然，我不知道我的父亲最终会如何安排他的财产，但贾橙或多或少能从中得到什么。我父亲对她视如己出，而我不妒忌、不排斥，因为我也乐意，我就是乐意看见她幸福。我曾向她承诺过，不会让一抹金伤害她，但我没有做到。她像其他接近过我的女人一样受到了莫须有的骚扰，更不幸的是，她因为我受到了不堪入耳的诋毁、谩骂、人格侮辱。虽然她从未对我有过一句怨言，但我难辞其咎。

祁箫檬的态度让那些曾经对我恶言相向的网友纷纷私信我致歉，我的微博瞬间炸了。

另一方面，春苗不仅在采访里向萌点真心道歉，甚至还提到了她的检讨书已经在早鸟屋公布，最后还感激涕零地说起我向她弟弟提供资助的事情。网友对我好感度爆棚，当天，早鸟屋的浏览量破千万大关，风头一时无两，订单源源不绝。我可以肯定，即便是萌葩星鼎盛时期，它的官网点击量都达不到我今天的点击量。

我将订单信息发给麦丰制衣厂，由那边负责联系快递发货，我只需要在线上为顾客解答问题即可。

因为咨询的顾客实在太多，一整天下来我忙得焦头烂额、分身乏术，哪怕在回匪匪庄园的路上，我都一直用手机旺旺陪顾客聊天。裴俨怕我一个人应付不来，便索性让祁箫檬充当司机，登录了早鸟屋的子账号和我一起做售前服务。

堂堂高管人物，如今竟为我做着最接地气的工作，裴俨尽心又尽力。

我们再次走进匪匪庄园那栋恢宏大气、美轮美奂的英式别墅时，四周竟一片漆黑。贾霆霆、乔薇月还有祁远达似乎并没有欢迎我们三个人凯旋的打算，他们甚至不给我们留灯，别墅里空无一人，连管家和用人都消失得彻底。

“有猫腻。”祁箫檬鬼鬼祟祟地朝四下张望一眼，压低声音道，“别墅里越黑越有鬼，我爸肯定是躲起来了，幼稚。”

我忍不住打了个激灵，没好气地瞪他一眼：“祁少爷，请不要在晚饭时候讲鬼故事，我今天已经很累了，你能不能先开灯？这是你家，你应该知道电源在哪。”

说时迟那时快，别墅外充满戏剧性地响起“砰”的一声。

我们仨循着声源走到别墅前的庭院，抬头望天，夜幕下绽放出一束接一束绚烂多彩的烟花，斑斓的火光在广袤天地间拼凑出两颗紧扣的心，巧夺天工，让人叹为观止。

别墅的灯忽然亮了，祁远达和我爸妈三人信步走到我面前，单从这阵势看来，我就可以断定他们和好了。

真好，我长舒一口气。

如果连祁远达都能宽容我的父亲，我又何必再为父辈的事耿耿于怀呢？这段日子我经历了太多，它们让我越发珍惜我所能抓住的美好。

我依然感谢生活，它让我不断失去，却又让我在痛的失去中得到新的拥有。

“祁叔叔，爸，妈。”我依次问候，然后扬手指向高空，“这是庆祝我沉冤得雪吗？”

祁远达开怀一笑，透着精芒的眸光飞快地在我和裴俨脸上扫过：

“这是为了庆祝你们新婚宴尔。之前烦心事太多，今天总算告一段落了。”

祁远达又瞅了瞅一旁的祁箫檬，虽刻意压低了声音，话语却让在场的人听得一清二楚：“别以为我不知道你在我书房里装过监控，是我有心放你一马。”

我震惊不已：“原来祁叔叔你就早知道了？”

祁远达淡定颔首，眸光再次瞥过裴俨，语重心长道：“我还以为你会利用这段视频反击Voodoo，没想到你居然没这么做。”

裴俨略显沉重地吁了口气，抬眸看了看天上怒放的花，他俊美的侧脸隐藏在时隐时现的烟花海里，晦暗不明。他漫不经心道：“祁箫檬为了我和贾橙出了不少力，我当然不能把他的父亲卷进这个事件当中，这是我的原则；而放过万延森，让他不至于为女儿的过失而赔上名声，赔上Voodoo的声誉，是我最后报答他的知遇之恩，也是我曾经身为Voodoo的高管所尽的最后一点职责。他们可以不仁，但我不可以不义，我有我的不可为。”

祁远达点头如捣蒜，嘴角露出微笑，抬手拍了拍裴俨的肩膀，回头对我爸妈道：“你们的女婿非池中物，难怪虎崽子会喜欢。”

“那是当然，我最喜欢裴俨了！”我扬扬得意地把头靠向裴俨，满脸自豪道。

而另一只虎崽子冷眼站在一边旁观，刻意摆出一脸不屑的表情，目光闪烁地朝裴俨眨了眨眼，堆起往昔那副我再熟悉不过的痞子笑脸，对裴俨道：“这位好评如潮的女婿先生，你别总歌颂我为了贾橙付出了多少力气，我可不是白白干活的。”

“我知道。”裴俨意味深长地与祁箫檬对视一眼，“答应过你的，我会做到，就今晚吧，速战速决，免得夜长梦多。”

我朝他俩各看一眼，硬是一句话都没有听懂。

我满脑子问号地打量着裴俨，他却沉迷于绚烂烟火、漫天华彩，并没有理会我探询的目光，而他握紧我的手在不经意间渐渐松开。我试着伸手抓住他，他却巧妙地躲开了。

“起风了，我上楼给你拿件外套。”裴俨轻声说道，不等我应允便扭头走开了。

我茫然注视着他坚决离开的背影，他的异常让我困惑，让我不安。

我狐疑地对上祁箫檬的双眼，他神色沉着，眸里难掩一抹郁色，之前的轻佻早已荡然无存。

“你们俩怎么了？”我关切地问。

祁箫檬故作轻松地耸了耸肩，若无其事道：“当初为了让我帮忙，他答应过我一件事，现在是他还债的时候了。”

我皱着眉追问：“他答应过你什么事？”

祁箫檬向我指了指庭院左侧的林荫小道，那晚便是在那里，我和他遇上了一抹金，继而生出了后来一连串事端。

“你跟我走就知道。”祁箫檬低声说道。

我朝长辈们挥了挥手，然后紧跟在祁箫檬身后走进了幽深的羊肠小道。他有意放慢脚步等我追上，我却不愿与他靠得太近，他行走的速度越是缓慢，我便越是刻意地拉远与他的距离。

祁箫檬似乎察觉到我有意疏远，突然加快了脚步甚至小跑起来，我猝不及防，直到他消失在转角，我才意识到他不会再等我了，不禁感到一丝心慌，迈步跑着追上去。

我拐过转角，祁箫檬的身影百寻不见，再往前走，便是通往别墅地下室的入口了。我犹豫着要不要转身离开返回别墅，也许裴俨就在房间里等着我，又或者他已经拿好了外套，回到庭院找我。

如此一想，我便不再犹豫，刚要转身，一个黑影从暗处闪出，我来不及惊呼一声，便被那人从背后捂住了嘴。

“如果是你家那位突然不见了，你是不是得急得哭出来？”祁箫檬低沉的声音在我耳边响起，语气里竟莫名透着几分幽怨。

我的后背紧贴着他的胸膛，我能感觉到他心脏越发急剧地跳动，也感觉到他的另一只手为了牵制我而在我肩上越发用力。

我屈起手肘往后一顶，祁箫檬吃痛，松开了我，捂着腹部，抬眸狠狠瞪我："最毒妇人心，你怎么一言不合就揍我？"

"因为你欠揍！"我立刻退开几步，叉着腰，不甘示弱地对他责备道，"你到底在干什么？为什么要把我带到这里然后突然消失，还暗中偷袭我？我警告你，我的豆腐只有裴俨可以吃。"

祁箫檬没好气地翻了个白眼，转身走去开了地下室的门，然后回头朝我递了个催促的眼神："还不过来？你不是很想知道我和你家那位有什么小秘密吗？怕了？你随时可以走，我不拦你。"

"我不怕。"我尾随他再次进入了地下室。经历过种种，在心里我对祁箫檬十分信任，而对于他刚才的举动，我只当是恶作剧。

祁箫檬打开了地下室的灯，带我向着尽头的密室走去。我当然不可能忘记，密室里有他的秘密宝藏，有一整屋的星星灯。

当我眼前再次亮起满室星星时，我的童心再次被唤醒，它们依然让我着迷，让我恍惚失神。

我的视线投向摆放在密室正中央那些逼真的赛车模型上，忍不住问："你恨我爸吗？"

祁箫檬没料到我会问得这么直接，不由得愣怔了下，而后几乎没有犹豫便坦率地答道："我从来没有恨过他。我承认，那晚知道我爸的过去后，我为自己对贾叔叔的敬佩而对我爸感到愧疚，可我又忍不住更加敬佩贾叔叔。贾叔叔是个很有人格魅力的男人，我不仅敬佩他，还羡慕他。"

祁箫檬泛着柔情的目光不经意间落向我："贾叔叔为了喜欢的女人可以不顾一切，而我，即便想做也做不到，爱情需要两情相悦。"

我观看着满墙壁闪烁的星星灯，嘴角不由得溢出笑意，今晚，我终于放下了一块心头大石。我一直担心父辈间的矛盾会影响我和祁箫檬的友谊，会让他心存芥蒂，从而疏远我和裴俨。我竟变得这么在乎他。

他是裴俨收获的友谊，也是我收获的友谊，我和裴俨都重视他。

“贾橙，送给你好不好？”祁箫檬冷不丁道，指了指爬满四面墙的星星灯，声音轻得几不可闻，“我把密室送给你。”

我当场震惊了，瞪着眼睛，像打量一个疯子一样打量他：“你说什么？要把密室送给我？”

“是。”祁箫檬笃定地点点头，“开锁密码是你和裴俨的生日。”

居然连新的开锁密码都为我设置好了？看来他不是闹着玩的！

我连忙摆了摆手，不假思索地拒绝道：“我不能要，我拒绝。”

“你必须要，你不能拒绝。”

“为什么？”

“因为我要送给你。”

“你为什么要送给我？”

祁箫檬默然，低头端详我半晌，沉静的眸子里再度流露出一抹难以掩饰的忧色，和怅然若失的落寞。

“因为……”他微微一笑，“你注定是我生命中特别的一位，因为……你比别的女人可爱，也比别的女人真诚？我遇过不少女人，她们都很美，而你却很美好。因为……你是那个我一想起就不知不觉扬起嘴角的人？因为……在你面前我可以做我自己，我从不怕让你知道真正的我有多幼稚、多敏感？因为……与别的女人接触，我总想着怎么逗她们笑，但一看见你，我就只想惹你生气？因为……这算是你的嫁妆？以上种种理由，你随便挑个自己喜欢的说服自己好了，反正这星星屋我就要送给你。”

我气结，充满善意地提醒他：“祁箫檬，给嫁妆这么老气的事，一般都是由父母为出嫁的女儿准备的，你和我又不是父女关系。”

“我不管。”他又开始耍孩子气，“总之我送你你就得要，你不要的话，我明天就把这儿砸了。”

说完，他头也不回地走出密室。我仍然试图拒绝，便急匆匆地追出去，迎面撞上一副厚实的胸膛。

我扶着额抬头，出其不意地触上一双澄澈得动人心魄的眸子，这双眸子里此刻布满了妒意，让我不由得心头一紧。

是裴俨。

他神色紧张，一遇上我便紧抓着不放。在他身后，祁箫檬的身影已经远去，随着“啪嗒”一声清脆而微弱的声音响起，地下室的门开了又关，偌大的空间只剩下我和裴俨。

“祁箫檬对你说了什么？”他酸溜溜地问。

我拉起裴俨的手，带他走到星星屋前。刚才我一心只顾追上祁箫檬，星星屋的门仍然大敞着，裴俨能从门外将满室星星尽收眼底。我伸手带上门，然后指着门上的密码锁对裴俨示意道：“你输入我和你的生日试试。”

裴俨遵照我的指示在密码锁上输入了几个数字，紧接着星星屋的门便开了，我推着他走了进去。

“那晚你忙着给米竹当男伴，祁箫檬便带我到这里参观，跟我分享了他的小秘密。今晚他说要把这里送给我当嫁妆，你说奇不奇怪？我刚刚想拒绝来着，可他拒绝我拒绝。”

裴俨静静地环视星星屋，拉着我沿着四面墙壁徐徐行走，犹如举行某种神圣的仪式，他的手轻轻拂动墙上的星星，它们只默默晃动几下便又静止不动，仿佛要用它们的沉默守住这一室永恒。

裴俨忽而停下脚步，从星星灯上敛了目光，缓缓回头注视我，道：“他这么做一点都不奇怪，这间密室装着他的小秘密不是吗？所以他才要送给你，因为……你是他的小秘密。”

我是他的小秘密？

我回味了半晌，似懂非懂地眨眨眼，一脸无辜地问：“我怎么就成了祁箫檬的秘密呢？我和他从来没有发生过什么不可描述的事呀。”

裴俨低头陷入一阵沉思，眉头不由得越锁越紧，似乎在为什么事情而纠结而烦恼。犹豫了许久后，他似乎终于拿定主意，冷不防一把将我纳入怀里，贴到我耳边决绝地沉声道："你还是不要知道的好，我不想你知道，你不要追问了，好吗？我不想你对别的男人有一丁点辜负的感觉，你没有辜负任何人，你就应该和我在一起，永远和我在一起，一生一世、一心一意和我在一起，你是我的，只是我的。"

裴俨越发用力地抱紧我，直到全身紧绷，直到这种拥抱让我们彼此都精疲力竭，仿佛要感受到拥有的质感，才能使他心安，使他满足。

我拼尽全力予以他拥抱的回应，终于双臂一松，犹如结束一场拔河比赛一般，双臂无力地垂在身侧。我缓声道："你是故意的，你明明不愿意，为什么还要制造机会让祁箫檬和我独处？"

"因为我答应过他。"裴俨慢条斯理道，低沉的话语里透着几分无奈，"祁箫檬最了解一抹金的套路，萌点和你的事他愿意动用一切人脉协助我，但同时他向我提出了一个请求，他希望和你有一个独处的机会，他说他有很重要的话想对你说。其实我心里很清楚，即便当初我毫不犹豫地拒绝他，他同样会全心全意、尽心尽力地帮助你，所以……我根本没有办法拒绝一个这样的他。祁箫檬表面吊儿郎当，实则善良敏感，他有着和你一样的热心肠，只是比你更闹腾。我实在不忍心让那个幼稚鬼失望，便只好拿出点风度让他一回。"

我听着不由得笑了，想不到裴俨和我对祁箫檬的看法竟这样一致。

裴俨和我走出密室，他带我从地下室的另一条通道离开，从此处可以直达别墅一楼，而不必经过庭院的林荫小道。想必，他刚才便是从这条通道来到地下室的，他一定事先就知道祁箫檬会带我到星星屋。既然祁箫檬能用我和裴俨的生日设为星星屋的开锁密码，那星星屋对裴俨来说自然不是秘密。

那个曾经只有祁箫檬独享的地方，从今以后便由三个人分享。

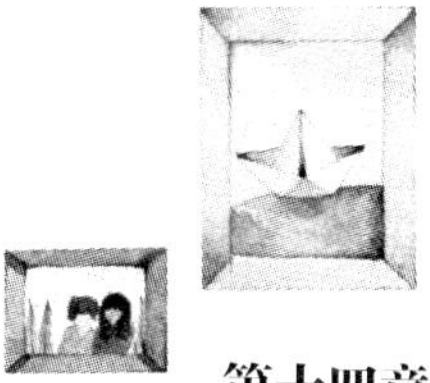

第十四章
这辈子你吃定我了

春苗的采访一曝光，一抹金便在记者的深挖下成了众矢之的，有许多之前被她恐吓过的网红、模特都纷纷站出来表示情况属实。尽管如此，警方依然拿一抹金毫无办法。一抹金的确曾策划毁容案件，但从未亲自动手，即便追查下去，最终坐牢的、真正有罪的也是她花钱雇来的刽子手，不论是她出谋策划动动脑子，或是她吩咐指示耍耍嘴皮子，这些统统算不上犯罪，法律只给最后动手的人定罪，而动脑的人只能从道德层面上谴责。

然而这阵东风还在持续，越刮越烈。萌葩星的经营黑幕被揭发之后，有不少之前主动离开或是被一抹金辞退的员工都先后在微博上发表声明，证实萌葩星“圈养枪手打造国际设计师IP”的指控不是诬蔑造谣。

又一次，一抹金钻了法律的空子，她和所有员工都签署过劳动合同，虽然这些人现在跳出来指责她，但她从未对员工隐瞒过事实，合同上员工的亲笔签字就是最好的证明，一个愿打一个愿挨，构不成犯罪。

一抹金做事滴水不漏，纵然劣迹斑斑，但仍然逍遥法外，再汹涌的口水仗都淹没不了她。目前，萌葩星确实面临着棘手的公关危机，经营难免会受到一定影响，有不少萌葩星的老顾客贪图新鲜跑到早鸟屋购买我的产品，但暴风雨总会过去，人们总是善忘，说不定哪天萌葩星又会卷土重来，起死回生，谁知道呢！

我虽然赢得了民心，但我知道，处于上风是暂时的，我得趁着这个机会抓好产品质量，让顾客记住我的品牌，从心底里真正认可早鸟屋。

我原以为，裴俨后半生都不会再踏足Voodoo一步，但这天他早早爬起来，然后无情地将我摇醒，甚至亲自动手给我换上衣服。在庄园用过早餐后，他便带我一路直奔Voodoo。

“为什么突然要回Voodoo？”我哈欠连连，怨气冲天，倒在副驾驶座上冷声冷气道，“万一碰到万云萱，不知道又会惹出什么麻烦事。”

裴俨握着方向盘，气定神闲道：“不巧，今天回Voodoo主要就是为了见她，所以你必须陪同。”

我从来没有私底下查看丈夫手机的习惯，我也不爱翻看裴俨的邮箱，尽管他的所有密码我都知道，但我就是不愿意那么做。难道裴俨和万云萱仍然断断续续地保持着联系？

我顿感不悦，一脸冷漠地扭头看车窗：“为什么我必须陪同？是你想见她，又不是我想见她。”

“你回过头来看我。”裴俨的声音透着一丝愠怒。

我佯装没听见，自顾自盯着车窗出神。

裴俨索性伸出温暖的手掌握住我的手，我没有甩开，任由他紧握着，可就是不愿回头。裴俨不禁浅笑了一声：“老婆，你回头看我，不然我只好在高速路上找紧急停车带停车，先把你哄好……”

我猛然回头，本想着用犀利的眼神凌迟他，可看见他那副百般宠溺又显露出几分紧张的模样，我心里的无名火不免消去了几分。

我压下火气，平心静气地问：“为什么突然要见万云萱？”

“你是不是吃醋了？”某人眉飞色舞，难掩心中得意。

我理直气壮地点头：“是的，我吃醋了，我不喜欢自己的丈夫和他的追求者藕断丝连，尤其是你这副光明磊落的态度，简直就是火上浇油。男人，你不要玩火。”

“我没玩火。”裴俨敛了笑意，双眸直视前方。似乎为了抚平我内心的波澜，他握着我的手，不停地揉按着我的掌心，另一只手握着方向盘游刃有余地驾驶，沉声道：“我心里有根刺，我必须拔掉，否则它会种出更深的怨念。我要给万云萱一个坦白的机会，我的宽容从来都不是白给的，如果她不配，我不会姑息。万延森再重的知遇之恩，都抵不上萌点的命。”

我懂得了，理解地点点头。

裴俨飞快地瞥我一眼，忍不住抬手捏了捏我的脸，略显委屈道：“我没有和任何人藕断丝连，私底下我还一直保持联络的女人只有岳母，老婆，你错怪我了。”

我“扑哧”一笑，握住他的手在他的手背上落下一吻：“我跟你道歉，我不该吃这种飞醋。”

“该酸的时候也得酸，不然我怎么知道你在乎我？譬如这一回，就酸得恰如其分。”某人煞有介事地分析道。

再次回到老地方，我百感交集。

从我们身边经过的人，依然会毕恭毕敬地向裴俨问候一声“裴总监，您回来了”，可见裴俨在Voodoo威望之高丝毫不亚于董事会，即便他已经离职，仍旧人人拥戴。

裴俨带我直上Voodoo顶层，这一层全层通透，单独用作董事长办公室。

我们走出电梯时，万延森和他的爱女万云萱已经在等候了，显然裴俨事先与他们父女二人约好了。

“董事长。”裴俨不失尊重地向万延森礼貌问候。

万延森点点头，遵循基本社交礼仪询问我和裴俨要喝些什么。裴俨摆了摆手，客气而疏远地婉拒：“不必劳烦，我们夫妇二人坐坐就走。”

说完，裴俨便直接将目光投向万云萱。

她似乎清瘦了些，打从我挽着裴俨出现的那一刻起，她的注意力便不曾从裴俨身上转移。万云萱是个不善于掩藏心事的人，也许是在国外待得太久的缘故，她直来直往，倒也算坦率，只是不爱讲理，野蛮得理直气壮，便显得不可理喻。

裴俨和我在沙发相挨而坐，他连客套都免了，直截了当地问：“万小姐，关于萌点遇害的事，你到底参与了多少？你参与了整个事件的策划，还是只向一抹金提供了情报，让她对我的情况有所了解？你对一抹金的全盘计划是否知情？”

“俨哥哥……”万云萱心虚地低下头。

裴俨厉声打断：“请万小姐回答我的话！”

万延森眼看着爱女被裴俨这般冷酷对待，欲出言阻止，裴俨却及时拿出了平板电脑，从里头找出一段视频播放给万延森看，视频内容是万延森和祁远达在书房里的交谈内容。

万延森铁青着脸，拍案而起，指着裴俨的鼻子破口大骂：“你这是什么意思？威胁我？还是勒索我？”

裴俨面不改色，端坐在沙发上，泰然自若道：“董事长，您有什么值得我威胁勒索的？我再怎么不择手段，萌点也无法复活。如果我想做出对您不利的事，直接在微博上放出视频就可以了，有必要特意跑来给令千金一个坦白认错的机会？”

万延森不屑地撇撇嘴：“你想要我女儿认错？”

话不投机半句多，裴俨干脆收起平板电脑，似乎不愿再做过多勉强，扶我起身，淡淡说道：“如果董事长觉得令千金没有做错，那我也无话可说，我将会采取一定措施平息我心里的愤怒。念在过去您对我有恩情的分上，我还是很有必要提醒您，一抹金是个危险的人，她怎么伤害别人，就会怎么伤害令千金，不要等火烧到自己身上了，才觉得烫手。”

裴俨握住我的手作势要走，万延森却冷声喊住他：“你打算怎么做？公布视频吗？哪怕会牵连祁氏？”

裴俨毫不犹豫地摇摇头：“我不会那么做，我只会在微博上郑重发表离职声明，简单阐述原因，并指出令千金的所作所为。至于网友脑洞有多大，那就由不得我控制不了，是令千金有意隐瞒在先，就怪不得他人妄自猜测。”

裴俨搂着我向电梯走去，万云萱一个箭步冲上来，张臂拦在了我们面前。

“俨哥哥，如果我说我不知道一抹金会对萌点做出那种事情，你会相信我吗？当初，她只说会劫走萌点让你迁怒于贾橙，我……我真没想到她会……当初，是我无意中提到你喜欢狗，所以才会对宠物时装感兴趣，才不是因为她！”万云萱不甘心地看了我一眼，接着道，“然后她问我你有没有养狗，我就随口说了，我也不知道事情会弄到这步田地。”

我神色一凛：“那时我已经离开萌葩星了，一抹金是怎么知道我的新住址的？你到底还做过什么？”

万云萱索性别过头，不肯予以回应。

裴俨目光越发阴沉，态度冷冽地催促道：“万小姐，请你正面回答我太太的问题。”

万云萱不由得红了双眼，不知是无地自容，还是恼羞成怒，许是心理防线被最终击溃，她扬起了头，扯高嗓音对裴俨道：“是我利用职务之便翻看公司合同，将贾橙的通信地址透露给了一抹金。”

“万云萱！”身为父亲的万延森再也听不下去了，他火冒三丈地冲过来，抬手便朝万云萱雪白的脸庞掌掴过去，“你真的太不争气了！”

万云萱如此做派，等同于泄漏公司机密。向第三方透露合作方的隐私，这是原则错误，在任何公司都是死罪。

裴俨得到了想要的坦白，而我也知道自己是怎么被一抹金找上的，万云萱也得到了她应有的教训，裴俨便不愿再咄咄逼人，放缓语气对万延森道：“董事长，这件事到此为止，我不会再追究，也不会再提起，但我有必要给您一个忠告，远离一抹金，不然总有一天，令千金会惹火烧身，一抹金绝对不是善男信女。”

裴俨按了电梯，搂着我便要走进去，万云萱却伸手抵住电梯门，双眸死死盯着裴俨。

刚刚万延森当着裴俨的面让她挨了巴掌，她是多么骄傲的人，哪里受得了这种对待？

她再无力气为自己申辩，眼泪不争气地簌簌往下掉，当下她已顾不上那么多了，她心里清楚，自此一别，她和裴俨便各自天涯，难以再相见。

“俨哥哥，你恨我吗？你很瞧不起我，对吗？”她哽咽着说。

裴俨保持沉默，似乎并不打算回答她的问题，伸手将她从电梯门边推开。万云萱却一把抓住他的手，执着地追问：“如果没有她，我有机会吗？如果不是先遇见她……如果你从不曾认识她……”

裴俨淡然一笑，仿佛这问题他早已在心中回答过自己千万次，他万分笃定道：“如果没有贾橙，你也不会有机会。如果我今生没有遇上贾橙，我将孤独终老，不会爱上任何人。我会爱上她不是因为她先出现，而是因为她是贾橙。你明白吗？萱萱，我可以是任何人的俨哥哥，但我只能是她的丈夫。我对你冷漠，对所有人冷漠，因为我吝啬温柔，想把所有都留给她，你明白吗？不要再执迷不悟，不要一错再错，你还年轻，你的身后有路可退，你父亲在等你回头。”

那一声“萱萱”，让万云萱错愕地瞪大了眼，在惊诧中缓缓放开了手。这是裴俨唯一一次对她流露出温柔，也是最后一次。

万云萱看了看我，又看了看裴俨，继而后退一步，不再抵挡电梯的门，嘴里念念有词："我以为我输给一个叫贾橙的女人，原来我输给了爱情。"

电梯关上，万云萱泪眼模糊的脸在我眼前彻底消失。

裴俨伸手握住我的手，轻声道："怪我吗？"

我莞尔一笑，打趣道："俨哥哥，如果你今生没有遇上我，就真打算孤独终老啦？"

"是。"

我掩饰不住得意，摇头晃脑地甩甩手，耀武扬威地朝他眨巴眨巴眼："原来我这么重要，原来你喜欢我的程度那么深？"

"是。"裴俨冷不防将我拉入怀里，不顾电梯里装有监控，低头捕捉我的唇，如疾风骤雨般与我激烈拥吻。

少顷，他意犹未尽地从我唇上离开，双眼布满了唯独我可以占有的柔情："贾橙，我很爱你，这辈子你吃定我了。"

那天之后不久，万延森便把爱女送去了国外继续深造，万云萱和一抹金这场根本经不起考验的友谊无疾而终。Voodoo将萌葩星列入黑名单，除非更换董事长，否则，未来一抹金再无机会与Voodoo有任何合作。

萌葩星的销售业绩因为丑闻一落千丈，而我的设计在业内大获好评，不论是淘宝买家还是宠物时尚界的业内设计师，都对我予以高度认可，甚至还有时尚杂事表示要采访我。

早鸟屋的订单每天都在增加，承裴俨吉言，借着事件营销的势头，我竟在试营业的第一个月便实现了盈利，比原先设想的三个月内盈利还提前了两个月。可越到这种时候，我和裴俨反而更松懈不得。

赶在春节前，我夜以继日地完成了明年春夏两季的设计图纸，而裴俨也配合我拟定了营销方案，祁箫檬拉得一手好赞助，竟帮我找来了投资商，至于工厂那边，交由男秘书孔望接洽，就这样，早鸟屋总算在风雨飘摇中站稳了脚跟。

从初冬到暖春，我和裴俨一直留在匪匪庄园。许是因为我爸妈和祁远达有着说不完的话，他们竟就这样长住下来了。我爸妈不离开，我和裴俨便也只好留在庄园作陪。偌大的别墅难得这般热闹，窗外四季更迭，别墅里却四季如春、暖意洋洋，各个角落尽是一片欢声笑语。祁远达留恋这温情，巴不得我们举家搬进匪匪庄园。

就这样，我一边全身心投入事业，一边沉迷于婚姻带给我的甜蜜和这个有着祁远达和祁箫檬的大家庭所带给我的温馨，浓郁的幸福气息在我四周弥漫，一抹金笼罩在我人生里的阴影似乎不知不觉淡去了。

祁远达成功说服了我爸妈，要我和裴俨在匪匪庄园举行婚礼。他们众志成城，我和裴俨当然得尊重长辈意见，婚期定于五月仲夏。在此之前，裴俨要带我出国见一见他那两位毫无家庭观念的父母亲。

出发当天，祁箫檬堵在别墅门口，他身旁立着一个拉杆箱，脚边放着一个背包，分明一副要出远门的样子。

他冲我和裴俨龇牙一笑：“你们收拾完行李之后没有发现落下什么吗？”他拍了拍胸膛。

裴俨没好气地瞪他一眼：“我们去见另一对爸妈，你跟着去做什么？”

“围观你们见爸妈啊。”祁箫檬不依不饶，背起背包整装待发，略显委屈地朝我们努努嘴，“你们都走了，别墅里就剩我一个，他们仨整天腻在一起，没人要我。”

“我们也不要你。”裴俨硬着心肠推开别墅的门走出去，司机已在门外等候，一看见裴俨便主动上前接过行李。

祁箫檬急忙跟上来：“这是我家，车和司机也都是我家的，你们用我家的资源还好意思不带上我？”

“好意思。”裴俨打开车门示意我上车，一脸惋惜地摇摇头，对祁箫檬道，“你家现在还不是你的，再说了，你家早就被贾橙占领了。”

我看不过去了，索性退到一侧让祁箫檬先上车，然后抬眸瞪了某人一眼：“你别总欺负他，带上他就带上他呗，飞机又不是你的，买机票也没让你出钱。”

说着我便打算钻进车，裴俨探头朝车里张望一眼，发现祁箫檬已经坐在最里面的位置，便及时拉住我：“我坐中间，你坐我身边。”

然后他就霸道地坐了进去，继而拍拍身旁的空位催促我上车。

车门关上后，坐在前头的司机瞥一眼身旁空着的副驾驶座，继而抬眸看一看后视镜，只觉得惨不忍睹，咽了咽唾沫，提醒道：“前面还有一个空位，后面完全没必要那么挤。”

“就要这么挤！”祁箫檬挑衅似的微微晃动上半身，轻轻撞了撞裴俨，“我就喜欢这种彼此紧挨着的真实感，就要挤着他们。我享受，我快活。”

司机：“……”

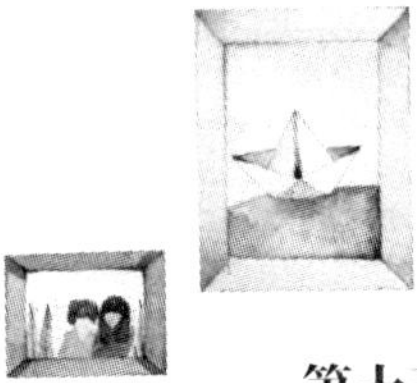

第十五章

取决于祖传染色体

西雅图的四月天略显清冷，走出塔科马国际机场时，我好奇地看着陌生的车牌号码，上面的英文字母让我更真切地感受到自己已身处异国他乡。可我没有一丝茫然感，大概是因为有裴俨在身边。

酒店派了专车到机场接送，我们在西雅图市区临近海滨的一家山庄酒店下榻，裴俨用一口流利的英语和酒店的前台人员沟通，特地要了一个家庭海景套房，让祁箫檬和我们住一起。

套房正中央是起居室，起居室两侧各有一个卧室，比起落地窗前被黄昏的落霞染得金灿灿的滨海美景，更让我着迷的是，起居室里一堵石砌墙上竟镶嵌着一个壁炉！

我眼巴巴地回头看向裴俨，如获至宝似的指了指壁炉。他会意一笑，上前从背后拥着我："就知道你喜欢，我已经吩咐过前台尽快安排人过来生炉子了。"

祁箫檬从落地窗前敛了视线，不经意间瞥了我和裴俨一眼，瞬间拉下脸："你们真是够了，这套房里还有别的大活人呢！整天动不动就抱一起，你俩是袋鼠吗？”

我脸皮薄，拍了拍裴俨的手背示意他松手。不知他到底是和我过不去，还是和祁箫檬过不去，偏把我搂得更紧，不依不饶道：“有些拖油瓶如果实在看不下去，就换个房间自己待着。”

“坚决不换。”祁箫檬信步走到沙发上坐下，直勾勾盯着某人，撇撇嘴道，“我就要黏着你们夫妇俩，如果以后我找不到一个可以让我也变成袋鼠的女朋友，你们就得负责我后半生的幸福。要不这样，反正有大把时光，你们抽空给我生个女儿？我等她长大，然后做她的大叔怎么样？反正男人四十一枝花。”

我脱掉鞋子便朝祁箫檬身上砸去。

裴俨索性连袜子都脱了，塞到我手里，然后指了指祁箫檬：“用这个堵住他的嘴。你看，我就说过不带他来，你非要带，以后出远门要听老公的话。”

我委屈地点头称是。

裴俨看了看表，冷不丁叹息一声：“这个点，我妈应该也到了。”

裴俨的双亲早在裴俨出生之前便离婚，之后他的父母分道扬镳，转眼已有二十余年未见。离婚之后，裴俨的父亲来到美国，而他的母亲在欧洲不停辗转，只是近几年一直逗留在中欧匈牙利。

这些年，裴俨偶尔和他的父母通过邮件中没有温度的文字联系。他和父母之间谈不上亲近，薄弱的亲情全靠他勉强维系。

裴俨在计划出发之前便向他的母亲发去邀请，希望她能从匈牙利到美国一趟。对此，裴俨本没有抱多大希望，万万没想到母亲竟爽快答应了。裴俨万分欣喜，至少这一生，他能有一个和父母共聚一堂的机会。

裴俨实在惹人心疼，他从不抱怨生活，他珍惜他所拥有的，对强求不来的人，他能够予以宽容并真诚祝福。

裴俨表面冷若冰霜，内心却如阳春三月，温暖而平和，他是我拥有的美好之最。

裴俨握住我双手，拇指在我手背上温柔地摩挲，略显沉重地问："你准备好了吗？"

我说："我准备好了。"

说来巧合，裴俨的母亲竟也在同一天抵达西雅图。我本该休息一天养足精神再去见传说中的婆婆，但我知道裴俨等不及了。他已经等了将近三十年，如今他的母亲和他就在同一座城市，同一个酒店里，他又怎么按捺得住？

我洗了把脸，换了身看上去得体的衣服，然后挽着裴俨走出套房。

祁箫檬在我身边走着，压低声音问我："你紧张吗？"

我摇摇头。

祁箫檬朝某人张望一眼，用更低的声音道："那个男人好像很紧张，你瞧瞧他，一脸庄严，好像要登上天坛主持祭天大典似的。"

我偷瞄裴俨一眼，果然。

他低头走着，闷不吭声，甚至没了心思和祁箫檬斗嘴，显然是因为心里紧张。我当然知道，即将要面见的那位女士，尽管她与他很疏离，但她在他心中仍然占据着很重要的位置。

走进酒店内设的饭店后，裴俨低声询问侍应生："夏了寒夏女士在哪一桌？"

侍应生会意，点点头，带着我们一行三人穿过饭店内堂走到临海的露天用餐点。海风猎猎吹来，我禁不住一阵哆嗦。

四月的西雅图一到晚上气温就急降，再加上海风一波接一波地袭来，冷冽如严冬。这样的晚上，几乎所有的顾客都留在了室内，室外的露天用餐点只有一桌坐了人，那便是夏了寒了。

我想，她大概是个行为乖张、我行我素的人，她不怕冷，便不在乎别人冷不冷。

夏了寒坐在靠近护栏的位置，她有一头亚麻色短发，柳眉下一双月牙明眸微微转动，顾盼神飞。她穿着一件长及小腿的深灰色呢子大衣，大衣下衬着一件白色贴身毛衣，修长的腿被一条浅灰色紧身裤紧紧包裹，脚上配着一双锃光瓦亮的黑色短皮靴。

比起我妈妈乔薇月，夏了寒身上多了几分洋气和漂泊味道。许是在国外生活得太久，夏了寒给我的第一印象竟像个外国人。在夏了寒身旁，坐着一个金发蓝眼的年轻男子，那男子年龄与裴俨和祁箫檬相仿，他与夏了寒十指紧扣，明显是她的情人。

夏了寒是一个能让人忘怀年龄而魅力十足的女人，一个能吸引成功男士，并让年轻男子为之倾倒的厉害女人。

我挽着裴俨走到饭桌前，夏了寒并未松开她情人的手，视线冷冰冰地掠过我，在裴俨和祁箫檬身上短暂地逗留几秒，皮笑肉不笑地戏谑道："哪个才是我年轻时候犯下的错？"

我不禁侧目。

为了使裴俨免遭"妈，我才是你儿子"的尴尬，我挺身而出，用一副导游口吻介绍道："夏女士，这位是裴俨，他有一双和你一模一样的眼睛。你们多年不见，你认不出他很正常，但他帅气的脸上有你的基因痕迹，你凭智商就能判断出来。而另外这位是祁箫檬，他跟你没有一丁点关系。他是我和裴俨很重要的朋友，重要到这种尴尬场合他也可以围观。"

我想，我不必自我介绍了，我是谁对她来说压根不重要，她连自己的儿子都没认出来。

我不否认，夏了寒的开场白让我窝了一肚子火，就算她是裴俨的妈妈，我也不允许她伤害我最爱的人。

我掩饰住心里的不快，在饭桌前淡定地坐下。裴俨和祁箫檬似乎一时忘却了夏了寒和她的年轻情人带给他们的视觉冲击，两人面露忧色地瞧了瞧我，然后略显拘谨地向她点头致意。

裴俨动了动唇，话到嘴边却说不出口，顿了顿才生硬地问候："夏女士。"

裴俨和夏了寒始料未及，莫名其妙地瞪了瞪我，半天挤不出一句话，惊诧、恐慌兼而有之。

我催促裴俨："咱们总不能白来，总得取得点突破性进展吧？你喊她一声妈妈，不然你会后悔的，我知道你会。她是你妈妈，你想和她亲近不是你的错，你和她亲近不了也不是你的错，不必有所顾忌。我知道你在心里、在梦里，都已经喊过她无数遍，我知道你想像我爱我妈那样爱面前这个女人。她是你妈妈，这是事实。喊一声妈妈。"

四周异常沉寂，海风刮得肆意无情。我紧握住裴俨的手，恨不得把毕生的力量都传递给他。

他却沉默地低垂着头，良久后，他忽地苦涩一笑，无奈地摇了摇头："她不爱我，他们都不爱我，只有你爱我，除了你，我谁都可以失去。我想离开，我要离开。"

"我知道了。"我不敢再勉强。我从小便有父母在身边陪伴，我不知道被父母彻底忽略究竟是种什么体验，我无法感同身受，便只能无条件支持裴俨的选择。

他想要放弃，我就陪他放弃。我挽着裴俨默然离开。

擦肩而过之际，裴锦雨冷不丁喊住裴俨："不是你说要见我吗？怎么我一出现你就要走？是耍我还是耍大牌？小东西，现在你长大了。"

裴俨脚下一顿，驻足，抬眸淡淡地看向前方，西雅图绚丽的霓虹灯是永恒的烟火，虽不比匪匪庄园的烟花盛宴惊艳，却永不凋零。

前方漫长而持久的美好让裴俨不愿回头，他吁了口气，对裴锦雨道："没错，我长大了。我不应该干涉你的私生活，但今晚你身边的那位，简直不堪入目。以后有缘再聚，无缘我也不会勉强。新年快乐，愿你一切安好，父亲。"

一抹金突然仰天狂笑，因为面部扭曲而显得分外狰狞："裴总监，因为我的出现，这个你期待已久的家庭聚会居然进行不下去了？我就知道自己的影响对你很大，哈哈哈哈哈……坦白说，我不介意当你的后妈，希望你和贾橙以后能好好孝敬我，哈哈哈哈哈……”

我不由得攥紧了拳头。果然，一抹金是故意的。她刻意接近裴锦雨，为什么？为了给我和裴俨添堵，让我们走不出她布下的愁云惨雾？我不能一次又一次忍气吞声，谁知道她想胡搅蛮缠到什么时候！

我撇下裴俨，一个箭步冲到一抹金面前，揪住她的衣领，气势汹汹地将她推到护栏上。在她身后，是一片漆黑的海，海面上倒映着一轮惨淡的月，犹如裴俨煞白的脸。

我动作敏捷，扣住一抹金的喉咙往后压去。一抹金未曾防范，早已失去了防守或是抵抗的最佳时机，此刻她的上半身已越过了护栏，只要我再狠心一点，她分分钟有落水的危险。

在场的人无一不为我的举措而感到惊讶，不由得纷纷起身快步朝我靠拢。裴俨紧盯着我，眼里透着明显的担忧和关切，许是出于对我的信任，他并没有立即喝止，只是上前两步贴近我，叮嘱道：“老婆，注意尺度。”

我点头应允。

一抹金不肯就此服软，向我挑衅地咧嘴一笑，然后指了指立在不远处的告示牌，冷冷挖苦道：“贾橙，你以为一米二深的水能淹死我？”

嗬，我万分笃定，用身体压迫着一抹金，防止她从我手里落跑，道：“我没兴趣杀人，我只想让你亲身体验这海里的温度，只有怕冷的人才会不断寻找温暖，而你就是太冷血了。”

我有心吓吓她，便尽可能地将她往海面上摁。一抹金以为我会动真格，骄傲的脸庞终于显露出几分怯懦，牙齿打战，哆嗦着道：“贾橙，这里是美国，我是美国人，如果你敢把我推下去，我保证会让你……”

我及时扼住她的下颌，阻止她再口出狂言。

“恐吓我不管用，这点你应该很清楚。”我饶有兴味地和一抹金那股想要示弱却又不肯示弱的逞强劲儿较量，咬牙切齿道，“一抹金，你用毁容的照片恐吓我，我忍了；你劫走了裴俨的狗，将它残忍杀害，然后嫁祸于我，我没有忍，但我至少没有中伤你吧？如今我和我丈夫一家难得聚会，你却插上一脚，还扬言要给我丈夫当后妈？我不会允许你这样羞辱他。今天我不弄脏自己的手，你还真以为我怕你了？我警告你，最好远离我的家人，包括裴锦雨。如果你一再伤害我所爱的人，我不怕忍受更多委屈，也不怕和你拼命！”

一抹金不曾料到我竟有这样强硬的时候，一时乱了阵脚，不知如何应对。许是被我气势所慑，她双目呆滞，反应迟钝地看着我，下颌泛着被我手指掐出的红。

裴锦雨刚才没有立即出手制止，大抵是因为一抹金说了过分的话，他能理解我的怒点。眼看着我越发凶猛，他生怕我真会推一抹金下水，欲上前将我拽开。我扭头冷冷威胁道：“女人的战争男人最好别搅和，你连自己的儿子都漠不关心，还会在乎一个逢场作戏的女人？她刚刚说要嫁给你当裴俨的后妈呢，我很好奇，你真会娶她吗？”

裴锦雨被我问住了，不由得愣了愣。

嗬，他会娶她才怪。

裴锦雨永远是个浪子，他害怕家庭的束缚。他当然不是真心爱上一抹金，但一抹金是个漂亮女人，他惯于游走花丛，又怎能忍住不采摘这朵鲜花？

他不知道的是，一抹金不是寻常鲜花，她是毒玫瑰。

裴锦雨有意回避的态度令一抹金失望透了，她原以为自己赢得了他的心，再一次，她高估了自己在任何人心里的位置。

我趁机用脚钩住一抹金的脚踝，往前一踢，她便顺着护栏滑落，狠狠摔下，跌坐到地上。

一抹金惊魂未定，下意识抬手紧扶着护栏，眼睛警惕地盯着我，提防我再对她做出什么惊人之举。

瞧瞧，她伤害人的时候从来没有怕过，她只知道心疼自己。

我缓缓在她面前蹲下，面无表情道：“祁箫檬没有爱过你，裴锦雨也没有。别以为他肯带你来，你就成功打入敌人内部了，他的手向来不闲着。郑重警告，我希望你能停止对别人的伤害，你犯过的错足够多，每一条都不可原谅。我只是想让你知道，要是你一而再再而三地把人逼急了，别人也会不顾一切地伤害你。别再惹我，我不是一味忍让的人。”

我起身，徐徐环顾四周，眸光在夏了寒和裴锦雨之间逗留片刻，极力按捺住内心的愤懑，尽可能平心静气道：“以后每年圣诞，我都会带着裴俨探望你们，请你们两位务必抽出一顿晚饭的时间见见他。我能尊重两位与众不同的生活方式，转眼你们已年过半百，放纵的日子过一天便少一天，你们尽管任性，等你们老了，都走不动了，我和裴俨愿意伺候。”

连裴俨都无法和他们亲近，我便更做不到，但我需要为自己的丈夫争取点什么。也许，以一个陌生人的姿态反而更容易和他的父母接近。

我回到裴俨身边，他的注意力自始至终都不曾从我身上转移过，他凝眸注视我，眼里闪烁着几分异样的情绪，像感动，又像惊喜。

我与他相视一笑，默契地握着彼此的手，并肩离开这场混乱不堪的饭局。

“喂，小东西。”裴锦雨再一次出其不意地喊住了裴俨。

裴俨讶然回头，迎上裴锦雨沉着的眸光。如果说裴锦雨这辈子有没有一瞬间像个父亲，那便是现在，此时此刻。他露齿一笑，向裴俨竖起大拇指：“你找到了一个真心爱你的姑娘，她因为你正和我们生气呢，恭喜你，祝福你。”

我没想到自己竟被看穿了，心虚地低下头。裴俨忍不住笑了，抬手揉了揉我的脑袋，有些难以启齿地对裴锦雨道：“爸，谢谢你。我很幸运，遇见她，我再也不用颠沛流离，我的心很安定。”

我们回到套房时，起居室的壁炉已经生好了火。许是为了让我和裴俨能有独处的时间，祁箫檬难得善解人意，径直走进了卧室，然后锁上了门。

我自顾自冲到壁炉前，烤着手取暖。裴俨来到我身后，从我背后伸出双手，探到壁炉前握住了我的手，像烤玉米似的，我的手在他的手里缓缓旋转。

我微微抬头，视线触上他那双深邃而阴沉的眸子，故作轻松地吐了吐舌头："对不起，今晚我没有掩饰得很好，我有点生气。"

裴俨垂头枕到我肩上，歪着脑袋睨我一眼，不留情面地拆穿道："你哪里是有点生气？你明明是十分生气好不好？你气他们辜负了我的期待。"

我没有反驳。我不知不觉陷入一阵沉默。裴俨将脑袋紧挨着我，脸颊轻轻蹭了蹭我的脸庞，忽而咬了我的耳朵一下，低声道："你虽然生他们的气，但为了我你又逼着自己试着和他们亲近。你真打算以后每年圣诞都和他们见面？我认为今晚的回忆就足够让你失望透顶，你确定自己还想见他们？"

我没有立刻回应。

裴俨感受着我掌心的温度，确认足够温热后，他将我的手抚平按到他的脸庞上："这里冷，老婆给我暖一暖。"

我转身与他面对面，双手捧着他的脸，微微用力扯了扯他的耳垂，缓慢开了口："你和你父母之间，只要有一个人愿意走出一步就能拉近距离。毕竟血浓于水，他们虽然嫌家庭和婚姻累赘，但对你总是无法抗拒的，你始终是他们的儿子。你看，他们今晚不都来了吗？尤其是你妈，不远千里从匈牙利来到了美国。"

裴俨静静聆听我的喋喋不休，不论我要说多长多久的话，他从不曾出言打断我。他一把将我拥入怀里，双手环抱着我的腰，充满柔情地笑了笑，移不开眼地看着我："裴太太，你教训起人来一套一套的，凶猛彪悍，言之凿凿，我想，相夫教子肯定难不倒你。"

我脸一热：“怎么突然又提起后代的事？上一辈的事还乱七八糟的呢。”

我急切地别过头，某人及时用脑门抵着我，阻止我回避话题：“上一辈的事与我们何干？再说了，你能不能怀孕，也不是你一个人说了算。”

他够了！

彼时，门铃声响起，我和裴俨不禁有些讶异。我们谁都没有叫过客房服务，这么晚了，会是谁？

我尾随裴俨狐疑地走到门后，裴俨探头到猫眼看了一眼，然后一脸意外地开了房门。

夏了寒打着哈欠站在走廊上，这次她身边没有金发情人，只有她自己。

“明天我就走了。”夏了寒冷淡地说道，视线飞快扫过我，然后定格在裴俨脸上，“我明天一早的飞机，去奥兰多，西雅图对我来说还是太冷了。”

裴俨抿了抿唇，表面上波澜不惊，天知道他心里有多不舍。他迟疑了下，似乎在纠结什么，许久后才下定决心轻声开了口：“我知道了，一路平安……妈。”

夏了寒微微一怔，偏过头，眸子里闪过一抹异样的情绪。但她很快便恢复镇定，再次回头对上裴俨那双和她如出一辙的月牙眸子：“所以……圣诞节见？那时候我应该会在匈牙利或者罗马尼亚。”

裴俨难以置信，良久后才回味过来，双眼掩饰不住流露出一丝欣喜：“嗯，圣诞节见。妈，谢谢你愿意抽出时间陪我们吃饭。”

许是突如其来的温情令夏了寒有些措手不及，她再次别过头，略显局促道：“不客气，我应该的。”她伸手指了指我，顿了顿，对裴俨道，“到时候，记得带上她。”

然后她便转身走了。

我连忙追上去："妈！"

夏了寒错愕地回头，瞪大了双眼注视我，仿佛在确认那声中气十足的"妈"是不是在喊她。

我加快脚步迎上前，走廊明亮的光线让我能更清楚地看见夏了寒的每个表情。她一个人漂泊惯了，心坚硬得久了，亲情的味道让她感到不适，却又充满吸引力。

一种叫温暖的感情似乎在这个深夜里唤醒了她内心深处的柔软，她冷艳的脸庞渐渐变得柔和，冷漠的双眼不经意间添上了几分热度。

我壮着胆子朝她张开双臂："妈，对不起，今晚我有所冒犯，我打算再冒犯你一下。"

我短暂地抱了抱她，便立即松开，笑道："妈，今晚我差点被你骗了。你是故意装作不认得裴俨对不对？其实你一眼就认出了他。我怎么能忘了，裴俨会紧张，你也会紧张。你想表现得满不在乎，却欲盖弥彰。你一个人漂泊了这么多年，会不会也有累的时候，会不会在某个夜里，你疲惫地回到家时，也渴望有人为你留一盏灯？"

夏了寒哑然，似乎尚未从刚才那声脱口而出却又真心实意的呼喊中回过神来。过了半晌，她硬着头皮抬头，恼羞成怒地盯着我："你叫……贾橙？你以为你是谁？你以为你很了解我吗？你凭什么把我心里想的都说出来？"

我不怒反笑。

夏了寒更尴尬了，索性别过头不再看我，偷瞄了裴俨一眼，故作镇定道："我要回去睡觉了，圣诞节我还是会带上男朋友，不管你们喜不喜欢，晚安。"

她走出几步，冷不丁回头："差点忘了，你们的婚礼什么时候举行？我和裴锦雨一定到场。"

我喜出望外，扭头看了看裴俨，他同样受宠若惊，瞪直眼睛道："妈，我们的婚礼在五月仲夏，你确定你和爸会来吗？"

夏了寒笃定地一笑，对上裴俨惊喜中透着几分怀疑的眸子，承诺似的点点头：“我很确定我们都会去。我和他离开故乡太久，是时候回去看一看了。”

夏了寒朝我们挥一挥手，转过身不疾不徐地离开。

裴俨悄然伸手握住了我的手，静静目送夏了寒，直到她的身影消失在转角。

“妈妈和爸爸……都会出席我们的婚礼呢。”我沉浸在万分喜悦之中，仍然有些难以置信地说道。

裴俨紧了紧我的手：“是啊，托你的福。你说得对，只要勇于迈出那一步，双方的距离总会拉近的，正如当初，我毫不犹豫要奔向你。”

我怔了怔，抬头对上裴俨深情的注视。他俯身轻吻我的唇，柔声说道：“面对我的父母，我有些胆怯，但至少，爱你我从未退缩。”

我和裴俨走进起居室时，我分明看见一个身影像贼似的飞快闪进了卧室。

是祁箫檬！

他手里捧着平板电脑！

我急匆匆追上去，就在房门关上的瞬间，我一脚踹开了门，裴俨紧跟着我闯进了祁箫檬的卧室。

祁箫檬颓然跌坐在床上，对着电脑道：“三位大神，我暴露了，狗仔任务失败。”

我没好气地冲上去，一把夺过电脑，果不其然，我爸我妈还有祁远达久违的笑脸出现在视频里。

我没好气地问：“你们三个在做什么？”

难怪祁箫檬一回来就直接进了卧室，原来是为了向我爸我妈还有祁远达汇报情况！

我总算明白了，原来他是那三个人派来盯梢的。

的冰山大魔王。

情场上占据优势的一方，永远体会不了渴望回应的人有多心酸。人这辈子究竟要有多大的福气，才能让自己喜欢的人刚好也喜欢自己？

从此，我身边站着的男人只会是你，手里牵着的男人只会是你，梦里梦见的男人只会是你，回忆里带给我甜蜜的人，也只会是你。

一直都是你……